निर्मल वर्मा
की
लोकप्रिय कहानियाँ

निर्मल वर्मा
की
लोकप्रिय कहानियाँ

संचयन

गगन गिल

प्रभात प्रकाशन

प्रकाशक
प्रभात प्रकाशन प्रा. लि.
4/19 आसफ अली रोड, नई दिल्ली–110002
फोन : 23289777 • हेल्पलाइन नं. : 7827007777
इ–मेल : prabhatbooks@gmail.com ❖ वेब ठिकाना : www.prabhatbooks.com

संस्करण
2023

पेपरबैक मूल्य
दो सौ पचास रुपए

मुद्रक
नरुला प्रिंटर्स, दिल्ली

★

NIRMAL VERMA KI LOKPRIYA KAHANIYAN

Published by **PRABHAT PRAKASHAN PVT. LTD.**
4/19 Asaf Ali Road, New Delhi-110002

ISBN 978-93-5186-299-4
₹ 250.00 (PB)

भूमिका

निर्मल वर्मा आधुनिक हिंदी कहानी के उन बिरले कथाकारों में से हैं, जिनकी प्राय: हर रचना कालजयी व लोकप्रिय दोनों रही। सन् 1956 में पहले-पहल प्रकाशित उनकी कहानियों 'अँधेरे में' व 'परिंदे' ने मानो एक नई दुनिया पाठकों के सामने खोल दी थी।

एक में अँधेरे में लेटा एक ज्वरग्रस्त बच्चा था पहाड़ की कॉटेज में, अपने माता-पिता के संबंधों पर से तूफान गुजरता देखता हुआ। दूसरी में छुट्टियों में बंद किसी स्कूल हॉस्टल में एक अकेली टीचर लतिका, रिटायर्ड ह्यूबर्ट, बीत गए जीवन की तहस-नहस, नई संभावनाएँ।

निर्मल वर्मा की आरंभिक कथाओं में ही उनके संसार के बीज छितर आए थे। उनके पात्र किसी संधिस्थल पर रहने वाले थे, न भीतर, न बाहर—किसी देहरी पर। यह देहरी कहीं भी खुल सकती थी—मन में, जीवन में, वय में पानी में लकीर की तरह। इस बनती-मिटती लकीर के गिर्द की कथाओं को होना था।

निर्मल की कहानियाँ हमें कुंजी देती हैं। कोई अदृश्य दरवाजा हम खोलते हैं। भीतर नहीं, बाहर जाने के लिए। इस संसार में कोई अर्थ पाने के लिए। स्वयं निर्मल के शब्दों में—''साहित्य हमें पानी नहीं, प्यास देता है। तुम नींद से जागते हो और पाते हो, तुम कितने प्यास थे।''

सन् साठ के दशक में सात वर्ष यूरोप में बिताकर निर्मल घर लौटे थे तो उनके तत्कालीन आलोचकों ने उन्हें किसी सुविधाजनक खाँचे में डालकर उनकी लेखकीय उपस्थिति का सरलीकरण चाहा था। तब के युवा निर्मल, चालीस की वय के आसपास, स्वयं भी न जानते होंगे कि भविष्य में वे किन विषयों का, परिस्थितियों का संधान करेंगे। एक बार अपने देश से कटकर कितनी उत्कटता से उसके सुख-

दु:ख से जुड़ेंगे। एक सामाजिक बुद्धिजीवी होने के कैसे खतरों से वह खेलेंगे और खेल के अंत में, साफ-शफ्फाफ, उजले उभरकर आएँगे।

आज इस ऐतिहासिक दूरी से देखने पर निर्मल एक संपूर्ण व्यक्तित्व वाले लेखक दिखाई पड़ते हैं, देश-काल की जकड़न से परे, औपनिवेशिक और उत्तर-आधुनिक समय की माँगों से दूर, केवल अपनी मनीषा में स्थित। उनकी कथाओं में देश-काल की भूमि गौण है, जैसे वह तसवीर का कोई फ्रेम है, इसमें दूसरा विश्व युद्ध और गेस्टापो है, पश्चिम का क्रूर नस्लभेद है और पारिवारिक संबंधों में आया अकेलापन है। जो केंद्रीय है, वह है एक पात्र को घेरे हुए कोई झंझावात, जिसके दूसरी ओर कोई खिड़की है, कोई दरवाजा, कोई दहलीज। वह अंदर की ओर खुलेगा या बाहर को, यह वहाँ जाकर ही मालूम होगा।

यह अकारण नहीं कि निर्मल साहित्य के दूर-दूर तक फैले पाठकों में केवल हिंदी जगत् नहीं, भारतीय व विदेशी भाषाओं के पाठक भी सक्रिय रहे हैं। उनके अपने जीवनकाल में साहित्यिक समाज से परे उनके समकालीन समादृत दार्शनिक व मनीषी उन्हें पढ़ते थे। उनके निबंध नहीं कहानियाँ, तो रूखी-सूखी विधाओं और साहित्य के बीच कोई आलोक अवश्य आता-जाता होगा। फिल्मकार, रंगकर्मी और कलाकार उनकी पुस्तकें बगल में दबाए मिलते थे, और कई बार यात्राओं के दौरान कोई रेलवे पुलिस अधिकारी, कोई क्लर्क, कोई कबाड़ी वाला, रेस्तराँ का कोई बैरा।

क्या एक व्यक्ति की कथाएँ समाज के इतने भिन्न-भिन्न लोगों में क्रियाशील हो सकती हैं? उनके अदृश्य आत्मीय संसार का हिस्सा? यह तभी संभव हो सकता होगा, जब उस रचनाकार के संसार में भी वह समुदाय आवाजाही करता हो!

निर्मल के पाठक स्वयं को उनकी कहानियों में पहचानते थे, उनसे दूर-दूर से मिलने आते थे। कभी बीमार हों, बुखार में हो, मैं आनाकानी करूँ, तो कहते, दूर से ही देख लेने दीजिए एक झलक।

किसकी झलक? अपने प्रिय लेखक की झलक? या कि निर्मल की कथाओं के साथ उनका अपना जो अदृश्य जीवन चला आता था, उनकी झलक?

वे जैसे आज भी कहीं अपना जीवन जी रहे हैं। वे कहानियाँ और पाठक। अपने लेखक के होने-न-होने से स्वतंत्र।

प्रभातजी ने निर्मलजी की 'लोकप्रिय कहानियाँ' चुनने के लिए कहा तो ऐसे सब पाठक मेरी स्मृति में कौंधे। और समस्त नए पाठक, जो यह पुस्तक खोजेंगे। वे

एक बार फिर इनके संसार से अपना गहरा, एकांतिक संबंध बनाएँगे। उसमें हम कहीं न होंगे। न प्रभातजी, न मैं। फिर भी कथाओं और पाठकों का एक जीवन चुपचाप चलता रहेगा। एक-दूसरे को थोड़ी सी रोशनी, थोड़ी सी स्निग्धता देता हुआ।

अपने जीवनकाल में अपनी कहानियों के संचयन निर्मलजी ने स्वयं भी कभी-कभार बनाए थे, प्रकाशकों के आग्रह पर। हर प्रकाशक एक नए पाठक वर्ग तक पहुँचना चाहता है और निर्मलजी को इस उपक्रम में सहयोग करके प्रसन्नता की होती। प्रस्तुत संचयन की योजना हमारे पुराने स्नेही मित्र और अनुज श्री प्रभात कुमारजी की न रही होती तो मैं संकोच ही करती।

इस संग्रह की कहानियों के माध्यम से मैंने निर्मलजी की कहानियों की विविध मनोभूमि, उनके सरोकार और द्वंद्व, उनकी खरोंचों और सत्य को समझने का प्रस्ताव किया है। अपने लिखे जाने के बरसों बाद आज भी वे हमारे साथ दूर तक क्यों चलती हैं, इसका भी।

निर्मलजी की एक भूमिका, जो ऐसे ही किसी अन्य संग्रह के लिए लिखी गई थी और अब अप्राप्य है, उसे यहाँ सहेज दिया है।

—गगन गिल

4 फरवरी, 2015

मेरी कथायात्रा

अपनी कहानियों के बारे में लिखते समय स्वाभाविक रूप से एक लेखक अपने अतीत के बारे में सोचने लगता है; यह विचित्र अनुभव है, क्योंकि जहाँ ये कहानियाँ अपने में संपूर्ण और मुकम्मिल हैं, हमारा अतीत अजब ढंग से टुकड़ों-टुकड़ों में बँटा डाँवाँडोल जान पड़ता है; एक आदमी के डर, कमजोरियाँ, आशाएँ एक अज्ञात भाषा के हायरोग्लिफ है, जिन्हें वह मृत्यु तक नहीं समझ पाता। एक खास चौराहे पर वह दाईं तरफ न जाकर बाईं तरफ क्यों मुड़ा था और एक खास लम्हे में जो निर्णय लेना था, उससे क्यों अलग होकर भाग निकला था, ऐसे अनेक प्रश्न और पहेलियाँ उसके अतीत की इस भाषा में सन्निहित हैं। यह उसकी आत्मा की भाषा है—अगर 'आत्मा' जैसी कोई चीज है। हम अपनी आत्मा को नहीं देख सकते, लेकिन धीरे-धीरे हम उसकी भाषा के चिह्नों, मात्राओं और संकेतों को बूझने लगते हैं। यह एक तरह की 'स्वप्न-भाषा' है; एक कलाकृति और कुछ नहीं, सिर्फ इस स्वप्न-भाषा का अनुवाद करने का स्वप्न देखती है और जब हम बरसों बाद अपनी कहानियों को पढ़ते हैं, तो हम अपने अतीत को याद नहीं करते, जिसमें वे लिखी गई थीं, बल्कि उस स्वप्न को दुबारा जीने लगते हैं, जिसने इन कहानियों के यथार्थ को गढ़ा था।

हर लेखक आत्म-जीवनी नहीं लिखता, किंतु उसकी हर कहानी—अपने ढंग से—एक आत्म-जीवनी का आभास देती है। क्या यह एक विचित्र शब्द नहीं है, जहाँ रोशनी भी है, आभा और एक अनिश्चित सा अनुमान भी—आभास? पुरानी कहानियाँ हथेली की उलटी रेखाओं सी हैं, जो आनेवाला जीवन नहीं, बीता हुआ भविष्य निर्देशित करती हैं।

शायद यही कारण है कि इस संकलन में मैंने उन कहानियों को चुनने में

परहेज किया है, जो कलात्मक रूप से 'संपूर्ण' हैं, किंतु जिनमें अधूरी संभावनाओं के चिह्न नहीं दिखाई देते। उनकी अपेक्षा मैंने ऐसी कहानियों को चुनना ज्यादा बेहतर समझा, जो परंपरागत अर्थ में सफल हो सकती हैं किंतु कलात्मक रूप से मेरा 'प्रतिनिधित्व' नहीं करतीं। वे अनगढ़ी कहानियाँ न भी हों, एक गाँठ में बँधी साफ-सुथरी कहानियाँ नहीं हैं; उनमें कुछ साँसें बाकी रह गई हैं, कुछ धागे बाहर निकले रह गए हैं। वे मुझे हमेशा उकसाती रहती हैं कि जो उनके 'जीवन-काल' में अधूरा रह गया, उसे मुझे दूसरी कहानियों में पूरा करना चाहिए। मेरे बारे में आलोचकों की शिकायत है कि मैं एक ही कहानी को बार-बार लिखता हूँ; शायद यह कहना ज्यादा सही होगा कि मैं जो बार-बार कहानियाँ लिखता हूँ, वह इसलिए कि मैं एक कहानी पूरी लिख सकूँ। सूरज बार-बार अपने को दुहराता है, उदित होता है, डूबता है; इसीलिए हर सुबह चमत्कार जान पड़ती है, जैसे हर रात। सिर्फ इतिहास अपने को नहीं दुहराता—और देखिए, उसने हमारा क्या हाल बना दिया है! हर क्रांति 'नए' को जन्म देने का दावा करती है और पुरानी क्रूरताओं को दुहराती है, कला हमेशा पुराने सत्यों को दुहराती है, और हर बार हमें नए ढंग से पूरा बना जाती है।

कला के दुहराए हुए सत्य—वे आदमी के भीतर जाते हैं और उसके परे जाते हैं, लेकिन वे उसमें चुक नहीं जाते; वे आदिम सत्य भले हों, 'आदमकद' सत्य नहीं हैं। वे आदमी को उस हद तक चींधते हैं, जहाँ वह 'आदमी' नहीं रहता, उसे कुछ और होना पड़ता है—ईश्वर, पशु, पत्थर—कुछ भी, जो उसे एक ऐसे स्थल पर ले जा सके, जहाँ से वह खुद को देख सके। दोनों के बीच अंतहीन दुःख है, क्योंकि जो खुद है, वही दुःख है और उस दुःख को सिर्फ खुदा होकर देखा जा सकता है। संजय की दिव्यदृष्टि और धृतराष्ट्र का अंधापन, दोनों ही एक कथाकार के भीतर रहते हैं; जो देखता है, वह भोगता नहीं, जो भोगता है, वह देख नहीं सकता।

कृष्ण, अर्जुन, दुर्योधन—ये सब धृतराष्ट्र की पीड़ित, गड्डमड्ड स्मृतियाँ हैं, जिन्हें संजय सिर्फ दुहराते हैं और दुहराने की प्रक्रिया में महाभारत का सत्य उद्घाटित होता है। प्रूस्त के अंतिम पृष्ठ की तरह, जहाँ उपन्यास पूरा होता है, वहाँ से वह लिखना शुरू करते हैं···

यही शायद एक सत्य है, जिसे कहानी से बाहर, उससे अलग निकालकर विश्लेषित नहीं किया जा सकता। उसे शायद 'सत्य' कहना भी ठीक नहीं होगा, वह सिर्फ एक ऐसा स्थल है, जहाँ हमारे अनगढ़े, अधूरे और अतृप्त अनुभवों को,

अपने को रूपायित करने का दूसरा मौका मिलता है—एक तरह का पुनर्जन्म, जो सिर्फ 'मरने' के बाद ही उपलब्ध हो पाता है। एक लेखक जब तक इस जीवन के अनुभवों से चिपका रहेगा, तब तक वह कला में अपने पुनर्जन्म की घड़ी टालता रहेगा। उसे जीवन के प्रति संपूर्णतया मृत होना होगा, ताकि वह कलाकृति में अपने को पूर्णतया पुनर्जीवित कर सके। 'गेहूँ का दाना बोने के बाद अकेला रहता है, जब तक मर नहीं जाता; किंतु जब वह मर जाता है, तो उसमें फल निकलना शुरू होता है।' (बाइबल)

इन कहानियों में, जहाँ तक मेरा अकेलापन जीवित है, वे सत्य से शून्य हैं, किंतु यदि कहीं भी उनमें किसी सत्य के बीज दिखाई दे जाते हैं, तो वहीं मैंने अपने को उनमें विलय कर दिया है और अपने अकेलेपन से छुटकारा पा लिया है।

—निर्मल वर्मा

अनुक्रम

भूमिका 5

मेरी कथायात्रा 9

1. बीच बहस में 15
2. पिछली गर्मियों में 45
3. डेढ़ इंच ऊपर 73
4. लंदन की एक रात 84
5. आदमी और लड़की 115
6. दूसरी दुनिया 135
7. जाले 158

बीच बहस में

उसने अपना बिस्तर खोला और तहाकर फर्श पर बिछा दिया। फर्श काफी गरम था, हालाँकि रात के समय कमरे ठंडे हो जाते थे। उस रात कोई हवा नहीं थी। साफ किस्म का अँधेरा था और उसे आशा थी कि लेटते ही वह सो जाएगा। सिर्फ आशा थी, इच्छा नहीं। पिछली रातों में उसने जो नींद खो दी थी, उसने उसे बहुत ढीला करके छोड़ दिया था। शुरू के दिनों की घबराहट अब एक मजाक सी जान पड़ती थी।

वह चौकन्ना हो गया। दरवाजे पर रात की नर्स आकर खड़ी हो गई थी। लगता था, वह गुजरते हुए सिर्फ एक क्षण के लिए रुकी है और फिर आगे बढ़ जाएगी।

''अब कैसा है तुम्हारा मरीज?'' उसने पूछा। उस स्वर में हल्की सी फिक्र थी, जो बिना आत्मीयता के नंगी सी दिखाई देती थी। पहले उसे 'अपने मरीज' की बात बेतुकी जान पड़ती थी, मानो वह किसी 'चीज' का रखवाला हो···पहरेदार। अब वे महज शब्द थे, जिन्हें वह हर रात सुनता था और अनसुना कर देता था।

''क्या बात है···आप सो रहे हैं?'' नर्स ने कुछ खीझकर कहा।

''नहीं, जरा धीरे बोलिए, वे सो रहे हैं।''

वह झिड़की नहीं थी, एक खाली जगह को भरने की कोशिश थी—नाकाम कोशिश, क्योंकि नर्स को गुस्सा आ गया था—नर्सवाला नहीं, ऐसा गुस्सा, जो औरत को आता है।

''पेशाब किया था?''

वह पहले कुछ हिचका, फिर हाँ में सिर हिलाया।

''किया था, तो कहाँ है?''

बोतल खाली पड़ी थी एक गवाह की तरह उसे कोसती हुई।

''आपने फेंक तो नहीं दिया?''

''नहीं, उन्होंने बिस्तर पर किया था।''

''बिस्तर पर?'' नर्स ने हताश भाव से उसकी ओर देखा, मानो मरीज वह हो, बिस्तर पर लेटा आदमी नहीं।

''आप यहीं सोएँगे?''

''जी!''

''इस बार आए तो मुझे बुलाना, मैं बोतल में करवा दूँगी।''

जब नर्स जाने लगी, वह भी दरवाजे तक आया। एक अजीब डर ने उसे पकड़ लिया, मानो मरीज के साथ में अकेला रहना, सारी रात अकेला रहना, असंभव हो। लेकिन देहरी पर उसके पाँव ठिठक गए। बाहर अस्पताल का नंगा गलियारा था, दिन की धूप में तपा हुआ और वहाँ जाने का मतलब कुछ भी नहीं था। वह लौट गया।

पहले शुरू के दिनों में वह इस तरह नहीं लौट जाता था। जब भी कोई नर्स या डॉक्टर फेरी पर आते, वह उनके साथ हो लेता। वह उनसे सबकुछ नए सिरे से पूछना चाहता। उनके जवाबों को न सुनकर उनके स्वर के उतार-चढ़ाव को भाँपने की कोशिश करता। वे उससे कतराकर आगे बढ़ जाते। वह उनका पीछा करता, जब तक वे दूसरे वार्ड में न घुस जाते। कुछ हास्यास्पद भी लगता, जब बाद में वह अपनी हरकतों के बारे में सोचता कि पैंतीस-चालीस साल का आदमी, ऊपर से शिक्षित और भद्र दिखनेवाला आदमी, एक घबरालू औरत की तरह डॉक्टरों के इर्द-गिर्द मँडरा रहा है, वे अब उसकी ओर ज्यादा ध्यान नहीं देते थे। वह अस्पताल का फर्नीचर सा बन गया था, जिसे सब लोग देखकर भी अनदेखा कर देते हैं।

वह मुड़ गया। एक क्षण के लिए टूटा सा भ्रम रोशनी की शहतीर सा उसकी देह में बिंध गया। लगा, कमरे में उसके अलावा कोई नहीं है। छोटा क्यूबिकल सा दीखनेवाला कमरा दो वार्डों के बीच में था। दोनों तरफ की आहें लहरों सी आकर यहाँ टूट जाती थीं। जब कभी उसे नींद न आती, तो वह उन्हें सुनता—रोगियों की पीड़ित देहों से उठती हुई लहरों को और तब उसे मायावी सा भ्रम होता कि समूचा अस्पताल एक जहाज हो, लहरों से जूझता हुआ, जबकि वह और उसका मरीज अपने कैबिन में सुरक्षित हों।

पलंग पर लेटे व्यक्ति ने करवट ली। आँखें खुली थीं, रुई के पीले फाओं सी। नीचे खोखला था, जो पहले कभी मुँह रहा होगा।

वह झट जहाज इत्यादि की कल्पनाओं से छूटकर अपने में आ गया! पलंग के पास आकर सिरहाने पर झुका।

"कुछ चाहिए आपको?"

वृद्ध को अपलक देखता रहा—कमरे के परे। बहुत सी साँसें ऊपर आती थीं, फिर सूखी-की-सूखी नीचे चली जाती थीं। वह कहीं जा रहे हैं, उसने सोचा। वह भी उनके साथ हो लिया। फिर ठहर गए। आँखें शून्य से लौटकर उसके चेहरे पर अड़ गईं। वह भी ठिठक गया।

"कुछ चाहिए?" उसने दुबारा पूछा। उसके लिए हर प्रश्न एक मंत्र की तरह था। कभी जबान खींच लाता था, कभी खाली लौट आता था।

"तुम सोए नहीं?" वृद्ध ने मुँह खोला।

"मैं सो जाऊँगा। आपको कुछ चाहिए?"

"तुम नीचे सोओगे?"

"मैं हमेशा नीचे सोता हूँ, आपको याद नहीं?"

उसने अपने गुस्से को व्यंग्य में ढालना चाहा। इस बीच न वह गुस्सा रहा, न व्यंग्य, महज एक धब्बे की तरह फैल गया।

वह दो बिस्तरों का कमरा था। एक बिस्तर खाली पड़ा रहता था। बहुत लंबे अरसे से वहाँ कोई दूसरा मरीज नहीं आया था। लगता था, वे नए मरीज को लाने की नहीं, जितनी पुराने मरीज से छुटकारा पाने की प्रतीक्षा कर रहे थे। करने दो···वह सोचता। आखिर कब तक करेंगे।

"तुम नीचे सोओगे?" वृद्ध ने कहा। वे कहीं दूर का चक्कर लगाकर अपने पुराने मकान पर लौट आए थे।

"आप मेरी फिक्र मत करें।" उसने कहा, "मैं आराम से हूँ।"

"मुझे मालूम है।" वृद्ध ने कहा।

"क्या मालूम है आपको?" उसने तेजी में कहा। लेकिन आवाज ऊँची नहीं उठे, इसका ध्यान रहा। उसे बार-बार अपने को ध्यान दिलाना पड़ता था कि यह घर नहीं है, जहाँ मन-मुताबिक गुस्सा किया जा सके। उसे पछतावा सा भी होता था। जब वह कुछ जोर से बोलता, बूढ़ा कुछ हैरत से उसकी ओर देखने लगता। उसमें एक अबोध सी निरीहता होती, जो उसने पिछले वर्षों में नहीं देखी थी। वह हमेशा उनसे कुछ-कुछ डरता था—बचपन से नहीं, बल्कि बाद में, जब उम्र की दुपहर शुरू होती है और एक तितीरी-सी चमक में माँ-बाप पराए हो जाते हैं। हमेशा के लिए नहीं, बल्कि बीच-बीच में लंबी गर्मियों में अचानक ठंडे दिनों की तरह।

अब कोई नहीं था। इसलिए सबकुछ इतना भयानक था। अब नंगा सा मैदान था, जहाँ वे लेटे थे उसकी छाया में। वह बाहर चला जाता, तो छाया भी उठ जाती और वे निराश्रित से पड़े रहते। उसे हैरानी भी होती थी कि चाहे वह कुछ भी करे, वे बिस्तर पर दम रोके, चुपचाप लेटे रहेंगे। पहली बार जब इंजेक्शन देने के लिए नर्स ने उनका पाजामा खोला था, तो उसे असह्य लगा था कि वह बेरोक-टोक उनकी नंगी सफेद जाँघों को देख सकता है। वह अपनी आँखें भी नहीं हटा सका, मंत्रमुग्ध उनकी नंगी देह देखता रहा।

दोनों लेटे रहे—एक पलंग पर, दूसरा फर्श पर।

"कितने दिन की छुट्टियाँ मिली हैं?" पलंग से आवाज आई।

"दस दिन की।" उसने कहा।

"छोटे ने तार दिया होगा?"

"आप ज्यादा बोलें नहीं।"

बूढ़े के होंठों पर एक कड़वा सा भाव चिपक आया, किंतु बोलते हुए उन्होंने उत्तर दिया—"मेरा भरोसा नहीं है।" उन्होंने कहा, "शायद दस दिन से ज्यादा लग जाएँ।"

वह समझा नहीं, मन जरूर बैठ गया।

"डॉक्टर ने कहा है..."

"मुझे मालूम है, जो कहा है।" बूढ़े ने बेचैन होकर उसकी बात बीच में काट दी।

उसे हल्की सी तसल्ली हुई कि वह ओछा सा झूठ बोलने से बच गया। लेकिन भयभीत वह जरूर हो गया था। बाबू जानते हैं, यह वह समझ सकता था। लेकिन किस हद तक जानते हैं, इस बारे में उसे कुछ नहीं मालूम था।

"कितना खर्चा है?" बूढ़े ने अचानक पूछा।

"कैसा खर्चा?"

"इस कमरे का?"

"आपको इससे क्या है?" उसने कहा।

"क्यों, मुझे कुछ भी नहीं है?" बूढ़े ने भभकते हुए कहा।

"मेरा मतलब यह नहीं था।" वह हकलाने लगा, "लेकिन आप क्यों परेशान होते हैं?"

"परेशानी की बात नहीं...मेरे लिए अब नहीं है।" वे ढीले पड़ गए। वह ऊपर चढ़ते थे, फिर नीचे उतर आते थे और चूँकि चढ़ने-उतरने में वह उनके साथ

रहता था, कभी-कभी वह थककर निढाल सा हो जाता था। कभी-कभी वह सबकुछ छोड़कर किनारे पर बैठ जाता। उसके पिता चक्कर लगाते अपनी ही भूल-भुलैया में, और जब वे रास्ता भूल जाते, तो वह उनका हाथ पकड़कर दुबारा वहाँ ले आता, जहाँ कि वे आज हैं—अँधेरे क्यूबिकल के बिस्तर पर।

रात की नर्स आई, तो वे दोनों चुप हो गए, बाप-बेटे को यह नर्स अच्छी लगती थी। पहली नर्स की तरह यह बात-बात पर तमतमाती न थी। अधेड़ उम्र की, लेकिन उम्र ने इसे निगला नहीं था। और उसमें एक अजीब किस्म का हौसला था, जिसकी गंध मरीजों को दूर से ही मिल जाती थी। केरल से आई थी, शायद इसीलिए रंग बहुत गहरा था, हालाँकि उसके सफेद कपड़े बहुत ठंडे लगते थे और उसमें किसी तरह की कोई गर्मी नहीं थी। वह उसके पिता से अंग्रेजी में बोलती थी। यह भी शायद एक कारण रहा होगा कि वे उससे बहुत खुश रहते थे।

किंतु इस बार वह कुछ नहीं बोली। दोनों को देखकर सिर्फ मुस्करा दी। उसने सूखी सफेद चादरें नीचे बिछा दीं और भीगी चादरों को लपेटकर नीचे डाल दिया। बुखार लेने के लिए जब वह आगे बढ़ी, वृद्ध ने हड़बड़ाकर मुँह खोल दिया। कुछ देर बाद जब नर्स ने उनके मुँह से थर्मामीटर निकाला, तो वह अपने को दबा नहीं सके।

''कितना है?''

''यह हमारी परेशानी है, आपकी नहीं।'' फिर उसने लड़के की ओर देखा— ''आप कैसे हैं?''

''मैं मरीज नहीं हूँ।'' उसने हँसने की कोशिश की।

''आप आराम कीजिए, इतनी देर तक आप दोनों क्या बहस करते रहते हैं?''

वे दोनों चुप रहे। उसे हल्का सा आश्चर्य हुआ कि उनकी बातें दूसरों को 'बहस' जान पड़ती हैं। कुछ शर्म सी आई और वह मुँह गड़ाए बैठा रहा।

बाहर जाते हुए वह देहरी पर रुक गई।

उसे इशारे से बाहर बुलाया।

''मैंने···'' वह रुकी, जैसे अपने शब्दों पर उसकी दो फटी-फटी आँखों को तौल रही हो—''मैंने डॉक्टर से बात की थी।'' उसने दबे स्वर में कहा।

''जी,'' उसने कहा।

''इन्हें आप पता न चलने दें···कोई फायदा नहीं है।''

''जी,'' उसने कहा।

"आप चाहें तो ग्यारह के आसपास चाय पीने आ सकते हैं। अगर आप सो गए, तो मैं जगाने नहीं आऊँगी।" वह हँसी और तब वह जल्दी-जल्दी गलियारे को पार करके स्टाफ-रूम में चली गई।

उसने मुक्ति की साँस ली। वह गलियारे की बेंच पर बैठ गया। शायद कुछ देर में वह सो जाएँगे। उसके जी में आया कि भीतर से सिगरेट ले आए। उसका मुँह सूख चला था। लेकिन उठने की बजाय वह बेंच पर पसर गया। वे सो नहीं रहे। जब वे सो जाते हैं, वह एकदम जान जाता है—उनके साँस लेने के ढंग से। कभी-कभी उसे भ्रम होता कि जैसे वह उनके सो जाने की बाट जोहता है, वृद्ध भी वैसे ही उसके सो जाने की प्रतीक्षा करते हैं, परिणामस्वरूप दोनों ही जागते रहते हैं। कभी-कभी उसे यह स्थिति हास्यास्पद सी जान पड़ती और वह सोचता, अगर वह अपने शहर लौट जाए, तो भी कोई अंतर नहीं पड़ेगा। भाई ने उसे हड़बड़ाहट में तार दिया था—यह सोचकर कि आखिरी वक्त सब साथ रहें। अब वे साथ हैं, एक साथ उनसे अलग हैं—आपको सब चीजों के लिए तैयार रहना चाहिए, डॉक्टर ने पहले दिन ही उससे कहा था। पिछले दिनों उसने तैयार होने की कोशिश की है, किंतु जिन्हें सचमुच तैयार होना है, वे चक्कर लगाते हैं, ऊपर जाते हैं, नीचे आते हैं। वह उनके साथ नत्थी होकर भागता है। वह यह भी भूल जाता है कि वे उसके बाप हैं। कोई भी आदमी चौबीस घंटों अपने रिश्ते को याद नहीं रख सकता।

वह दबे पाँव अंदर आया। नर्स बड़ी बत्ती बुझा गई थी। सिर्फ कोने में एक हल्का गुलाबी बल्ब जलता रहता। उसके आलोक में सब चीजें अपनी हैसियत खोकर दिवालिया सी हो जातीं—पेशाब की बोतल, दवाइयों की शीशियाँ, पानी के दो गिलास—उसका अलग, बूढ़े का अलग और दिल्ली के एक मकबरे की तसवीर, जो उसने अस्पताल के हर कमरे में टँगी देखी थी।

उसने अपना बिस्तर फर्श पर खोल दिया। सोने के पहले उसने एक जासूसी उपन्यास निकाला। न जाने क्यों, गुलाबी रोशनी में किताब की हत्याएँ अनिवार्य सी जान पड़ती थीं। मुरदों का आना-जाना स्वाभाविक बन जाता।

बूढ़ा सो नहीं रहा था, एकटक उसकी कारवाइयों को देख रहा था। आखिर उनसे न रहा गया।

"इस पर तुम्हें नींद आएगी?"

वह एकदम चौंक गया। उसके पिता हमेशा अरक्षित मौके पर उसे पकड़ते थे।

"नीचे गद्दा है, मैं आराम से सोता हूँ।" उसने अपने को छिटकाने की कोशिश की।

''जैसे तुम सोते हो, मैं जानता हूँ।'' बूढ़े ने कहा।

''आप क्या जानते हैं?'' उसके हाथ अधबीच में टँगे रहे।

''तुम बहस करते हो! तुम्हारी यह आदत जैसी की तैसी बनी है।''

''बहस आप कर रहे हैं या मैं कर रहा हूँ?'' वह उचककर बैठ गया, जुबान लड़खड़ाने लगी—''आपको हमेशा मेरी चिंता लगी रहती है। आप यह नहीं जानते कि आप कितनी बार सोते हुए पलंग गीला कर देते हैं।'' पलंग गीला करने की बात उसने जान-बूझकर कही थी, उन्हें चोट पहुँचाने के लिए।

''ये नर्सें किसलिए हैं?'' बूढ़े ने हिकारत भरे स्वर में कहा। पुरानी अफसरी का स्वर उनसे पूरी तरह छूटा नहीं था, हालाँकि दफ्तर से वे मुद्दत पहले रिटायर हो चुके थे।

''आप···'' गुस्से में उसका स्वर रुआँसा हो आया—''आप समझते हैं, वे घर की लौंडिया हैं, जो रात भर आपकी चादरें बदलती रहेंगी?''

''तुम्हें सबके लिए हमदर्दी है—क्यों?'' बूढ़े के स्वर में हल्का सा आरोप था, लेकिन आवाज में एक अजीब सी नरमी भर आई थी—''तुम घर में क्यों नहीं सोते?''

उसने बूढ़े को देखा और कहा कुछ नहीं। वह अस्पताल की खामोश घड़ी थी और वे दोनों सहसा उसका हिस्सा बन गए थे। लगता था, वे अपने घर लौट आए हों···वह उनकी छड़ी पकड़कर आगे-आगे चल रहा है, लेकिन वे पीछे नहीं हैं। वे उसके पीछे आते थे और अब नहीं हैं, यह खयाल उसे भयंकर सा लगा। वह अपने पिता का बिस्तर टटोलने लगा।

''क्या कर रहे हो?'' बूढ़े ने चीखते हुए कहा।

''कुछ नहीं।'' वह घबराकर बोला।

''डरो नहीं, अभी पेशाब नहीं किया!'' बूढ़े ने हल्के व्यंग्य से कहा।

पेशाब? नहीं, वह कुछ और टटोल रहा था···पसीने में तर-बतर।

सुबह होती तो वह कमरे के बाहर आकर बैठ जाता। नर्सिंग-होम के पीछे दूर-दूर तक पठार थे—खाली बंजर जमीन। मिट्टी के टीलों पर चीलें उड़ती-सफेद चमकती धूप में काले अपशगुनों सी, वह एक छोटी सी नींद में झूलने लगता—साफ हल्की नींद, जो परदे की तरह आर-पार डोलती रहती। भीतर चिलमची में गरम पानी भरने की गुड़-गड़ आवाज आती। उसकी अनुपस्थिति में बूढ़े की देह को रगड़-रगड़कर साफ किया जाता, पेशाब में डूबी चादरों को बाहर लाया जाता और उनके बदले में नई धुली सफेद चादरें भीतर आतीं। फिनाइल और साबुन की

झुरझुरी लानेवाली मीठी गंध उसे घेरने लगती। नर्सेज भीतर जातीं, तो वह उन्हें देखता। जब वे बाहर आतीं, तो वे उसे देखतीं। इतनी सफाई, इतनी हलचल, इतनी रोशनी के बीच उसे अपने रात के दुःस्वप्न बेकार से लगते। उसे अपना आपा भी बेकार लगता, क्योंकि बीमारी चाहे कितनी असाध्य क्यों न हो, अगर वह दूसरे की हो, अपने साधन खुद जुटा लेती है और बीच के रिश्तों को कूड़े की तरह बुहार देती है।

इन्हीं रिश्तों में उसकी माँ और भाई भी शामिल थे।

वह दूर से ही उन्हें देख लेता। वे झिझकते हुए फाटक के भीतर आते। दूर से वे किसी पराए लोक के प्राणी जान पड़ते। लेकिन ज्यों-ज्यों वे उसके पास रेंगते जाते, वह उन्हें पहचानने लगता। वह जल्दी से उठकर उनके पास जाता और गलियारे के एक ठंडे कोने में वे तीनों चुपचाप बैठ जाते।

'कैसे रहे?' माँ पूछतीं। पहला प्रश्न हमेशा यही रहता।

'ठीक!' वह कहता—'रात अच्छी गुजरी।'

'तुम ठीक से सो गए थे?' भाई के स्वर में हमेशा हल्की सी बेचैनी होती। वह उम्र में उससे छोटा था। आपस में दोनों एक-दूसरे को तुम कहते। पिता की बीमारी उन्हें एक-दूसरे के पास लाने के बजाय दूर खींच ले गई थी। उसके मन में आता कि कहीं अपने भाई को अकेले में ले जाए—किसी आत्मीय जगह में, बचपन में अकसर वह जगह घर की रसोई होती थी और उसे उन रातों के बारे में विस्तार से बताए, जो उसने बूढ़े के साथ बिताई थीं। किंतु कोई चीज उसे आखिरी दम पर रोक लेती। वह चीज कोई चीज नहीं थी, फिर भी उसके सामने वह रुक जाता।

''मैं आज दफ्तर से सीधा आ जाऊँगा। तुम घर जाकर आराम करना।'' उसके भाई ने कहा।

''मैं दिन-रात आराम करता हूँ।'' उसने कहा।

उसके भाई ने संदिग्ध निगाहों से उसकी ओर देखा, मानो उसने कोई गुप्त किस्म का मजाक किया हो। हर परिवार के अपने निजी इशारे होते हैं, जिन्हें बरसों पहले वह पकड़ सकता था, पर जिसकी डोर अरसा पहले छूट चुकी थी।

''क्या वे होश में रहते हैं?'' माँ ने पूछा।

''वह ज्यादा समय सोए रहते हैं।'' उसने कहा। सोना होश में गिना जाएगा, या बेहोशी में, इसका निर्णय वह अब तक नहीं कर सका था।

''घर लौटने के लिए जिद नहीं करते?''

"कैसा घर?"

"अपना घर, और कैसा घर?" माँ ने झुँझलाकर कहा।

"वे सोए रहते हैं।" उसने कहा। माँ और भाई ने कुछ आतंकित होकर उसकी ओर देखा।

"नहीं, डरने की बात नहीं।" उसने कहा, "यह सिर्फ थकान है, और कुछ नहीं।"

किंतु उसके शब्द दोनों के ऊपर से निकल गए। वे वार्ड के भीतर बूढ़े को महसूस कर सकते थे, हालाँकि सुन कुछ भी न सकते थे। माँ कभी-कभी यह भी भूल जाती कि बरसों पहले भीतर का मरीज उनका पति रह चुका है। वह दया से भीतर झाँकतीं, किंतु इतना हौसला न बटोर पातीं कि देहरी पार करके उनके सामने जा सकतीं, जिनका अब किसी से सामना नहीं था।

"तुम लोग अब जाओ।" उसने कहा, "मैं तो हूँ ही।" भाई जैसे इन्हीं शब्दों की प्रतीक्षा में हों। वे उठ खड़े हुए।

"मैं शाम को आऊँगा।" उन्होंने दिलासा देते हुए कहा। वह दिलासे के परे था। वह उसे रोकना चाहता था···मुझे उनके पास अकेला मत छोड़ जाओ। वह कहना चाहता था। हम सबको एक साथ रहना चाहिए, ताकि रस्सी खींचकर हम उन्हें अपनी तरफ खींच लाएँ। अपनी तरफ, जहाँ डॉक्टर और नर्स नहीं हैं, न ही बेहोशी की बड़बड़ाहट है। न ही पेशाब में भीगी हुई चादरें हैं। अपनी तरफ, जहाँ सिर्फ दस्तक देते ही रसोई का दरवाजा खुल जाता था। वह अपने भाई और माँ के साथ बैठा रहता था पिता की प्रतीक्षा में। बहुत पहले के दिनों में।

वह अपनी तरफ की तरफें दबोचे बैठा रहता और भाई गेट से बाहर निकल जाते।

जाते हुए माँ ठिठक जातीं, जैसे अस्पताल पर उड़ती हुई चीलों को घूर रही हों।

डरो नहीं—उनकी आँखें कहतीं। हर परिवार का शुरू चाहे अलग हो, अंत एक जैसा ही होता है।

"चिट्ठी-पत्री आती है?" माँ ने पूछा।

"आती है। सब ठीक है।"

"और बच्चे तुम्हें याद तो नहीं करते?"

वह चाहता, माँ के कंधे पकड़ ले, फिर उन्हें झिंझोड़े और दोनों एक-दूसरे को झिंझोड़ते हुए शराबियों से बोलते रहें।

भाई गेट पर ठिठककर माँ को बुलाते। ये हड़बड़ाकर पोटली उसके आगे कर देतीं। हर रोज की तरह उसमें वही एक सी चीजें रहतीं—फल, घर की बनी हुई मठरियाँ, मक्खन और डबल रोटी। कोई फुसफुसाकर उसके कानों में कहता—जा, तू खा ले। दिन-रात जी हलाट करता है, पेट में कुछ ठूँस ले। मरते के साथ मरता कोई नहीं। कोई नहीं? वह चारों तरफ सिटपिटाई आँखों से चोरों की तरह देखता और फिर अस्पताल के आगे लॉन पर बैठ जाता। मरीजों के दल से अलग। हरी घास पर अपना मैला-कुचैला रूमाल बिछाता। एक विचित्र सा खयाल आता कि वह पिकनिक पर है। दोनों पिकनिक पर हैं। बाबू भीतर, वह बाहर। ठीक भी है। वह रोटी को चबाता हुआ सोचता—कुतुब और ओखला नहीं गए, अस्पताल के बाहर खुले में बैठ गए। फर्क जरा भी नहीं।

"जी नहीं, फर्क जरा भी नहीं, आप नीचे सोएँ या ऊपर, हमें कोई एतराज नहीं।" नर्सेज उसे आश्वासन देतीं। वह उन्हें पहचानने लगा था, हालाँकि शुरू-शुरू में वे उसे एक जैसी ही जान पड़ती थीं। फिर वे, जो रात की ड्यूटी पर आती थीं, उनसे अलग दीखने लगीं, जो दिन में सिर्फ कुछ घंटों के लिए आती थीं। वे उसे फर्श पर लेटा देखकर अकसर कहती थीं कि वह खाली पलंग पर लेट सकता है, जब जी चाहे सो सकता है। उसे कभी इच्छा न हुई। वे मार्च की रातें थीं और फर्श गरम रहता था। उस पर लेटकर वह उस अंतर को बनाए रहता था, जो उसके और बूढ़े के बीच में था। जिस कमरे में वह पलंग पर लेटे, वहाँ वह भी बगल के पलंग पर लेटे, यह चीज उसके गले नहीं उतर पाती थी। जिंदगी में कभी ऐसा मौका नहीं पड़ा था और अब इस छोर पर आकर उसे नए प्रयोग करने में कोई दिलचस्पी न थी।

लेकिन बूढ़े का ध्यान भटकता रहता था। वे खाली आँखों से खाली बिस्तरों को देखते और अपने को रोक न पाते।

"क्या ये मरीजों के लिए है?"

"जी···लेकिन यहाँ आएगा कोई नहीं। आप बेफिक्र रहें।" वह उन्हें दिलासा देते हुए कहता।

"अगर आएगा कोई नहीं, तो तुम क्यों नहीं, इनमें से एक बिस्तर पर लेट जाते···नंगे फर्श पर सोने का कोई फायदा है?"

"फायदा?" वह हँसने लगता—"मैंने आपसे कहा न कि ये मरीजों के बिस्तर है, उनके रिश्तेदारों के लिए नहीं।"

"मरीज तुम्हें दिखाई देते हैं?" बूढ़े का मुँह व्यंग्य में तिरछा हो गया—"या

तुम सोचते हो, वे उनका इंतजार कर रहे हैं?''

''यहाँ कोई किसी का इंतजार नहीं कर रहा!'' उसने कहा, ''यहाँ सिर्फ मैं और आप हैं।'' कुछ देर तक वह एकटक अपने पिता का चेहरा देखता रहा···इन आखिरी दिनों में क्या उनका मन इन छोटी-छोटी चीजों में भटकता रहेगा?

''तुम फर्श पर इस तरह दिखा-दिखाकर लेटते हो, जैसे बहुत बड़ा त्याग कर रहे हो!'' बूढ़े ने कहा।

वह उचककर बैठ गया।

''आप जानते हैं, आप कह क्या रहे हैं?'' उसकी आवाज थर-थर काँपने लगी—''मैं आपको दिखाने के लिए फर्श पर लेटता हूँ। आपका दिमाग तो ठीक है?''

''दिमाग ठीक होता तो यहाँ अपनी दुर्दशा कराने आता?''

''यहाँ आपकी दुर्दशा हो रही है? पूरा एक कमरा···इतना खर्च··· ।'' उससे आगे नहीं बोला गया।

''नहीं, मुझे आराम है। यहाँ भला किस बात की कमी!'' बूढ़े के स्वर में कड़वा तिरस्कार उभर आया।

उसका खून उबलने लगा। लगा, जैसे सिर पर किसी ने हथौड़ा मारा हो—''आप बड़बड़ कर रहे हैं···आपको मालूम है, डॉक्टर ने आपकी हालत के बारे में क्या कहा है? आप घर में होते, तो अभी तक··· ।''

हे ईश्वर, मैं चुप नहीं रह सकता! मैं बराबर बहस किए जाता हूँ, जैसे बीमार मैं हूँ, वह नहीं। जबकि मुझे कोशिश यह करनी चाहिए कि किसी-न-किसी तरीके से उनका मन फेर सकूँ···उनका ध्यान नकली नोकझोंक से हटाकर ऐसी चीजों की तरफ मोड़ सकूँ, जो सचमुच असली हैं, जिन्हें कम-से-कम जिंदगी के इस किनारे आकर समझना चाहिए।

कौन सी असली चीजें?

वह निपट सूनी आँखों से खिड़की के बाहर देखने लगा। अस्पताल के बाहर घास का एक छोटा-सा मैदान था। जनरल वार्ड के मरीज वहाँ टहलते रहते थे। नीली धारियों के कमीज-पाजामों में वे जेल के कैदी से दिखाई दे रहे थे। उसके पिता अगर उनके बीच खड़े हों, तो उन्हें अलग करके पहचानना असंभव हो जाए, यह सोचते ही एक ठंडी सी सिहरन उसकी देह में दौड़ गई। उसने बूढ़े की ओर देखा, जैसे कोई पीला-पुराना गुड्डा बिस्तर पर औंधा पड़ा हो। बहुत पहले जिससे बच्चे खेलते थे, किंतु अब उसका कोई आकर्षण नहीं। वह मैले चीथड़ों का हौआ

भी नहीं, जिससे डरा जा सके। दूसरों को डराया जा सके।

वह बेचैन सा होकर बिस्तर पर लपका और बूढ़े की देह धीरे-धीरे सहलाने लगा। बूढ़े ने विरक्ति से उसका हाथ अलग कर दिया। वे हर किसी की छुअन से घबराते थे। न जाने मुद्दत पहले कैसे उसकी माँ के साथ एक बिस्तर पर लेटते होंगे? पर इस बार वह हटेगा नहीं। बच्चों की जिद में आकर उसने बूढ़े का हाथ फिर पकड़ लिया।

"आपका मन भटक रहा है। आप कुछ पढ़ते क्यों नहीं?"

सिरहाने की तिपाई पर गीता रखी थी। घर में थे, तो रोज सुबह-शाम पढ़ते थे, किंतु जब से अस्पताल आए हैं, एक बार भी उन्होंने उसे नहीं छुआ था।

"इस हालत में!" बूढ़े ने तनिक उत्सुक आँखों से अपने को देखा—नीचे बेडपेन, ऊपर गीता! वह धीरे से हँसे, हालाँकि आवाज बाहर नहीं आई।

"आप चाहें तो मैं पढ़ता हूँ...आप लेटे रहें।"

वृद्ध ने न इनकार किया, न सहमति दी। वे छत की तरफ देख रहे थे। उनका हौसला मंद पड़ गया। आदमी जब गीता-रामायण सुनता है, तो अपने भीतर झाँकता है, छत की तरफ नहीं। वह बुझे स्वर में पढ़ने लगा, पोथी के हाशियों पर वृद्ध ने टीका लिखी थी—अपने हाथों अंग्रेजी में। उन्हें किसी दूसरे की टीका पर विश्वास नहीं था। श्लोकों को पढ़ते-पढ़ते चोरी-चुपके वह हाशिए पर नजर डाल लेता था। मानो गीता पर टिप्पणी नहीं, अपने पिता की बहुत पुरानी डायरी पढ़ रहा हो।

बूढ़े ने हाथ ऊपर उठाया। वह सहसा पढ़ते-पढ़ते रुक गया और प्रश्न भरी दृष्टि से पिता को देखने लगा।

"आखिर तुम कर क्या रहे हो?" बूढ़े ने कहा।

"पढ़ रहा हूँ। आप देखते नहीं?"

"क्या यह रास्ता है?

"कैसा रास्ता?"

"गीता पढ़ने का, और कैसा? इस रास्ते से स्कूली लड़के टेनीसन भी नहीं पढ़ते!"

उसके मन में आया कि वह पोथी उछालकर खिड़की के बाहर फेंक दे, किंतु सहसा बूढ़े के कोमल स्वर से उसके हाथ रुक गए।

"जब तुम छोटे थे, तो इसी ढंग से पढ़ते थे, तुम्हें सुनते हुए मैं सोच रहा था कि तुम दो बच्चों के बाप बन गए, लेकिन तुम्हारे पढ़ने के ढंग में रत्ती भर फर्क नहीं आया।"

साँस लेकर करवट ली, मानो बोलने की इस मेहनत ने उन्हें सहसा बहुत थका दिया हो। बाहर घिरती शाम अपने सूनेपन का एक अंश कमरे में छोड़ गई—उन दोनों के बीच और तब बिस्तर की तरफ ताकते हुए उसे काफी अजीब लगा कि जिस दौरान वह गीता पढ़ रहा था, वृद्ध अपनी जिंदगी के बारे में नहीं, उसके बचपन के बारे में सोच रहे थे। शाम के धुँधलके में टेनीसन और गीता के बीच भेद की टोह लेना आसान नहीं था, उसे तब पहली बार खयाल आया कि बूढ़े के साथ-साथ उसका अपना बचपन भी झर रहा है।

''आप सो रहे हैं?'' उसने अनिश्चित स्वर में पूछा।

बूढ़े का मुँह डिबिया सा खुला था, खट से बंद करके बोले, ''नहीं···क्यों?'' खिसियानी सी मुस्कराहट उनके चेहरे पर सिमट आई।

''आप कुछ खाएँगे?'' उसने पूछा, हालाँकि वे रात को कुछ भी नहीं खाते थे। शाम शुरू होते ही वृद्ध की आँखें मुँदने लगती थीं। वह चाहता था कि वे जागे रहें, ताकि सचमुच रात आने पर वह ठीक से सो सके।

''तुम बाहर टहल आओ।'' बूढ़े ने अँधेरे में उसे पहचानने की कोशिश की—''मुझे किसी चीज की जरूरत पड़ेगी, तो मैं नर्स को बुला भेजूँगा।''

वह कहीं बहुत दूर नहीं जाता था। इसलिए नहीं कि उसे कोई अंदेशा था, लेकिन टहलने के नाम से ही उसे ऊब लगती थी।

लेकिन कमरे में बैठना खतरे से खाली न था। वह चाहे सो रहे हों या जाग रहे हों, उसका 'होना' ताड़ लेते थे, जैसे उसकी उपस्थिति एक बोध हो। इसलिए नहीं कि वह उससे कुछ छिपाना चाहते थे, या खुद छिपना चाहते थे, या अकेले रहना चाहते थे, लेकिन उसे लगता था, जैसे वह एक छुट्टी भोगना चाहते हों, जैसे ये लंबी बीमारी की छुट्टियाँ हों, जिनमें किसी का साझा उन्हें बरदाश्त नहीं।

छुट्टी की इन घड़ियों में वह बूढ़े को अकेला छोड़ देता, कुछ देर तक अँधेरे गलियारे की बेंच पर बैठा रहता। उसे सहसा अपने बच्चे याद आते, जो काफी छोटे थे। वह पिछले दिनों की दौड़-धूप में लगभग उन्हें भूल गया था। उसे यह चीज काफी हास्यास्पद जान पड़ती कि वे अपने पिता के आने की उसी तरह प्रतीक्षा कर रहे होंगे, जैसे वह अपने पिता के जाने की। घबराकर वह अपनी पत्नी की चिट्ठी बाहर निकालता और अस्पताल के अँधेरे में उसे पढ़ने की कोशिश करता और शब्दों के बीच वह स्त्री के प्रेम को टटोलने लगता, जो अरसा पहले उसकी चाहना रही थी। वह उसे पकड़ने को आगे बढ़ता और भूल से उस दरवाजे को पकड़ लेता, जिसके पीछे वह अँधेरे में तप रहे होते। वह बुखार चढ़ने की घड़ी

होती और वह भाँप जाते कि दरवाजे के पीछे कोई खड़ा है—गो अवे···बुखार में वे अंग्रेजी में चीखे···गो अवे! लीव मी एलोन!···गो···गो···जैसे वह किसी भूत से अपना पिंड छुड़ा रहे हों। वह अँधेरे में भागने लगता और फिर सहसा रुक जाता। बीच के गलियारे में वह केरल की नर्स मिल जाती, जो फ्लोरेंस नाइटिंगेल की तरह मरीजों के कमरों में चक्कर लगाया करती, हाथ में लालटेन की जगह सिर्फ टॉर्च होती और एक क्षण उसके प्रकाश में उसकी आँखें चुँधिया जातीं।

"आप कहाँ भाग रहे थे?" वह हैरानी से पूछती।

"आपके पास!" वह कहता।

"हमारे पास?" वह दिलचस्पी से उसे देखती। चालीस वर्ष का आदमी, अँधेरे गलियारे में भागता हुआ—आइए, हम चाय बनाने वाले थे। आपका इंतजार था।

वह तफरीह की घड़ी होती। ग्यारह बजे रात। बड़े गलियारे के छोर पर उनका कमरा। कोई शोर नहीं। लगता, वह अपने घर की रसोई में चला आया हो। सब कमरों से अलग। एक चौड़ी काउच, जिस पर दो नर्सेज आराम से अगल-बगल सो सकती थीं। दीवार पर एक तसवीर—दिल्ली का कोई मकबरा, झाड़ियों के झुरमुट में सोया हुआ, जिसे देखकर हमेशा दूसरे दिनों की याद आती थी। धूप और पिकनिक की, लड़कियों की, हवा में हँसती लड़कियों के। वह काउच पर औंधा पड़ जाता और सिसकने लगता। गो, लीव मी एलोन। गो! गो! कोई आवाज फुसफुसाती, जैसे वह टेप पर दर्ज हो, जिसे वह किसी क्षण सुन सकता है। गीदड़ों की रिरियाहट से अलग। कितने गीदड़ थे, भले आदमी! मार्च के दिनों में गीदड़ और जंगल की खुशबू! वह ऊँघने लगता। माँ पोटली लेकर खड़ी है—जा, कुछ खा ले, पेट में डाल ले। मैं कितना जिंदा हूँ। माँ! इतना ढेर सा जिंदापन! एक नशीली सी गंध उसे घेरने लगती, नर्सेज के उतरे हुए कपड़ों से आती हुई, जिन्हें वे काउच पर छोड़ जातीं। आप सो गए? देखिए, पानी उबल रहा है! केरल की नर्स उसके कंधे को सहलाती और वह हड़बड़ाकर उठता···जी नहीं, बीच-बीच में नींद के झोंके आते हैं। आप चक्कर लगा आइए, रात के आखिरी चक्कर! वह परदा उठातीं और टॉर्च से मरीजों को देखतीं, फिर लौट आतीं। लगता, समूचा अस्पताल एक अंतहीन बुखार में तप रहा है, सिर्फ यह कमरा नहीं। घर की रसोई सा अलग, गरम होते हुए भी शीतल। इतना शीतल कि लगता, यह तफरीह की घड़ी है। दूसरे दिनों की तरह। काउच पर गिरे, उतरे हुए कपड़ों की तरह।

"आपकी तबीयत तो ठीक है?" वह हर रात को पूछती।

"जी हाँ, मेरे साथ कोई खराबी नहीं···" वह कृतज्ञ सा हो जाता। उसे

लगता, चाय चाहे अपने में कुछ न हो, दो-चार प्यालों के बीच अपनी दुनिया समेट लेती है।

"आप दिल्ली ज्यादा आते-जाते नहीं?" वह उत्सुकता से पूछती।

"जी, अब अरसे से नहीं, लेकिन मेरा पहचाना शहर है।" केरल की नर्स उन लोगों में से थी, जो अपनी बेफिक्री से दूसरों को भी बेफिक्र बना देते हैं···उन लोगों में से, जिनसे पहली मुलाकात में ही सबकुछ कहने को मन ललकता है। अपनी उजड़ी गृहस्थी के बारे में, अपने बड़े होते बच्चों के बारे में···लेकिन वह ऊब जाएगी, इस डर से वह चुप रहता। शायद उसकी थकान को देखकर भी जुबान रुक जाती। वह हर रात निढाल सी होकर कुरसी पर बैठ जाती और सिगरेट सुलगा लेती। रात की नर्सेज में एक वही थी, जो बेझिझक सबके सामने सिगरेट पीती थी।

"मैं अभी आपके कमरे से ही आ रही हूँ।" उसने केतली उतारी। उबलता पानी सहसा शांत हो गया।

वह उठ बैठा। तेजी से दिल धड़कने लगा—"आपने भीतर देखा?"

सिस्टर ने हल्के कुतूहल से पूछा, "हाँ, देखा, क्यों?"

"कुछ कहा आपसे?"

"कहेंगे क्या, सो रहे हैं।"

"सो रहे हैं?" उसके भीतर एक भीगा सा परदा उतर आया। क्षोभ नहीं, ग्लानि नहीं, महज एक भीगा सा आतंक। जब जागेंगे, तो अँधेरे में जागेंगे। इतनी शक्ति भी नहीं कि उसे बुला सकें। फिर भी वह अपने को रोके रहा, अपने को रोककर बैठा रहा। कम-से-कम एक कप चाय पीने का मुझे अधिकार है। और तब उसने अपना मुँह दोनों हाथों से ढाँप लिया। सिर के सफेद होते बाल अपनी-अपनी जगह खड़े होकर चमकने लगे। हे ईश्वर, हे ईश्वर···मुझे होता क्या जा रहा है! भले आदमी, यह अपने अधिकारों के बारे में सोचने का समय है?

अस्पताल के पीछे पहाड़ी से गीदडों की चीखें काँच पर चाकू फेरती हुई उठने लगीं। पहले एक, फिर दूसरी, उस पहली का पीछा करती हुई।

"आपके फादर सरकारी दफ्तर में थे?" नर्स ने उसकी ओर देखा।

"जी हाँ, सारी जिंदगी।" सिस्टर ने 'फादर' शब्द कुछ इतने स्नेह से कहा कि लगा, मानो वह उसके पिता के बारे में नहीं, अपने गाँव के पादरी के बारे में पूछ रही है। देर तक वह उस शब्द को सहलाता रहा।

"बहुत अच्छी अंग्रेजी बोलते हैं···बिल्कुल अंग्रेजों के जमाने की!" सिस्टर

धीरे से हँसी। थकान के चिह्न डूबने लगे।

"जी···वह हमेशा शिमला में रहते आए थे।" उसने बच्चों के से गर्व से कहा, मानो अच्छी अंग्रेजी का शिमला से कोई अज्ञात संबंध हो।

"आप तो तब बहुत छोटे रहे होंगे?" सिस्टर ने दिलचस्पी से सामने बैठे व्यक्ति को देखा, जो चालीस पार कर रहा था। मरीजों से अधिक उसे मरीजों के रिश्तेदार रहस्यमय जान पड़ते थे।

"काफी छोटे?" वह हँसते-हँसते रुक गई।

"जी हाँ," वह भी मुस्कराया—"मैं उनकी छड़ी पकड़कर उतराई उतरता था।" इच्छा हुई, कुछ और कहे, उन दिनों के बारे में, जो पत्तों की तरह लिथड़कर जमीन पर चिपक गए थे, लेकिन ज्योंही वह छूने आगे बढ़ा, उसके हाथ उन्होंने पकड़ लिये···लीव मी एलोन! फॉर गॉड्स सेक, लीव मी एलोन! और उसके हाथ जहाँ थे, वहाँ टँगे रहे।

"आप और चाय लेंगे?"

"जी नहीं···मैं अब चलूँगा।" लेकिन वह उठा नहीं। कमरे की सूनी गरमाई ने उसे बाँध रखा था। नर्स खिड़की से बाहर देख रही थी। अँधेरे मैदान के बीच अस्पताल की बत्तियाँ जैसे अकेले दिन की धड़कन हों, धक-धक टिमटिमाती हुई।

"आप रात भर जागती हैं?"

"अजी कहाँ?" सिस्टर ने कहा, "जब सिर्फ कोई नया एडमिशन होता है, तभी उठना पड़ता है। नहीं होता तो रात भर सोते हैं।"

"लेकिन अगर आपको कोई मरीज···" वह हकलाने लगा, जैसे मुँह पर आते शब्द को मक्खी की तरह हटा रहा हो—"मेरा मतलब है, अगर कोई केस सचमुच बिगड़ा हुआ हो?"

सिस्टर ने लंबी, थकी हुई साँस ली—"ऐसे लोग बहुत शांत हो जाते हैं···आखिरी स्टेज पर कोई ड्रामा नहीं होता।"

"आखिरी स्टेज पर···?" उसकी देह ऊपर से नीचे ठिठुरने लगी।

"जी हाँ, उस घड़ी वे हमें तंग नहीं करते।"

"सब मरीज?"

"तकरीबन सब।"

वह कुछ देर तक सिस्टर के शब्दों पर लटका रहा। वह एकदम हल्का हो गया। तकरीबन सब, यानी 'वह' भी। एक गहरी चैन की छाँह में उसने आँखें मूँद लीं।

"आप वापस चले जाएँगे?" सिस्टर को उसकी शांति अजीब सी लगी।

"वापस कहाँ?" काँपते हाथों से उसने चाय का खाली कप तिपाई पर रख दिया।

"मेरा मतलब था, छुट्टी खत्म होने पर।" सिस्टर ने मानो उसे दिलासा देते हुए कहा।

"ओह!" वह ढीला होकर हँसने लगा—"जी हाँ, मेरा परिवार है। बच्चे हैं, जो बड़े हो रहे हैं।"

सिस्टर चुपचाप उसकी ओर देखती रही। लोगों की अपनी दुनिया हो सकती है, अस्पताल की चहारदीवारी के बाहर, यह बात उसे हमेशा मायावी जान पड़ती थी।

"मैं आपसे एक बात पूछना चाहता था।" उसने जी कड़ा करके कहा।

"जी, कहिए···"

"आने के पहले मैंने दस दिन की लीव ली थी।" उसने थूक निगलते हुए कहा, "आप क्या सोचती हैं···मुझे कुछ और दिन बढ़ा लेने चाहिए?"

"आपको हमारे यहाँ कोई तकलीफ है?" सिस्टर के स्वर में अचानक एक गहरी थकान भर आई।

"मुझे कैसी तकलीफ?" उसने हैरानी से पूछा।

"नहीं, ऐसे ही।"

सिस्टर के स्वर में जो ठहराव चला आया था, उसे पहचानकर वह बौखला उठा—"नहीं···देखिए, मुझे कोई तकलीफ नहीं। मैं बिल्कुल ठीक हूँ।" उसे लगा, जैसे बाहर चीखते गीदड़ों की आवाज से उसकी आवाज चिपक गई है और वह बेतहाशा उसे अलग करने की कोशिश कर रहा हो।

बड़ी नर्स उठ खड़ी हुई। किसी मरीज ने घंटी बजाई थी। किंतु जाने के पहले वह दरवाजे पर ठिठक गई—"बीमारों के लिए यहाँ रहना जबरदस्ती है।" उसने धीमे, साफ स्वर में कहा, "आपके लिए कोई ऐसी बात नहीं।"

उसने सिर उठाया। नहीं, उसके स्वर में कोई व्यंग्य नहीं था, न कोई सहानुभूति। सिर्फ एक ठंडा तथ्य था, जो धुँधले आईने को साफ करके अपनी जगह बैठ जाता है। वह भी उठ खड़ा हुआ।

वह दुबारा वार्ड में आकर लेट गया। फिर उठ बैठा। कहीं नींद नहीं थी। अपनी टॉर्च जलाई। रोशनी का गोल चक्कर दीवार पर हिल रहा था। बिस्तर पर कोई हलचल नहीं थी। जैसे वह खाली हो। टॉर्च को कॉपी की तरफ मोड़ लिया, पर एक खाली पन्ना खोला और अपनी पत्नी को पत्र शुरू किया···मैं यहाँ ठीक हूँ।

तुम मेरी चिंता न करो। रात को अस्पताल में रहता हूँ। दिन में घर चला जाता हूँ। मैंने और भाई ने शिफ्टें बाँध रखी हैं। बीच-बीच में माँ आ जाती हैं। कहना मुश्किल है, अभी कितने दिन यहाँ रहना पड़ेगा। डॉक्टरों को भी निश्चित तौर से कुछ नहीं मालूम। कल खून चढ़ेगा, तो मौका देखकर उनसे पूछूँगा···

कलम सहसा ठिठक गई। मौका देखकर···उसने दुबारा पढ़ा। फिर बिस्तर की ओर देखा, जो अँधेरे में डूबा था। शायद आज नर्स ने नींद की गोलियाँ दी होंगी, नहीं तो इस तरह गुमसुम नहीं लेटने वाले। वह भी लेट गया। टॉर्च बुझा दी। वह अँधेरा, जो बूढ़े के बिस्तर पर था, अब उसके ऊपर सरक आया। गलियारे में सन्नाटा था। सिर्फ जब कभी रात की सिस्टर टॉर्च लेकर गुजरती, आलोक का एक दायरा मरीजों की बेचैन साँसों को समेटता हुआ आगे बढ़ जाता।

''तुम यहाँ हो?'' पलंग धीरे से कराह उठा।

''जी। कुछ चाहिए?'' अँधेरे में उसकी आँखें चौकन्नी हो गईं।

''तुम जरा यहाँ कुछ देर बैठोगे···मैं अभी लौटकर आता हूँ।''

नींद और बुखार के बीच उनकी आवाज पारे सी चमक रही थी। वह बिस्तर पर उठ बैठा। ठंडे पसीने की धार माथे पर बहने लगी।

''कहाँ जाइएगा? मैं आपके साथ चलता हूँ।'' उसने कहा।

''तुम नहीं।'' बूढ़े ने कहा, ''मैं जाता हूँ। अभी लौट आता हूँ।''

''आप कहीं नहीं जाएँगे···यह घर नहीं है!'' गुस्से और क्षोभ में उसकी आवाज थरथराने लगी।

बिस्तर पर लेटे आदमी ने करवट ली।

''कौन सा घर? तुम्हें मालूम है, हम कितने घर बदलते रहे हैं?'' बूढ़े ने कहा।

यह नींद की गोलियों की गफलत है, उसने हताश होकर सोचा।

''तुमने बताया नहीं कौन सा घर?''

गलियारे में हवा उठी थी। मार्च के पत्ते सरसराते हुए घूम रहे थे।

''कोई बाहर है?'' बूढ़े ने पूछा।

''जी नहीं, बाहर सिर्फ हवा है।'' उसने कहा, ''आप सोते क्यों नहीं?''

कुछ देर दोनों के बीच सन्नाटा रहा, फिर अचानक बूढ़ा अपने पलंग पर बैठ गया—''मेरी एक बात मानोगे?''

''कहिए!''

''मुझे घर ले चलो!'' बूढ़े का स्वर बहुत धीमा हो आया था।

वह अँधेरे में उन्हें देखने लगा। कुछ देर तक दोनों की साँसें आसपास घूमती रहीं।

"आप घबराते नहीं?" उसने धीरे से कहा, "घर में क्या है, जो यहाँ नहीं है?"

"वहाँ कुछ नहीं है, इसीलिए मैं जाना चाहता हूँ।" बूढ़े की आवाज नींद के इस छोर पर चली आई थी, जैसे कोई डूबकर बाहर निकला हो, "यहाँ...यहाँ..." वे टटोलने लगे।

"यहाँ क्या?" उसने उतावली से पूछा।

"यहाँ मुझे लगता है, तुम सब लोग मेरा इंतजार कर रहे हो।" लगा, जैसे साँसों के झुरमुट में एक काला साँप निकल आया है। वह उसे बहुत भीतर निगलता ले गया।

अब वे दोनों बैठे थे—एक पलंग पर, दूसरा फर्श पर। दोनों अँधेरे में एक-दूसरे को घूर रहे थे।

"तुम बोलते नहीं?" बूढ़े ने कहा।

"आपको मालूम है, कितना बजा है?"

"मुझे जाने दोगे!"

"आप सोएँगे नहीं?" उसका गला रुँध आया। अँधेरे में उसे अपने आप से डर लगने लगा।

"तुम समझते हो, मैं बहक रहा हूँ। अपना हाथ दो...हाँ, मुझे छुओ...अब मुझे छुओ...तुम सोचते हो, मैं बाहर भाग जाऊँगा।" अँधेरे में उनकी हँसी बिल्ली की आँखों सी चमकी—"छुओ, डरो नहीं। अब तुम बच्चे नहीं हो...छुओ, यहाँ और यहाँ...देखा तुमने, मैं बाहर हूँ। आइ ऐम आउट आउटसाइड। लुक...कहाँ हैं तुम्हारे हाथ? तुम्हें अब भी हथेलियों पर पसीना आता है। छुओ, यहाँ हाथों को, पैरों को, टाँगों को, गरदन को...पकड़ो, मेरी गरदन पकड़ो...नहीं, नहीं आइ ऐम नॉट हिस्टीरिकल...आइ ऐम नॉट! छूकर देखो, मैं बाहर हूँ। अब मुझे जाने दोगे? बताओ...मुझे रोकोगे?"

वह छूने लगा, अँधेरे में उनकी देह को। बारिश के बाद जैसे पेड़ गरम हो जाते हैं, वैसी उनकी देह थी। हर अंग हवा में थरथराता हुआ, जैसे पुरानी, ऐंठी नसों में उलझी हुई टहनियाँ उसे अपने में लपेट रही हों, भींच रही हों, जैसे पेड़ के तने में अपने तन का एक-एक तिनका बिखरने लगा हो। "छोड़ो!" वह अमानवीय ढंग से चीखा, "मुझे जाने दो!" उसे सहसा बच्चे याद हो आए। और वह सुन्न

होकर बैठा रहा···बाप होने की वीरानगी···यह भी कोई वीरानगी है?

फिर सबकुछ खत्म हो गया। ज्वार उतरने लगा। बाहर एकदम शांति घिर आई। दोनों हाँफते हुए अपने-अपने बिस्तरों पर पसर गए।

सोने के पहले एक धुँधली सी आकांक्षा हुई। आकांक्षा भी नहीं। सिर्फ भीतर एक दस्तक कि कुछ ऐसा कहे, जिसे 'वह' यात्री की तरह इस्तेमाल कर सकें। और उसे खोल सकें, जो अरसे से बंद है, रसोई की गरमाई, घर के कमरे, बरामदे की पहाड़ी हवा, जहाँ धूल इकट्ठा होती गई है, खोल सकें और देख सकें···आखिर तक खोल सकें।

बंद करने के लिए कितनी चाभियाँ हैं, खोलने के लिए एक भी नहीं!

खून चढ़ रहा था—एक-एक बूँद बूढ़े की देह में अपना रिश्ता खोजता हुआ, उसमें घुलता हुआ। जब कभी शीशे की नली में अटक जाता, भाई उसे हिला देते और झिझकती बूँदें दुबारा से बूढ़े की बाँह में सफर करने लगतीं।

भाई ने दफ्तर से छुट्टी ली थी। वह डॉक्टरों को जानता-पहचानता था, नर्सेज से हँसी-मजाक भी कर लेता था। बाहर पेड़ की छाया बाबू के तकिए पर गिर रही थी···हवा में डोलते हुए कभी-कभार खून पर जा गिरती, लाल बूँदों के बीच जैसे कोई बड़ी तितली फँस गई हो। उसका सिर घूमने लगा। वह बाहर आकर बरामदे में बैठ गया उसी बेंच पर, जहाँ माँ बैठी थीं। उसी बरामदे में, जहाँ कल रात वह अँधेरे में भाग रहा था।

माँ ने उसे देखा और पोटली खोलने लगीं। उसे यही अंदेशा था···।

"अभी नहीं···" उसने फूत्कारते हुए कहा, "अभी मैं कुछ नहीं खाऊँगा!" माँ का हाथ जहाँ था, वहीं टिका रहा। वह उसके गुस्से से घबराती थीं, वह पिछले दिनों पीछे हटकर रहती थीं, जैसे वह कोई नाटक हो, जिसमें उसके बच्चों और बच्चों के बाबू का मुख्य पार्ट हो और जब वे तमतमाते, धमकाते हुए स्टेज के पीछे आते, तो वह उनके पसीने को पोंछती, उखड़ा हुआ पेंट-पाउडर दुबारा जोड़ देती, ताकि वे दुबारा सज-धजकर मंच पर जा सकें।

"तुम नाहक दिन-रात जी हलाट करते हो। आखिर बीमारी अपने दिन लेगी।" माँ ने कहा। उनके ठंडे, तटस्थ स्वर को सुनकर वह बौखला उठा।

"कितने दिन?" उसने पूछा, "तुम गिनती हो?" वह माँ की सपाट तटस्थता को भीगे तौलिए की तरह निचोड़ना चाहता था, ताकि उसमें सलवटें पड़ सकें, खूब ढेर सी सलवटें···तब उसे सुख होता—"कितने दिन···?" उसने दुबारा पूछा।

लेकिन वे दिन गए, जब माँ उसके शब्द को सुनती थीं। अब वह उसके शब्दों

को नहीं, उनके सहारे उसे सुनने की कोशिश करती थीं। शायद एक उम्र के बाद ऐसा ही होता है सबके साथ, लेकिन सबसे ज्यादा माँ-बाप के साथ, जो अपने बच्चों की बढ़ती उम्र की छाया तले स्वयं छोटे होते जाते हैं।

"सुनो···।" माँ ने उनके शब्दों को बुहारकर एक तरफ सरका दिया—"तुम घर जाकर थोड़ा आराम कर लो···मैं और छोटे तो हैं ही···जरूरत पड़ी तो तुम्हें बुलवा भेजेंगे।"

वह जैसे किसी जिद्दी बच्चे को पुचकार रही हों। उसने माँ को देखा और मुट्ठियाँ बंद करके बैठा रहा। वह ताड़ गई थीं कि वह यही चाहता है। वह यही चाहता था, लेकिन वह एकदम उठा नहीं। वह यह नहीं जतलाना चाहता था कि अस्पताल से छुटकारा पाने के लिए, चाहे कुछ देर के लिए ही, वह उतना उतावला है। माँ और भाई के हाथों में उन्हें सौंपकर वह छुट्टी लेना चाहता था। कितने वर्षों से उसे छुट्टी नहीं मिली, उसने विस्मय से सोचा। जब वहाँ था तो अपनी पत्नी और बच्चों से छुटकारा पाने की हविश उठती थी। हमेशा नहीं, कभी-कभी दाँत के दर्द की तरह···लेकिन छुटकारा पाना एक बात है, गोली निगलकर दर्द दबाना दूसरी बात है। छुट्टी बीच में कहीं नहीं आती।

भीतर लहू उतर रहा था, चढ़ रहा था। लाल बूँदों के बीच बाबू बेहोशी में बह रहे थे। तकिए पर बाहर की डाल जैसे कोई बारिश में भीगी रहती हो, हिलते ही लाल-लाल बूँदें झरने लगतीं। बूढ़े के चेहरे पर मक्खी घूमने लगती, बेंगाटेल की गोली की तरह, जो बार-बार चारों तरफ घूमती हुई एक छेद में आ फँसती है।

वह बिना किसी से कुछ कहे बाहर आ गया। वह कुछ इतने झपाटे से बाहर आया, मानो पेशाब करने जा रहा हो···अभी आया, अभी आया की तरह।

नर्सिंग-होम के अहाते के बाहर आते ही उसके पाँव धीमे पड़ गए। खाली दुपहर में खाली घर जाते उसका दिल सहम उठा। पिछले वर्षों में उसके जान-पहचान के लोग तितर-बितर हो गए थे और जब कभी संयोगवश मिल भी जाते, तो उसका दिल बैठने लगता था। हाल-चाल पूछने के बाद वे बगलें झाँकने लगते। उसे काफी हैरत होती कि वे सब पहले की तरह जी रहे हैं और तब उसे जिंदगी पहाड़ सी जान पड़ती, जिस पर वे सब चींटियों की तरह एक-दूसरे को सूँघते हुए ऊपर चढ़ते जा रहे हैं···अपने-अपने बाल-बच्चों के साथ···उसी जगह पहुँचने के लिए, जहाँ आज भी उसके पिता एक-एक साँस के लिए हाँफ रहे हैं।

दम उसका भी उखड़ने लगा, लेकिन वह काफी देर तक चलता रहा, जैसे अस्पताल से जितना दूर भागता जाएगा, छुट्टी उतनी पास आती जाएगी। अस्पताल

के पीछे भूली भटियारी का मैदान था। एक यूथ-होस्टल, जिस पर अलग-अलग देशों के झंडे फहरा रहे थे। कुछ हिप्पी किस्म के लड़के-लड़कियाँ धूप में लेटे थे। चारों तरफ भूरे झाड़-झंखाड़। धूल से अँटे हुए बनजारों के डेरों से धुआँ उड़ रहा था। औरतें अपने बच्चों के बालों को उधेड़ रही थीं···जुओं और जीवों की खोज में। मांस और मैल की एक देह तनाने वाली गंध फैली थी। अस्पताल की ठंडी, सभ्य गंध से बिल्कुल अलग बाहर की दुनिया पर मार्च की नीली छत, खुली छत पर घोंसलों के बादल···वह इन्हें नहीं देखेंगे। उन्हें कुछ भी नहीं मालूम, एक-एक बूँद में रिसता हुआ एक परायी देह का पथराया खून उनकी देह में गिर रहा था। वह उसके नीचे बैठ गया, जैसे भीग रहा हो। उनके खून की सुर्ख छाया तले, जिस पर चीलें थीं, डॉक्टर थे, माँ थी···प्रतीक्षा करते हुए। घर था···हाँ, उनका घर।

सुनते हो, मुझे घर ले चलो। पहाड़ी के नीचे। वह उनकी छड़ी पकड़कर नीचे उतरता। उन्होंने पी हुई होती। लड़खड़ाते हुए नीचे उतरते और ऊपर चढ़ते तथा फिर नीचे उतरते। पहले माल रोड की ढलुवाँ सड़क, फिर काली बाड़ी की उतराई। वह बार-बार उनकी छड़ी सँभाल लेता। मुन्ने भाई, आज हमने बहुत पी डाली! वे हँसते। क्लब में बैठकर वे दोस्तों के साथ पीते रहते और वह सबसे अलग-थलग खड़ा रहता। खिड़की के पास खड़ा रहता, जिसके ऊपर बर्फ में शिमले की बत्तियाँ धुँधआती रहतीं···आधी रात की बर्फ में कोई उन्हें देखता, तो हैरत में पड़ जाता···एक बदहवास सा लड़का अपने बाप की छड़ी से खुद अपने बाप को घसीटता नीचे उतार रहा होता। दोनों की साँसें बर्फ पर धुआँ बन जातीं। माल रोड पर पहुँचते ही वह बहकने लगते, झटके से उसके हाथ से छड़ी छुड़ा लेते और उसे हवा में इस तरह घुमाते, मानो बाबू नहीं, खुद छड़ी शराब के नशे में झूल रही हो। "मुन्ने बाबू!" हिचकियों के बीच वे कहते—"मालूम है, अंग्रेजों ने ये सीढ़ियों क्यों बनवाई थीं, जो सीधी लोअर बाजार में उतरती हैं? तुम क्या जानोगे। तुम तो उस समय पैदा भी नहीं हुए थे!" वे रुकते, फिर उसकी तरफ ताकते, एक क्षण के लिए बिल्कुल गंभीर बन जाते, कहते, "बहुत पहले जब शिमला बना था, माल रोड पर सिर्फ अंग्रेज चल सकते थे। जब कोई हिंदुस्तानी भूल से माल पर चला जाता, तो पुलिस उसे फौरन सीढ़ियों के रास्ते नीचे लोअर बाजार में पहुँचा देती। सच···!" हँसते-हँसते वह दुहरे हो जाते। उसके गले में हाथ डाल देते—"इतनी जल्दी मत चलो! देखो, हमारी साँस फूलती है! आई ऐम ब्रेथलेस! वे अंग्रेजी पर उतर आते—"लुक, डोंट रन। माई ब्रेथ। इट इज रनिंग आउट···इट कम्स ऐंड गोज···"

टूटती हुई साँस। कितने वर्षों बाद वह अब भी है, बेहोशी के आर-पार झाँकती हुई···अपने को पराए खून के कतरों में पिरोती हुई···सनसनाती लू की तरह सफेद अस्पताली बिस्तर पर···बेडपेन के आसपास···अपने ही खून-पेशाब में तर-बतर।

वह भागता हुआ लौटा, जैसे किसी काम को पूरा करके लौट रहा है। अस्पताल के अहाते में घूमते ही उसे चैन मिला, मानो उसने आसपास की भटकती प्रेत-छायाओं से छुटकारा पा लिया है। पिछले दस वर्षों में वह पहली बार निकम्मा और खाली रहा था···खाली और खुला और अपने में लौटता हुआ। कितना अजीब था वह मार्च का दिन···उसने कुछ भी नहीं खोया था···जिन चीजों को वह अरसे से भूल चुका था, वे सब अपनी-अपनी जगह कायम थीं, मौका पाते ही अपने फड़फड़ाते पंखों समेत उसके कंधों पर बैठ जाती थीं। जहाँ-जहाँ उसके पैबंद लगाए थे, अपनी चोंचों से उन्हें चीरती हुई, फाड़ती हुई···और वह हवा में उड़ती उन फटी हुई थिगलियों के पीछे दौड़ने लगता। उन्हें पकड़ने, अपने में दबोचने के लिए···सुनो, मेरी साँस···वह आती है और जाती है···तुम सुन रहे हो?

वार्ड के आगे ही उसे भाई मिले। वे उसी की प्रतीक्षा में बैठे थे। उन्होंने यह भी न पूछा कि वह दिन भर कहाँ घूमता रहा था।

"तुम थके से जान पड़ते हो।" उन्होंने उसे देखकर कहा, "आज घर में ही सो जाते।" वह खुद काफी ढीले और म्लान दिखाई दे रहे थे। भाई पर मन भर सा आया।

"खून देना जारी है?" उसने पूछा।

भाई के चेहरे पर एक खोई सी परेशानी उतर आई—"आधा खून देंगे···अगर ठीक हालत रही।" अगर हालत ठीक रही? उसने प्रश्न भरी दृष्टि से भाई को देखा—"साँस उखड़ती है।" भाई ने धीमे स्वर में कहा, "वे ज्यादा सँभाल नहीं पाते।" दोनों देर तक बाहर डूबती रोशनी को निहारते रहे। वह डूबते हुए भी अँधेरा नहीं बनी थी। उस क्षण उसे लगा, जैसे बाप की बीमारी एक सहारा हो, जिसके बहाने वे दोनों एक-दूसरे को सहारा दे सकें। बीच में कोई ड्रामा नहीं। संवाद जरूर हैं, लेकिन वे बाबू के साथ हैं, जो जब तक कोई क्यू न दें, आगे बोलने का मतलब नहीं। वह 'मतलबी' आदमी हैं···खत्म हो जाएँगे। मतलब की पोटली नहीं खोलेंगे···

"यह पोटली है।" भाई ने कहा, "माँ तुम्हारे लिए छोड़ गई हैं। कुछ खा लेना। सुबह दफ्तर जाने के पहले मैं एक बार खबर लेता जाऊँगा। तुम भी सोने की

कोशिश करना। कोई फायदा नहीं, तुम भी बीमार पड़ जाओगे।'' जाने के पहले भाई भीतर झाँकते हैं। भीतर कोई आवाज नहीं। एक पीले बल्ब के नीचे बाबू की सुतवाँ नाक चमकती है···नई उभरी दृष्टियों के बीच एक पुराने टीले सी, जिस पर साँस चढ़ती है और उतर जाती है।

''तुम घबराओ नहीं!'' उसने भाई के कंधे को पीछे खींच लिया। ''मैं यहाँ हूँ। मैं रात भर इनके साथ रहूँगा···।'' भाई खाली आँखों से उसकी ओर देखते हैं···एक रेगिस्तान पार करते हैं और फिर एक हरी घास के टुकड़े पर आकर ठिठक जाते हैं, जहाँ कभी उनका बचपन रहा होगा—''देखो, अगर कुछ ऐसा-वैसा हुआ, तो मुझे बुला लेना। मैं एकदम आ जाऊँगा। आगा-पीछा मत देखना। होगा कुछ नहीं, लेकिन कुछ अंदेशा हो···मेरा मतलब है, एक आदमी एक ही है और दो आदमी···और देखो, चादरें बदलते रहना···मेरा मतलब है, ये गीले में लेटे रहते हैं और नर्सों को पता भी नहीं चलता···।''

उसके मन में आया कि भाई से कहे—तुम रुक जाओ। इतनी चिंता है तो एक रात रुक जाओ, कौन सी रात आखिरी होगी, किसी को नहीं मालूम। वह तुमसे थोड़ा-बहुत डरते हैं, मुझे वह बाहर का आदमी समझते हैं। बात-बात पर बहस करते हैं। तुम कहोगे, मुझे चाहते भी हैं। शुरू से तुम्हारे मन में रहा है कि मुझे तुमसे ज्यादा चाहते हैं, लेकिन अगर तुम बुरा न मानो तो एक बात कहूँ कि मैं उनके चाहने से आजिज आ गया हूँ···सच, उन्हें शर्म सी आती है, जैसे चाहना गैरत की बात है और मैं घबराता हूँ। लेकिन उसने कहा कुछ नहीं और भाई ठहरे नहीं। वह उससे जरूरी बातें कर लेते थे, लेकिन उसके परे रेगिस्तान फैल जाता था। गरम झुलसती रेत पर नंगे पैरों की तरह उनकी बातें चलती थीं। जल्दी-जल्दी पाँव बढ़ाते हुए वह निकल जाते और वह अपनी मैली, मंद छाँह तले खड़ा रहता—एक पाँव पर, फिर दूसरे पाँव पर, जैसे कोई रिश्ता इतना ठंडा न हो जहाँ दोनों पाँव एक साथ रखे जा सकें।

वह पोटली लेकर कमरे के कोने में बैठ गया और हबड़-हबड़ खाने लगा। दिन भर की भूख एक साथ उभड़ आई थी। उसकी आँखें कभी दरवाजे पर जातीं, कभी बूढ़े के बिस्तर पर—चिड़ियाघर के जानवर की तरह, जो बोटी-बोटी भकसता हुआ पिंजरे के बाहर देखता जाता है कि कोई बीच में बाधा न डाल बैठे। लेकिन बाधा-विघ्न उसके मन का था। बाहर शांति थी···अस्पताल का खास बोझिल सन्नाटा, जब मरीजों के मेहमान विदा हो जाते हैं और मरीज सहमे से अपने-अपने बिस्तरों पर आ दुबकते हैं।

सहसा हाथ बीच में ही ठिठक गए। केवल जबड़ों की 'सी-सॉ' में रोटी के टुकड़े ऊपर-नीचे होते रहे।

रात की नर्स ने भीतर झाँका था—"नहीं, नहीं, आप आराम से खाइए···मैं सिर्फ देखने आई थी। सो रहे हैं?"

"जी हाँ," उसका हौसला तीन गज पीछे जाकर एक इंच आगे बढ़ा—"रोज इस वक्त नहीं सोते।"

"घबराने की बात नहीं।" वही पुरानी थकान सिस्टर के चेहरे पर उमड़ आई—"आज खून चढ़ा है, इसलिए थकावट है।"

जब वह जाने लगी, एक वनैले से डर ने उसे पकड़ लिया···ऐसा डर, जिसका कोई रूप नहीं, सिर्फ एक खट्टे स्वाद में लिथड़ा हुआ—घबराने की कोई बात नहीं? वह धीरे से हँसा—"नहीं जी, मैं घबराऊँगा क्यों?" ईडियट की तरह उसने सिस्टर का वाक्य दुहराया।

"कुछ जरूरत पड़ें, तो मैं ड्यूटी-रूम में हूँ···ठीक?" वह कोमल स्वर में बोली···जरूरत से ज्यादा नरम, मानो वह उसकी हँसी से अप्रतिभ हो आई हो। फिर वह बिना कुछ कहे उलटे पाँव लौट गई।

उसकी हँसी अपनी जगह तनी रही। वह इनसे एक-एक करके बदला लेगा! जब चाहें, कमरे में फटाफट आ जाती हैं! उससे और कुछ नहीं खाया गया। उसने पोटली बाँधी और फर्श पर बिखरे रोटी के टुकड़े समेटने लगा। एक बार इच्छा हुई, लगे हाथों सारे कमरे को बुहार दे। फिर यह सोचकर ठिठक गया कि कहीं उसकी खटर-पटर से बाबू न उठ बैठें। लेट दि स्लीपिंग डॉग्स लाई। काफी बेहूदा अंग्रेजी कहावतें उसे गलत-सही मौकों पर याद आती थीं। बचपन की आदत, जिससे अभी तक छुटकारा नहीं मिला था। उसने अपना बिस्तर खोला और लेट गया···सोते हुए कुत्ते, सड़क के आर-पार, जिनसे बच-बचकर निकलना पड़ता है। साले मुँह फाड़े लेटे रहते हैं चिलचिलाती धूप में सुर्ख आँखें मूँदकर···जुबान बाहर निकालकर बूँद-बूँद थूक की लार टपकाते हुए, हाँफते हुए। बहुत देर तक वह पास वाले पलंग से हाँफती हुई साँसें सुनता रहा। जब वह थोड़ा सा सोने लगता, वे उसकी नींद में सूराख कर जातीं और बड़ी मुश्किल मेहनत से वह जिस थोड़ी सी नींद को इकट्ठा कर पाता, वह एक गंदे परनाले की तरह इन सूराखों से बाहर बह जाती।

फिर सबकुछ बहने लगा। स्टाफ-रूम में नर्सों की हँसी, गलियारे में पत्तों के भागने का शोर, जो दरवाजों को खटखटाकर खुद खामोश हो जाता। मार्च के पागल कुत्ते और उनके साथ झरती हुई दिल्ली, जहाँ बहुत पहले वह परीक्षाएँ देने आया

करता था। इतने बरसों बाद भी जब वह दिल्ली की सड़कों पर लोटते, हवा में घूमते, पापड़ से पपड़ाए पत्तों को देखता, तो उसे और कुछ न याद आकर परीक्षाओं के दिन याद आते थे···साफ, चमकीले और पीले वर्क में लिपटे हुए···और बगल में दबाए हुए बाबू के नोट्स, जो वह खास उसके लिए लिखते थे।

परीक्षाओं के दिन और उनके नोट्स, जैसे वे भी बहती नदी का हिस्सा हों। अस्पताल के बाहर अँधेरे में गीदड़ों के रोने में हाथ बँटाते हुए वह हड़बड़ाकर उठ बैठा। यह बाहर नहीं, भीतर की आवाज थी, कमरे के भीतर की। वे रो रहे थे, जैसे कमरे में वे अकेले हों और उनके साथ कोई न हो। उसने अपना काँपता हाथ बिस्तर पर रखा और उसे खोजने लगा, जहाँ वे थे। वे अब हाँफ नहीं रहे थे, उखड़ी हुई साँसें किनारे पर बैठकर सुस्ताने लगी थीं। लगता था, चढ़ाई खत्म हो गई और अब वे नीचे उतर रहे होंगे। फिर यह बिलखना क्यों···जैसे उतरना कोई शर्म की बात हो। वह उन्हें सहारा देने के लिए झुका, जैसे छड़ी की मूँठ टटोल रहा हो। अँधेरे में उसके हाथ खून देने की नली से जा टकराए। एक सहमी सी झनझनाहट बिजली सी लपलपाती हुई दोनों के आर-पार डोल गई।

"तुम यह कर क्या रहे हो?" वे एकदम चिल्लाने लगे।

"मैंने सोचा···"

"सोचो नहीं, सो जाओ···तुम्हें मेरी नींद की गोलियाँ चाहिए, तो ले लो, मुझे छुट्टी दो।"

वह जहाँ था, वहीं बैठ गया। नींद की गोलियाँ वह खाएगा? फिर वही मैला बरसों पुराना गुस्सा फन निकालकर घूमने लगा। भीतर-बाहर की तहों को छीलता हुआ ऊपरी मांस को कुरेदने लगा, जहाँ से खून निकलता है। उसे लगा, जैसे अब भी वह पुराने दिनों की तरह जूते हाथ में उठाए सीढ़ियाँ चढ़ रहा है, चुपचाप एक-एक कदम चुराते हुए, जिससे बाबू की नींद में कोई खलल न पड़े। लेकिन वह पहले से ही ऊपर उसके इंतजार में खड़े हैं, सो नहीं रहे, सिर्फ देख रहे हैं कि कैसे वह जूतों को हाथ में लिये चोरों की तरफ ऊपर चढ़ रहा है···कम, कम यू कांट फील मी! वे हँस रहे थे···वे उन दिनों इसी तरह हँसते थे।

वे रो रहे हैं।

उसे पगली सी आकांक्षा हुई कि वह इन दोनों के बीच से निकल जाए···उनके वैसे हँसने और ऐसे रोने के बीच से। फिर वह बीच में ही रुक गया। उसे लगा, वह जीत रहा है। वह जी रहा है, इसलिए जीत रहा है। यह अनुभव भयंकर रूप में विस्मयकारी था। एक खास सीढ़ी पर पहुँचकर महज जीना ही जीतना हो जाता

है···बिना बदला चुकाए, बिना अपनी तरफ से हाथ-पैर मारे···एक घिनौने किस्म की जीत···लेकिन खालिस, ठोस जीत, जिसे तुम छोड़ना भी चाहो, वह तुम्हें नहीं छोड़ती।

उसने झपाटे से बत्ती जलाई। बिस्तर चमकने लगा। चादर के छोर पर काले से धब्बे थे···वही खून, जो दिन के समय उन्हें दिया गया था, जगह-जगह बिस्तर पर छिटक आया था, पान के कत्थे सा, जो सूखने के साथ-साथ स्याह पड़ गया था।

"तुम मेरे ऊपर खड़े हो?" बूढ़े ने हवा में हाथ हिलाया, मानो किसी अदृश्य मक्खी को अपनी देह से उड़ा रहे हों।

"आपको कोई बुरा सपना आया?"

"बुरा सपना? तुम बहक रहे हो!" बूढ़े ने फूत्कारते हुए कहा।

"आप···आप रो रहे थे?"

रोशनी का एक दायरा उन दोनों के बीच सरक आया। वे आमने-सामने थे। पीछे, कहीं बहुत पीछे पत्तों का कोलाहल था···गलियारे में खामोशी से खेलता हुआ।

"जब तुम छोटे थे, तुम्हें सोते हुए पसीना आता था।" बूढ़े ने कहा।

"अब भी आता है।" उसने कहा।

"मुझे मालूम है, मैं तुम्हें हर रात देखता हूँ।"

"आप देखते हैं, जब मैं सो रहा होता हूँ?" उसके स्वर में एक हिकारत सी भर आई···घृणा से दूर, ग्लानि के पास।

"हम तुम्हारी चादरें बदलते थे।" बूढ़े ने कहा।

"आप मेरे बारे में मत सोचिए···अपना देखिए!" उसने थरथराते स्वर में कहा।

"अपना देख रहा हूँ···तुम भी कभी देखते हो?" वे अश्लील ढंग से हँसे। हे ईश्वर! इस उम्र में···जोर से मन में आया कि उनके दोनों हाथ पकड़कर झिंझोड़े, लेकिन वह बैठा रहा। जहाँ कुछ क्षण पहले उसकी जीत थी वहाँ अब कुछ न था। उस कुछ नहीं की दीवार से वह चिपटा हुआ बैठा रहा, छिपकली सा, जिसे वे लाठी से कुरेदते हैं और वह कभी इधर भागता है, कभी उधर, लेकिन दीवार को नहीं छोड़ता।

वह धुँधुआता हुआ अपने बिस्तर पर लौट आया। लेकिन लेटा नहीं। जैसे आधा खेल अभी बाकी हो। वह बीच में भागेगा नहीं, आखिर तक उनके साथ चलेगा। उनके ब्लफ के साथ-साथ उस दाँव तक, जहाँ उन्हें अपने पत्ते दिखाने या

गिराने के अलावा कोई दूसरा रास्ता नहीं रहेगा।

पत्ते? वे भाग रहे थे, अस्पताल के अँधेरे गलियारे में, हर वार्ड का दरवाजा खटखटाते हुए।

"सो रहे हो, तो बत्ती बुझा दो।" बूढ़े ने करवट ली। वह बत्ती बुझाने के पास आया।

"सुनो!"

"आपने कुछ कहा?" उसके हाथ ठिठक गए।

"मैं तुमसे माफी माँगता हूँ।"

उसे लगा, वे हँस रहे हैं। चेहरे से नहीं, शब्दों से···शब्दों से नहीं, सिर्फ बुखार में तपी अपनी समूची देह से, जो वे थे, जो वे बनते गए थे।

उसने पत्थर उठाया, तो नीचे 'माफी' नहीं थी। वह पुराने कीड़े-केंचुल थे, जो सूरज की रोशनी में तिलमिलाने लगे। उसने जल्दी से पत्थर पुरानी जगह सरका दिया। वह लेट गया। फिर वह वहीं लौटने लगा, जहाँ मिट्टी में लिथड़ा पत्थर चमक रहा था—"आप कसकर लाठी की मूँठ पकड़े रहिए," उसने बाबू से कहा। अँधेरी ऊबड़-खाबड़ उतराई पर उनके पाँव लड़खड़ा जाते थे, जैसे सफेद बर्फ पर वह अपने नशे के लाल सुर्ख फूलों के इर्द-गिर्द चक्कर लगा रहे हों।

"माफी कैसी?" उसने भर्राए स्वर में कहा, "आप कह क्या रहे हैं?"

"मैं सोच रहा था···" बूढ़े का स्वर विनीत सा हो आया, "मैं सोच रहा था, तुम हमेशा गुस्से में तने रहते हो।"

"सुनिए, आप मेरी फिक्र मत कीजिए।" उसका स्वर अनायास बहुत धीमा पड़ गया, "मैं बहुत सुखी हूँ।"

"तुम दिखते नहीं।"

"मैं उतना ही सुखी हूँ, जितना हो सकता हूँ।" उसने कहा, जैसे बूढ़े के सामने प्रार्थना कर रहा हो। किंतु उन्होंने शायद उसे सुना भी नहीं। वह कहीं बहुत दूर चले गए थे। बातों के बीच-बीच में रस्सी छूट जाती थी और बाबू दूसरे छोर पर बह जाते थे···वह दुबारा रस्सी खींचता था और वह दुबारा आ जाते थे—आधी बेहोशी के धुंध में घिसटते हुए, पानी-कीचड़ में लथपथ।

उसने उन्हें वैसे ही छोड़ दिया। अपना बिस्तर दुबारा से बनाया और टॉर्च को सिरहाने रख दिया। फिर अँधेरे में उनका बिस्तर टटोला।

उसे हल्की सी खुशी हुई कि अभी तक कोई भी चादर गीली नहीं हुई थी। सिर्फ पीठ के पीछे हल्की सी नमी थी, जो अकसर बूढ़ों और बच्चों के बिस्तरों पर

आ जाती है, पेशाब और पसीने से अलग, देह की एक अलग कुलबुलाती दूधिया गंध।

कुछ देर तक दोनों ही इस गंध तले लेटे रहे···दिन, महीनों वर्षों के बुने हुए कंबल के नीचे। वह और वह, ऊपर और नीचे, एक-दूसरे से अलग, एक-दूसरे का खून सँभालते, पिता और पुत्र। रात की सिस्टर ने भी झाँका तो सन्नाटा था और दोनों की साँसें इतनी समतल और लीक-बँधी थीं कि उसे कोई भी खतरा महसूस न हुआ। वह निश्चिंत होकर उलटे पाँव, दबे कदमों से लौट गई, दरवाजे को आधा खुला छोड़कर, मौका पड़ने पर वह तुरंत भीतर आ सके।

मौका पड़ा, तो आधी रात को, जब वह ऊपर उठी थी, बाहर घास पर जहाँ मरीजों के मेहमान चारों तरफ बासी अखबार, मूँगफलियों के छिलके और मरी हुई सिगरेटें बिखरा गए थे। वे सब अँधेरे में उठती हवा के साथ बह रहे थे।

''तुम्हारी माँ कहाँ है?'' वे आधी बेहोशी में फुसफुसाए—''मेरा मतलब है, इस वक्त कहाँ होगी? सुनो, वह इस तरह मुझे छोड़कर नहीं जा सकती, आखिर हम मुद्दत से साथ रहे हैं। तुम एक लड़के हो, तुम कुछ भी नहीं थे, जब हम थे। वह भी कुछ नहीं है। हालाँकि एक जमाने में, जब तुम नहीं थे, वह सबकुछ थी···चलें? बाहर मार्च है, तुम्हें याद है, तुम इसी महीने में हुए थे। तुम्हें क्या याद होगा? तुम्हारी माँ, मैं और तुम।

''कहाँ? आप कहाँ जा रहे हैं?''

''मैं लौट रहा हूँ। मुझे छोड़ो, इस वक्त छोड़ो! जानते हो, तुम चालीस के हो, कुछ तो शर्म करो।''

''आप ठहरिए···मैं बुलाता हूँ, आप सब समझ जाएँगे।''

''तुम बहक रहे हो···नहीं, नहीं, गीता को रहने दो, वह किसी काम की नहीं! नहीं। गलत मत ममझो। मैं हमेशा विश्वास करता आया हूँ···लेकिन इस वक्त वह किसी काम की नहीं! हमें आखिर तक जाना चाहिए···गीता बीच में रहने की चीज है, आखिर तक जाने की नहीं···आखिर तक कुत्ता जाता है और वह भी बिल्कुल आखिर तक नहीं···यह तुम क्या कर रहे हो? तुम उठकर गीला बिस्तर बदलोगे, उससे पहले मैं उसे कई बार भिगोना चाहता हूँ। जितना गीला होता जाएगा, उतना सूखता जाएगा और जब तुम उठोगे, तो वह सूखा होगा, सिर्फ तुम्हारे हाथ पसीने से भीगे होंगे···सुनो, इस तरह मुझे मत पकड़ो···मैं कोई भाग नहीं रहा, तुम··· ।''

''आप कर क्या रहे हैं···ऐसी घड़ी में?'' उसने बूढ़े को दोनों हाथों से भींच लिया। वे छटपटा रहे थे।

"जरा ठहरिए, मैं नर्स को बुलाता हूँ। वह आपको ठिकाने लगाएगी। हे ईश्वर! आप सो नहीं सकते। अच्छा, न सोइए, अब आप बोलिए, मैं सबकुछ सुनूँगा, लेकिन माँ के बारे में बहस नहीं···वह घर में है। सुना, यह घर नहीं है, जहाँ आप कुछ भी कर सकते हैं···इतने लोग बीमार होते हैं, लेकिन आप की तरह···।" वह गुस्से में हकलाने लगा···"आपकी तरह कोई इतना बेताब नहीं हो जाता!" माथे पर पसीने की धार बहने लगी। उसका स्वर रुआँसा हो आया—"फिर वही···देखिए, आप जा कहाँ रहे हैं? आपको मालूम है, आप तमाशा कर रहे हैं आधी रात के वक्त···छिह-छिह-छिह-छिह!"

बूढ़े ने फड़फड़ाती आँखों से उसे देखा। देर तक शून्य आँखों से देखते रहे। फिर धीरे से कहा, "आइ ऐम एशेम्ड ऑफ यू! सुन लिया या दुबारा कहूँ? आज की बात नहीं···आइ हैव आलवेज बीन एशेम्ड ऑफ यू···ऑफ यू आल!" उनके मुँह से लार बहती हुई गले तक चली आई, जहाँ सफेद मांस की थैलियाँ झूल रही थीं। सफेद मांस पर, नीली नसों के बीच रास्ता टटोलते हुए एक काली लकीर, जंगल की गर्मी में हाँफते, फुफकारते साँप की तरह। वह एकटक जड़, मंत्रमुग्ध सा होकर उन्हें ताकता रहा। मुँह पर बहते साँप को···फिर एक भयानक खतरे ने उसे जकड़ लिया—"आप रुक क्यों गए? आप इस तरह चुप नहीं हो सकते! देखिए···आपको हम पर शर्म है, उसके आगे? बोलिए। नहीं, आप इस तरह नहीं जा सकते···बहस के बीच में···आप सुनते हैं, यह घर नहीं है, जहाँ से आप कहीं भी जा सकते हैं। यहाँ से आप कहीं भी नहीं जा सकते।" वह हँसने लगा और बूढ़े के दोनों कंधों में अपना सिर सिमटा लिया। उनके अंग-अंग को जगाने को बेतहाशा कोशिश करने लगा—"···स्पीक···स्पीक···! यू कांट गो, लाइक दिस···स्पीक··· स्पीक···स्पीक···।"

दरवाजे पर नर्स खड़ी थी। टॉर्च के दायरे में दो गुँथी हुई देहों को देखकर वह एक क्षण समझ न पाई। मरीज कौन है, मेहमान कौन है? कौन बाकी है, कौन जा चुका है?

□

पिछली गर्मियों में

वह दो सीढ़ियाँ नीचे उतरा और अंतिम सीढ़ी पर आकर ठिठक गया। पाँव के अँगूठे से पानी को छुआ। एक गुनगुनी सी झनझनाहट उसकी नंगी देह में फैलने लगी। एक आतुरता सी हुई अपने को खुला छोड़ देने की, किंतु उसने अपने को रोक रखा। उसकी निगाह 'पूल' (तालाब) पर टिक गई, जो उजली सफेद धूप में शांत और स्थिर था, कुछ-कुछ अलसाया सा भी, जैसे अकसर गर्मियों में ठहरा पानी हो जाता है।

वह अपने को और अधिक नहीं रोक सका। एक क्षण बाद ही उसकी देह सफेद-नीले पानी में खो गई।

गर्मी के उन अंतिम दिनों में वह अकसर यहाँ आता था। वह दोपहर भर नीचे रहता—पानी के नीले और ठंडे अँधेरे में। कुछ देर के लिए अपने शहर को भूल जाता, घर को भी। पानी के भीतर उसे लगता, जैसे वह सो रहा हो।

जब वह बाहर आया, महीप हवा में हाथ हिलाता हुआ उसे बुला रहा था। वह पूल के किनारे घास पर लेटा था। पीछे की ओर क्लब की सफेद इमारत पर धूप उतर रही थी।

''काफी हो गया···चलो, भीतर चलें।'' महीप ने कहा।

''तुम नहीं नहाओगे?''

''आज नहीं। तुम जल्दी करो, तुम्हारे लिए मैंने अपनी प्यास रोक रखी है।''

वह चाहता था, कुछ देर और पानी में लेटा रहे। वह चाहता था, रात भर पानी में लेटा रहे। पूल के चारों तरफ बिजली के हंडे जलने लगे थे। दूसरी तरफ एक छोटी सी लड़की डाइविंग बोर्ड पर खड़ी थी। शायद कूदते हुए डर रही है—उसने सोचा। वह तौलिए से अपनी देह रगड़ने लगा।

''तुम ऊब नहीं जाते?''

''किससे?''

''मैं पाँच मिनट से ज्यादा पानी में नहीं रह सकता।''

उसने गीला जाँघिया उतार दिया। महीप का मुँह लाल हो गया और दूसरी ओर मुँह फेर लिया।

''तुम बिल्कुल प्रिमिटिव हो!'' महीप ने कुछ झल्लाकर कहा।

वह हँसने लगा। उसके मन में जबरदस्त इच्छा हुई कि वह पूल में दोबारा चला जाए—इस बार बिना जाँघिए के। कितना फर्क पड़ जाता है अगर पानी में देह बिल्कुल नंगी हो।

कुछ देर बाद वे क्लब के लाउंज में चले आए। देर तक तैरने के बाद बियर जैसी कोई चीज नहीं—उसने सोचा, और वह ठंडी हो और कोई काम न हो। पिछले कई दिनों से उसके पास कोई काम नहीं है। वियना से आते हुए वह अपने साथ कुछ भी नहीं ला सकता था। बहुत अनिश्चित था। तीन वर्षों बाद वह वापस आया था और इस अरसे में यह उसकी पहली लंबी छुट्टी थी।

''केशी का कोई पत्र आया?'' महीप ने पूछा।

''नहीं,'' उसने कहा, ''वह शायद नहीं आ सकेगा।''

''जाने से पहले उससे एक बार तो मिलोगे?''

''अभी कुछ तय नहीं है। मुझे शायद इतना समय नहीं मिल सकेगा।'' उसने कहा।

उसने महीप को देखा। वह चुपचाप अपनी बियर पी रहा था। केशी के वह बहुत से मित्रों को जानता था, किंतु लौटने पर वह केवल महीप से मिल पाया है। उसके अपने मित्र पहले भी बहुत कम थे, जो थे, वे इन वर्षों में केशी के इतने निकट आ गए हैं कि कभी-कभार, जब वह उनसे मिलता है, तो लगता है, जैसे वह अपने नहीं, केशी के मित्रों से ही मिल रहा है।

बियर पीते हुए जब सब बातें चुक जाती हैं तो वे केशी को ले बैठते हैं।

''सीट बुक करा ली?'' महीप ने कुछ लापरवाही से पूछा। वह शायद यह प्रश्न तीन सौ बार पूछ चुका है। हर बार लापरवाही पहले से कुछ ज्यादा बढ़ जाती है।

''अभी नहीं।'' उसने गिलास में बोतल की बची हुई बियर उँड़ेल दी। ''अभी काफी दिन हैं।'' उसने कहा। अरसे से उसने गिनना बंद कर दिया है। पहले वह सोचता था—यह दिन है यह रात। पानी के नीचे कटे-निखरे और साबुत

पत्थरों की तरह वे चमकते रहते। वे अब भी वहाँ होंगे, लेकिन अब वह उन्हें गिनता नहीं। वे अब उसके लिए नहीं हैं।

"मैं एक बियर और लूँगा। तुम?" महीप ने पूछा।

"तुम ले लो, मैं उसी में थोड़ी सी ले लूँगा।"

"सुनते हैं, वियना में 'बियर-गार्डन्स' होते हैं।...तुम कभी गए हो?"

"मैं गया नहीं, लेकिन इन दिनों खुल जाते हैं। इन दिनों वहाँ बाहर ऑर्केस्ट्रा भी होता है।" उसने कहा। उसे मालूम है कि महीप को इसमें कोई दिलचस्पी नहीं है। अगर केशी यहाँ होता तो वे आपस में बातें कर सकते थे। और वह चुपचाप इन दोनों की बातें सुनता रहा। पहले ऐसा ही हुआ करता था। लेकिन इन दिनों, यहाँ केशी नहीं है, महीप को यह अपनी जिम्मेदारी लगती है कि वह उससे बातें करे। उसने कई बार महीप से कहने की कोशिश की है कि अगर वे चुप रहें तो उसे बुरा नहीं लगेगा। लेकिन यह असंभव है।

"तुम्हारा मन घर में ऊब नहीं जाता?" महीप ने पूछा। बियर खत्म हो गई थी और लाउंज में अँधेरा घिर आया था।

"नहीं," उसने कहा, "मुझे ठीक लगता है।"

"तुम्हें यहाँ अजीब तो लगता होगा...इतने बरसों बाद!"

"इतना नहीं।" उसने सिगरेट सुलगा ली। उसे अपना स्वर कुछ अजीब सा लगा। उसे हल्की सी खुशी हुई कि महीप अँधेरे में उसका चेहरा नहीं देख सकता।

"तुमने कभी यहीं रहने के लिए नहीं सोचा? तुम्हें आसानी से कोई पोस्ट मिल सकती है।"

"मैंने कभी सोचा नहीं।" उसने कहा। पहले वह कभी-कभी सोचता था, शुरू में जब वह आया था तो उसमें काफी उत्साह था। उसे अब कभी-कभी स्वयं अपने उस उत्साह पर हँसी आने लगती हैं।

कुछ देर बाद जब वे बाहर आए तो उसे लगा, उसके गीले बाल धीरे-धीरे हवा में सूख रहे हैं। दिल्ली में उसे अगस्त के दिन हमेशा अच्छे लगते रहे हैं। वे तुम पर छाते नहीं और तुम इन दिनों दूसरे दिनों के बारे में सोच सकते हो—जो बीत गए हैं या जो आनेवाले हैं। सारे साल में अगस्त का महीना ही एक पुल की तरह है, तुम उसपर से गुजर जाते हो, लेकिन खुद अपने में वह कुछ भी नहीं है।

वे विलिंग्डन क्रीसेंट से निकलकर कुशक रोड पर आ गए। गरम हवा का रेला आता था और सड़कों की धूल उड़कर फुटपाथ पर, फुटपाथ से उड़कर जामुन के पेड़ों से छनती हुई बँगलों की भूरी झाड़ियों पर बिछ जाती थी। अरसा पहले वे

शहर के इस हिस्से में रहते थे। तब बाबू रिटायर्ड नहीं हुए थे और केशी आर्मी में नहीं गया था। उन दिनों वे बाहर घास पर सोते थे और रात को हवा चलने से बेडमिंटन का जाल बहुत देर तक फड़फड़ाता रहता था। उन रातों में नीता हमेशा रोती रहती थी (वह उसकी बहन है) और उन्हें पता नहीं चलता था कि उसने कोई बुरा स्वप्न देखा है या वह हवा में जाल की फड़फड़ाहट सुनकर डर गई है। उसने सोचा, वह यह बात महीप से कहे, किंतु फिर वह कुछ सोचकर चुप रह गया। महीप सोचेगा—वह बियर पीकर यह सब कह रहा है। ऐसे क्षणों में केशी हमेशा चुप रहता था। वह कहा करता था कि पीने के बाद अगर तुम अतीत के बारे में सोचने लगो तो तुममें 'डीपर फीलिंग' नहीं है।

मुझमें वह नहीं है—उसने सोचा। शायद बचपन में रही होगी। एक रात उसने केशी से कहा, "देखो, मैं मर रहा हूँ।" तब वह बहुत छोटा था। केशी उससे बहुत प्रभावित हुआ था। बाद में उसने उससे कहा, "अगर तुम उस दिन सचमुच मर जाते तो कुछ भी नहीं होता। तब मैं सिर्फ उदास हो जाता। लेकिन तुमने सिर्फ कहा और मरे नहीं, यह डीप फीलिंग है। यह बहुत ही डीप फीलिंग है।"

सेक्रेटेरियट की इमारत के सामने आकर वे ठहर गए। वहाँ बहुत सी बसें खड़ी थीं। लेकिन समय काफी था। वे चुपचाप खड़े रहे। महीप ने एक लंबी साँस ली।

"तुम अरुणा से मिले हो?" उसने पूछा।

"अभी नहीं। मैं एक दिन वहाँ जाऊँगा।"

"घर में ही बैठना था तो इतनी दूर से आने की क्या जरूरत थी?"

"अभी काफी दिन हैं।" उसने कहा। उसे लगा, महीप उसकी ओर देख रहा है। उसे हल्की सी दुविधा हुई और वह दूसरी ओर देखने लगा, जहाँ पुराने बैरक थे। उन गर्मियों में उसे अनेक बार भ्रम हुआ है कि लोग कुछ देर उसके संग रहने के बाद विस्मय से उसकी ओर देखते हैं। वे कहते कुछ भी नहीं। शायद यह महज भ्रम है, और है कुछ भी नहीं। शायद कुछ पीने के बाद उसे ऐसा लगता है, बाद में उसे खयाल भी नहीं आता।

महीप की बस आ गई थी, वह उसमें बैठ गया। "तुम कल आओगे?" उसने पूछा।

"हाँ, मैं पूल के पास रहूँगा।" उसने कहा।

वह उसे कुछ और भी कहना चाहता था, किंतु बस चल दी थी और वह अकेला खड़ा रहा।

गर्मी की उन रातों में वह अकसर देर से घर पहुँचता था। इससे कभी उसके पिता को बुरा नहीं लगा। उन्हें मालूम था कि इन दिनों उसके पास कुछ भी करने को नहीं है। उन्हें सिर्फ यही चिंता रहती कि वह कहीं घर में ऊब तो नहीं रहा। वह उन्हें आश्वासन देना चाहता कि वह बहुत सुखी है। उन दिनों के बारे में आज जब वह सोचता है तो लगता है कि वह तब सचमुच सुखी था। लेकिन वह यह कह नहीं सकता था। यह कहना कि तुम सुखी हो, बहुत हास्यास्पद है। कहोगे भी तो तुम पर कोई विश्वास नहीं करेगा।

उन गर्मियों में उसके पास कुछ भी करने को नहीं था। उसका छोटा भाई केशी आर्मी में चला गया था और जब वह अपने कमरे में अकेला ऊब जाता तो स्विमिंग पूल चला जाता था। वहाँ उसे घर से ज्यादा अच्छा लगता था। उसे घर में भी अच्छा लगता था, लेकिन वहाँ माँ और बाबू थे तथा वे बहुत अकेले थे और वह उनके लिए कुछ भी नहीं कर सकता था।

रात को जब वे सो जाते थे तो वह कोन्याक पीने लगता था। कभी-कभी माँ उसे देख लेती थी और वह कुछ भी नहीं कहती थी। माँ का कुछ न कहना उसे काफी बुरा लगता था और उसकी इच्छा होती थी कि वह दोबारा नहाने के लिए चला जाए, लेकिन रात को तुम पूल में नहीं जा सकते।

उस रात वह सीढ़ियों पर चढ़ता हुआ सहसा ठिठक गया। बाबू के कमरे में माँ का स्वर सुनकर वह चौंक गया था। वह बाबू के कमरे में बहुत कम आती थी।

"पता नहीं, दिन भर वह कहाँ रहता है! तुमसे कभी कुछ कहा है?" बाबू का स्वर था।

"तुम्हें हमेशा फिजूल की चिंता लगी रहती है," माँ ने कहा, "वह तीन साल बाद लौटा है। तुम समझते हो, वह पहले जैसा ही रहेगा?"

"नहीं...नहीं, मैंने यह थोड़े ही कहा।" बाबू का स्वर अजीब खिसियाना सा हो गया था।

उसने आगे नहीं सुना और चुपचाप सीढ़ियाँ चढ़ने लगा।

छत पर आकर उसे अजीब सी शांति मिलती थी। उसने वहाँ बहुत से पेंट और सफेदी के पीपे और ब्रुश जमा कर रखे थे। वह लकड़ी की सीढ़ी को दीवार के सहारे खड़ा कर देता और एक रस्सी से रंग के पीपे सीढ़ी पर बाँध देता। जब चाँदनी बढ़ने लगती तो सब चीजें रात को भी दिखाई देती थीं। वह देर तक दीवार के पलस्तर भरे कोनों पर ब्रुश फेरता रहता। वह भूल जाता कि नीचे माँ खाना लेकर बैठी है। वह चमगादड़ की तरह दीवार से चिपका खड़ा रहता। चाँदनी रात

में उसकी धुँधली छाया दीवार पर एक बेडौल पशु सी पड़ती रहती।

अगस्त की इन गरम रातों में उसने छत और दीवारों को करीने और साफ-सफाई से लीप-पोत डाला था। उसे कभी-कभी अजीब सा लगता, जब वह ऊपर सीढ़ी पर खड़ा होता। चारों ओर हवा होती और अंतहीन खुलापन। तब उसे लगता कि किसी चीज से अपने को ढँक पाना, अपने को घेर पाना कितनी तसल्ली देता है। यह वही जान सकता है, जो कभी खुली छत पर नंगी दीवार पर चढ़ा हो। उसे तब कुछ-कुछ वैसा ही महसूस होता, जैसा दिन के समय स्विमिंग पूल के नीले अँधेरे में—बहुत शांत, बहुत खाली।

जब कुछ देर बाद वह नीचे उतरा, उसने देखा, अँधेरे में माँ खड़ी है। उसे देखकर वह तनिक लज्जित सी हो आई।

"तुम यहाँ कब से खड़ी हो?" उसने पूछा।

"कुछ नहीं। तुझे देख रही थी। तू कमरे में नहीं था, इसलिए यहाँ चली आई।"

माँ एक बहुत छोटी स्त्री है। उम्र के साथ वह सिकुड़ती गई है।

"खाना नहीं खाएगा? कब से पड़ा है!" उसने कहा।

वह व्यस्त सा हो उठा। चूने में भीगा हुआ ब्रुश और पीपा उसने कोने में रख दिया। सीढ़ी को लिटा दिया। "तुम चलो, मैं आता हूँ।" उसने कहा।

जब से वह आया है, उसे माँ का व्यवहार विचित्र सा लगता है। पहले वह उससे बातचीत करती थी—शुरू में। किंतु जब से उसके जाने के दिन पास आ गए हैं, वह चुप रहने लगी है। बोलती अब भी है, लेकिन कुछ आतंकित भाव से और उन्हीं बातों को दुहराती है, जिन्हें वह पहले कह चुकी है। तीन साल पहले जब वह गया था, उसने कुछ नहीं कहा था। अब वह दोबारा जा रहा है, तो भी उसके बारे में उसने कभी कोई चर्चा नहीं की।

वह उसके कमरे में आती है तो भी दबे पाँव से। एक बार आधी रात में उसकी आँख खुल गई थी। उसे हल्का सा आभास हुआ कि कोई अँधेरे में खड़ा है—उसके सिरहाने के पास। उसे इतना साहस भी नहीं हो पाया कि वह करवट ले सके। बाद में माँ को पहचानकर उसे काफी क्रोध भी आया, लेकिन दूसरे दिन वह उससे कुछ भी कह नहीं सका।

रात का खाना वे एक साथ खाते थे। माँ चटाई पर बैठी रहती। बाबू रेडियो के पास दीवान पर। मेज के इर्द-गिर्द दो कुरसियाँ खाली पड़ी रहतीं—एक नीता की, दूसरी केशी की। नीता अपनी ससुराल में रहती, केशी आर्मी में। जब कभी

वह इन कुरसियों को देखता, उसे सारा घर सूना सा लगता।

बाबू रेडियो सुनने के बहाने काफी देर तक कमरे में बैठे रहते। माँ को यह अखरता था। उसे बाबू के प्रश्न भी ज्यादा समझ में नहीं आते थे। वह विस्मय से कभी उसकी ओर देखती थी, कभी बाबू की ओर।

वे कभी न समझ पाते थे, इन तीन वर्षों के अंतराल के बाद कैसे बात की जाए।

"यह सब तो तुम्हें वहाँ क्या खाने को मिलता होगा!" बाबू माँ की ओर देखते और मुस्कराने लगते।

वह चाहता, जल्दी से खाना खत्म करके ऊपर चला जाए, लेकिन वह बैठा रहता।

खाने की बात सुनकर माँ कहती, " अच्छा, नीता कहती थी, वहाँ मांस-मच्छी के सिवा कुछ मिलता नहीं···क्यों?"

अभी वह जवाब नहीं दे पाया होता था कि बाबू पूछते, "अच्छा, सर्दी तो वहाँ काफी पड़ती होगी?"

"हाँ, लेकिन कमरों में सेंट्रल हीटिंग रहती है। भीतर पता नहीं चलता।" वह धीरे-धीरे कहता।

"मैंने तुम्हें ओवरकोट खरीदने के लिए लिखा था।"

माँ उठकर अपने कमरे में चली जाती। घर में एक बोझिल सा सन्नाटा घिर आता। वह प्रतीक्षा करता। उसे लगता, बाबू उससे कुछ कहेंगे। बाहर अगस्त की गर्मी और उजली रात सिमट आती। बाबू कुछ न कहते और अपलक उसकी ओर देखते रहते। बगलों के पास उसकी कमीज पसीने से तर हो जाती। वह भीतर-ही-भीतर प्रार्थना करता रहता कि वे कुछ कह दें, जिससे बरसों से खिंचा यह अजीब सा तनाव टूट सके। किंतु आखिरी छोर पर आकर सहसा बाबू इरादा बदल देते हैं।

दरवाजे के पास जाकर वे रुक जाते, कहते, "क्या छुट्टी बढ़ा नहीं सकते?"

वह प्रश्न भरी दृष्टि से उनकी ओर देखने लगता। बाबू समझ न पाते तो पूछता, "क्या कुछ काम है?"

"नहीं, काम क्या होगा!" बाबू के चेहरे पर वही एक खिसियानी सी मुस्कराहट चली आती, "मैं सोचता हूँ, दीवाली इस बार यहाँ की कर लेते। उन दिनों केशी भी आ जाएगा।"

वह चुप रहता। उसे मालूम है, यह असंभव है। लेकिन वह कहता कुछ नहीं।

वह ऊपर छत की बरसाती में चला गया। इस घड़ी सारा घर खामोश हो जाता। बरामदे की बत्ती बुझ जाती। केवल देर तक माँ के कमरे की बत्ती जली रहती। उसे बहुत कम नींद आती थी। खाने के बाद वह अपने कमरे में चली जाती और वहीं अकेली बैठी रहती।

उसे हल्की सी खुशी होती। अब कोई नहीं आएगा। वह अपने पलंग पर बैठ गया। कोने में एक पोटली रखी थी, जिस पर पिछले वर्षों में धीरे-धीरे धूल और गर्द इकट्ठा होती गई थी। वियना जाने से पहले उसने अपने स्कूल और कॉलेज की किताबें इसी पोटली में बाँधकर रख दी थीं। दीवार पर जुआँ-ग्री का एक प्रिंट लगा था, जो उसने लाइपार्जम से केशी को भेजा था। केशी को हमेशा बहुत सी चीजों में दिलचस्पी रही थी—पुराने चित्र, रिकार्ड, किताबों के पहले एडिशन। वियना में उसकी चीजों को खरीदते हुए उसे हमेशा परेशानी उठानी पड़ती थी। उसे स्वयं कभी इन चीजों से लगाव नहीं रहा। इन छुट्टियों में भी, जब उसके पास कुछ भी करने को नहीं है, वह उन किताबों में से एक को भी नहीं पढ़ पाता।

उस रात जब माँ दूध का गिलास देने आई तो कुछ देर तक उसके कमरे में खड़ी रही।

"यहाँ बैठ जाओ, माँ!" उसने कहा।

"नहीं, मुझे काम है।" माँ ने कहा, "तुम अरुणा से मिले थे?"

"नहीं, अभी नहीं।" उसने कहा। फिर उसे अपने झूठ पर हल्का सा खेद हुआ।

"किसी दिन हो आओ। जब तुम यहाँ नहीं थे, वह अकसर तुम्हारे बारे में पूछती थी।"

"मैं किसी दिन वहाँ जाऊँगा," उसने कहा, "माँ, तुम कब तक खड़ी रहोगी?"

"मैं ठीक हूँ। मैं अब जा रही हूँ।" माँ ने कहा। लेकिन फिर भी वह खड़ी रही। वह शायद समझ गई थी कि वह झूठ बोल रहा है। वह हमेशा समझ जाती है।

"मैं सोचती हूँ, कुछ दिनों के लिए केशी के पास हो आओ, वहाँ तुम्हारा मन लग जाएगा।"

"मेरा मन यहाँ भी लग गया है…फिर अब तो ज्यादा दिन भी नहीं रहे!" उसने कहा।

"हाँ, अब ज्यादा दिन नहीं रहे।" माँ ने कहा। उसका स्वर सुनकर वह चौंक

सा गया। उसकी ओर देखा, लेकिन उसके चेहरे पर कुछ भी ऐसा न था, जो वह पकड़ सकता।

माँ दरवाजे के पास चली गई और फिर देहरी पर रुक गई।

"अगले इतवार को नीता आएगी, तुम घर में ही रहोगे?"

"अगर नीता आएगी तो मैं घर में ही रहूँगा।" उसने कहा।

माँ चली गई और वह खिड़की के पास आकर खड़ा हो गया। मकान के परे सूने अहाते में आँखें कुछ खोजने लगीं—झाड़ियों के परे, लेन की छाया के ऊपर, जहाँ अगस्त की गरम रात फैली थी। तुम अब भी डरते हो, लेकिन किसके लिए? तुम कुछ दिनों बाद चले जाओगे और किसी को कुछ भी मालूम नहीं होगा।

किसी को मालूम नहीं होगा कि वियना में कोई लड़की तुम्हारे साथ रह रही है, जिसके बारे में माँ या अरुणा नहीं जानती। तुम्हें शुरू में कह देना चाहिए था। अगर तुम शुरू में कह देते तो शायद कुछ भी न होता।

लेकिन इससे कोई फर्क नहीं पड़ेगा···वह कुछ दिनों बाद चला जाएगा और किसी को कुछ भी मालूम नहीं होगा। और जब उन्हें मालूम पड़ेगा, तब भी कोई फर्क नहीं पड़ेगा।

आखिर में बिल्कुल आखिर में कभी कोई फर्क नहीं पड़ता—अगर तुम्हारे माँ-बाप बहुत बूढ़े हों—उसने सोचा।

उसे हल्की सी खुशी हुई कि केशी घर में नहीं है। तीन साल बाद उसे देखकर वह जरूर कुछ संदेह करने लगता। वह शायद पूछता कुछ भी नहीं, लेकिन एक दीवार सी खड़ी हो जाती।

खिड़की के बाहर हवा चली थी। वह वापस मुड़कर पलंग पर लेट गया। बत्ती बुझा दी। उस रात वह देर तक अपने बचपन के बारे में सोचता रहा। उन दिनों लोग मजाक में केशी को चीनी मेंडारिन कहा करते थे। वह हमेशा बहुत चुप रहता था। वह और नीता उसके पीछे हमेशा उसका मजाक उड़ाते थे। लेकिन उसके सामने हमेशा कुछ आतंकित सा हो जाते थे। उसे एक बहुत पुरानी घटना याद हो आई और वह अँधेरे में ही हँसने लगा।

तब वे बहुत छोटे थे। उन दिनों वे एक पहाड़ी स्टेशन पर रहते थे। गर्मी की छुट्टियाँ थीं। एक दिन वह, केशी और नीता कॉटिज के पीछे एक बाग में चले गए। वह उजड़ा बाग था और वहाँ कोई नहीं आता था। उन्हें यह भ्रम था कि ऐसे निर्जन स्थानों में अकसर बहुत सी बहुमूल्य चीजें छिपी रहती हैं। उन्होंने खोदना शुरू किया। वे देर तक खोदते रहे। नीता ऊब चली थी। आखिर कुदाली किसी सख्त

चीज से टकराई। एक बड़ा पत्थर था। तीनों ने मिलकर उसे उठाया। धड़कते हुए दिल से नीचे गढ़े में देखा और वे स्तब्ध से होकर देखते रहे।

गढ़े में पड़ी थी एक पेड़ की डाल, एक लंबी हड्डी और एक टूटे काँच का टुकड़ा।

उन्होंने बारी-बारी से हर चीज को छुआ—डाल को, हड्डी को, काँच के टुकड़े को। फिर अचानक नीता रोती हुई घर की तरफ भाग गई। उन चीजों को वहीं छोड़कर वे चुपचाप लौट आए।

उस रात सोने से पहले केशी ने बिना उसकी ओर मुँह मोड़े, छत की ओर देखते हुए पूछा, ''जानते हो, नीता क्यों रोने लगी थी?''

''शायद वह डर गई थी?''

''नहीं, डर तो हम गए थे। वह बहुत सेंसिटिव है।''

''फिर?'' उसने केशी की ओर देखा। वह अब भी छत की ओर देख रहा था।

''जब तुम उन्हें छू रहे थे तो तुम्हें ऐसा नहीं लगा कि वे रेजिस्ट कर रही हैं?'' वह कुछ देर तक चुप रहा, फिर धीमे स्वर में बोला, ''रेजिस्ट कर सकना यह एक बड़ी चीज है।'' केशी ने एक लंबी साँस ली और करवट बदलकर सो गया।

केशी ऐसा ही था—बचपन से। उस रात उसे दर तक नींद नहीं आ सकी। वह अपने वियना के एपार्टमेंट के बारे में सोचने लगा, जहाँ उसने पिछले तीन साल गुजारे थे। वहाँ से डेन्यूब की कैनाल दिखाई देती थी। इन दिनों वहाँ पत्ते झरना शुरू हो चुके होंगे—उसने सोचा। फिर उसे बाबू की खाँसने की आवाज सुनाई दी। जब वह सुराही से पानी भरते थे तो ऊपर तक आवाज जाती थी। माँ ने जीने के दरवाजे की साँकल लगाई होगी—सीढ़ियों पर हल्की पदचाप सुनकर उसने सोचा। फिर सारा घर शांत हो गया।

सिर्फ हवा चलने से जुआँ-ग्री की स्टिल लाइफ पर परदे की छाया डोल जाती थी।

उस शाम जब वह स्विमिंग पूल से लौटा, नीता उसकी प्रतीक्षा कर रही थी। उसने बूलू को चूमा। उसकी पलकें बहुत लंबी थीं और जब वह उसे चूमता था तो उसके गालों पर गुदगुदी सी होने लगती थी।

''मैंने तुम्हारे लिए बहुत सी चीजें जमा की हैं।'' उसने उसके बालों को सूँघा। उसे बहुत पहले की वह अजीब सी गंध याद हो आई, जो नीता के बालों से आती थी।

"कौन सी चीजें?" बूलू ने उसकी ओर देखा।

"अलमारी में रखी हैं।"

"मामा, तुमने कहा था, मुझे चार्ल्स स्टोन सिखाओगे।"

बूलू ने जिज्ञासा से उसकी ओर देखा।

"जब तुम सीख जाओगी तो सिर्फ मेरे साथ नाचोगी; अपने किसी और दोस्त के साथ नहीं?" उसने कहा।

"बड़े होने पर भी?" बूलू के स्वर में हल्की सी निराशा थी।

"बड़े होने पर ही! अभी तो तुम कुछ नहीं हो।" बड़े होने पर बूलू उन्नीसवीं शताब्दी की कोई रूसी प्रिंसेस दिखाई देगी—उसने सोचा। उतनी ही खूबसूरत, उतनी ही डिकेडेंट।

वे ऊपर आ गए। जब नीता आती थी तो वे सब केशीवाले ही कमरे में बैठते थे। चाय सब एक साथ पीते। बूलू के लिए खास चॉकलेट कप तैयार किया जाता। नीता बाबू के कमरे से उनकी आरामकुरसी खींच लाती थी। वे उसी पर आँखें मूँदकर अधलेटे से पड़े रहते। बाबू के सामने आज भी वह और नीता एक अजीब सी हिचक महसूस करते रहे हैं। जब केशी होता था तो यह हिचक नहीं रहती थी। लेकिन उसके न रहने से एक चुप्पी सी छाई रहती। वह स्वयं कभी भी ठीक से बात शुरू नहीं कर पाता था।

"तुम आए नहीं। तुम्हारे जीजाजी तुमसे बहुत मिलना चाहते थे।" नीता ने उसकी ओर देखा, "क्या करते हो दिन भर?"

वह हँस दिया।

"मैं कभी-कभी तैरने चला जाता हूँ महीप के क्लब में।" उसने कहा।

नीता ने तनिक कुतूहल से उसकी ओर देखा।

"मैंने वहाँ सीख लिया था।" उसने जल्दी से कहा।

"नीता, तुम्हें भी सीखना चाहिए। वहाँ बहुत सी लड़कियाँ तैरने जाती हैं।"

"इस उम्र में? तुम पागल हो!" उसने हँसते हुए बाबू को देखा। वह अब भी आँखें मूँदे लेटे थे।

"तुम्हारी उम्र कुछ भी नहीं है।" उसने कहा। जब नीता इस तरह हँसती है तो सचमुच विश्वास नहीं हो पाता कि वह बूलू की माँ है। दोनों छोटी-बड़ी बहनें लगती हैं।

उस घर में सिर्फ नीता ही ऐसी थी, जिसे बीच के बरस अछूता छोड़ गए थे। या शायद अछूता शब्द ठीक नहीं, उन्होंने उसे छुआ है, जैसे हम किताब को छूते

हैं। ऊपर का कवर पुराना हो जाता है, किंतु भीतर सबकुछ वैसा ही है जैसा पहले था।

धीरे-धीरे शाम का आलोक फीका पड़ने लगा। वे तीनों चुपचाप चाय की मेज के इर्द-गिर्द बैठे रहे। बूलू छत पर चली गई।

"आपको गर्मियों में कहीं चले जाना चाहिए था," नीता ने बाबू को देखकर कहा, "यहाँ अकेले बैठे-बैठे तो वैसे भी जी उचाट हो जाता होगा?"

"हाँ, केशी ने लिखा तो था," बाबू ने कुछ आगे झुककर कहा, "लेकिन हमारी अब कहीं आने-जाने की हिम्मत नहीं होती।" वे कुछ झेंपते हुए हँस दिए।

"आप कहें तो मैं केशी को चिट्ठी डाल दूँ। वह आपको ले जाएगा।" नीता ने कहा।

बाबू कुछ देर तक सूनी आँखों से हवा में देखते रहे, फिर धीरे से बोले, "मैं चला तो जाता, लेकिन फिर तुम्हारी माँ पीछे अकेली रह जाएगी। इसके जाने के बाद तो घर खाली हो ही जाएगा। बाद में कहीं चले जाएँगे।"

नीता की आँखें उस पर उठी थीं। वह खिड़की से बाहर देखने लगा। उसकी इच्छा हुई, वह जेब से सिगरेट निकाल ले, लेकिन फिर उसके हाथ ठिठककर जेब में ही रह गए। बाबू के सामने सिगरेट पीने में उसे आज भी अजीब सी झिझक होती है। वे कुछ कहते नहीं, फिर भी खुद ही इच्छा मर जाती है।

शाम का पीलापन कमरे में फैल गया। आखिरी धूप का उजलापन चाय की प्यालियों पर सिमट आया था। कभी-कभी कोई चिड़िया रोशनदान से उड़कर कमरे का चक्कर लगाने लगती और उसकी छाया उन तीनों के सिरों पर मँडराकर हवा में घुल जाती।

उन गर्मियों में उसे पहली बार बाबू इतने अकेले जान पड़े थे।

छत से उतरकर बूलू कमरे में चली आई। कमरे का वातावरण अचानक ढीला सा पड़ गया।

"मामा, कहाँ हैं हमारी चीजें?" वह उसके सामने आकर खड़ी हो गई।

"कैसी चीजें?" नीता ने पूछा।

वह उठा और अलमारी के पास चला गया। निचली दराज से उसने चमड़े का एक लंबा बैग निकाल लिया, जो उसने आने के पहले वियना में खरीदा था।

लेकिन बूलू में इतना धैर्य कहाँ था कि प्रतीक्षा कर सके। उसने हाथ के झटके से बैग छीन लिया और मेज पर रखकर उसे खोलने लगी। दूसरे ही क्षण बहुत से छोटे-बड़े सिक्के चमचमाते हुए मेज पर बिखर पड़े।

एक क्षण के लिए बूलू विश्वास नहीं कर सकी।

उसने अपनी कुरसी मेज के पास खींच ली। वह धीरे-धीरे उसे समझाने लगा—ऑस्ट्रियन शिलिंग, फेरो आइलैंड्स का क्राउन, इटैलियन लीरा—वह जिन-जिन देशों में गया था, उन सबके सिक्के उसके पास होते गए थे। जर्मनी का मार्क दिखाते हुए सहसा उसके हाथ ठिठक गए—उसे अचानक वह रात याद हो आई, जो उसने बर्लिन की सड़कों पर बिताई थी। लेकिन बाकी सिक्कों को छूते हुए उसे विशेष कुछ भी याद नहीं आया। लगा, जैसे बूलू के साथ वह भी उन्हें पहली बार देख रहा हो।

''तुम फेरो आइलैंड भी गए थे?'' नीता ने तनिक आश्चर्य से पूछा, ''तुमने कभी खत में नहीं लिखा।''

''हम वहाँ सिर्फ एक रात ठहरे थे।'' उसने कहा।

''क्या वे उतने ही छोटे हैं, जितने नक्शे पर दीखते हैं?'' बूलू ने कुतूहल से पूछा।

उसने बूलू की हथेली को अपने गाल से दबा लिया। ''वे तुम्हारी हथेलियों से छोटे हैं।'' उसने कहा।

''मामा, शुरू करें?'' बूलू उससे सट गई।

उसने नीता की ओर देखा। वह दीवार के एक कोने में बैठी थी। बाबू बहुत पहले अपने कमरे में जा चुके थे। अगस्त का धुँधलापन हर चीज पर मटियाली रेत सा बिछ गया था—गरम और किरकिरा सा।

उसने मेज बीच से हटा दी। बूलू जल्दी-जल्दी सिक्कों को समेटने लगी। उसके भूरे बाल ढीले होकर कंधे पर झुक आए थे।

उसे आज ही अगस्त की वह शाम याद है। वह कुछ क्षणों के लिए भूल गया था कि वह दिल्ली में अपने घर में है। बूलू को चार्ल्सस्टोन सिखाने में ज्यादा देर नहीं लगी। उन्होंने रेडियो में बहुत खींचतान के बाद एक ऐसा स्टेशन खोज निकाला था, जहाँ से थोड़ा-बहुत म्यूजिक रुक-रुककर बाहर आता था। चार्ल्सस्टोन से उसका दूर का संबंध भी नहीं था, शायद वह ट्यून किसी ने पहली लड़ाई के जमाने में बनाई थी। लेकिन उनके लिए इतना ही काफी था।

इतना ही काफी था, क्योंकि कुछ देर बाद वे रेडियो को भूल गए। बूलू जब घूमकर उसकी ओर देखती तो वह अकेला सा हो जाता। फिर वे पास आते। बूलू उसकी बाँहों में सिमट जाती। एक छोटी, उड़ती हुई मुस्कराहट उसके होंठों को छू जाती और वे अलग हो जाते। यह मुस्कराहट उसके लिए नहीं थी। इस उम्र में पहली बार चार्ल्सस्टोन नाचते हुए लड़कियों की यह मुस्कराहट किसी के लिए

नहीं होती, यह वह वियना में बहुत पहले जान पाया था।

"मामा, तेजी से!" बूलू धीरे से उसके कानों में फुसफुसाई। उसका चेहरा पीला सा पड़ गया था और वह बहुत उत्तेजित सी हो आई थी। नाचते हुए उसकी आँखें बहुत उज्ज्वल सी हो जाती थीं, उसने यह पहले भी देखा था। हर बार वह कुछ घबरा सा जाता था। किसी लड़की की आँखों को सह पाना, जब वे बिल्कुल चेहरे के सामने हों और इतनी ही उज्ज्वल हों, जैसी बूलू की अकसर हो जाती थीं, उसके लिए हमेशा यातनामय रहा है।

"अच्छा, अब बंद करो···बहुत हो गया।" कमरे के अँधेरे कोने से नीता का स्वर सुनाई दिया। वे उसे बिल्कुल भूल गए थे।

"मामा···अभी नहीं।" बूलू ने कहा।

उसने माथे से पसीना पोंछा। उसे लगा, जैसे पिछले महीनों में उसकी आदत बिल्कुल छूट गई है।

"अब नहीं, बूलू, फिर किसी दिन।" उसने कहा।

"फिर कब?" बूलू की आँखें अचानक डबडबा आईं।

"तुम चले जाओगे और मैं सब भूल जाऊँगी।" फिर उसे अपने ही आँसुओं पर शर्म सी हो आई। उसने हँसते हुए कहा, "तुमने मुझे सबसे पहले वाल्ट्स सिखाया था, याद है?" उसने उसकी आँखों में देखा और उसे अपना स्वर ही अजीब सा लगा, "बूलू, लेट अस हैव ए वाल्ट्स!"

बूलू ने नीता की ओर देखा और मुस्कराने लगी। वाल्ट्स के लिए बूलू में कुछ ऐसी चीज थी, जो वह कभी नहीं समझ पाया—केशी की डीप फीलिंग नहीं बल्कि एक खास तरह का मोह, जिसे देखकर वह हमेशा आतंकित सा हो जाता। लेकिन उस शाम वे बहुत सुखी थे। नीता भी दीवान के आगे खिसक आई थी और मुस्कराते हुए उन्हें देख रही थी। एक बार उन्होंने उसे भी अपने साथ खींचने की कोशिश की थी, लेकिन उसने हँसते हुए अपने को छुड़ा लिया था। कमरे में पीला सा अँधेरा घिर आया था। उनके स्टेप्स की गति इतनी धीमी थी कि कभी-कभी उसे भ्रम होता था कि वे एक ही जगह पर खड़े हों, हालाँकि रेडियो की गड़गड़ाहट के बीच वह ट्यून अब भी सुनाई पड़ जाती थी—वही ट्यून, जो किसी ने पहले युद्ध के जमाने में बनाई थी। उसके नोट्स माचिस की जलती तीली की तरह हवा के छोटे से घेरे में ही सिमट गए थे, जब जरा ऊपर भी उठते थे तो लगता था, जैसे तीली से हाथों का घेरा हट गया हो और वह नंगी होकर अँधेरे कमरे में फड़फड़ा रही हो। उस धुँधलके में उसे बूलू बहुत बड़ी सी लग रही थी। उसने अपना सिर

उसके कंधों पर टिका दिया था। लेकिन उसकी साँसों से लगता था जैसे वह अभी बहुत छोटी है। उसके बालों से वही पहचानी सी गंध आ रही थी—बहुत अरसा पहले गर्मी की छुट्टियों और पहाड़ी स्टेशन की गंध, जो बचपन में उसकी माँ या नीता के बालों से आती थी।

वे ठहर गए। रेडियो की ट्यून अचानक बुझ गई थी। नीता ने उठकर कमरे की बत्ती जला दी।

"तुम तो पूरे एक्सपर्ट जान पड़ते हो।" नीता ने हँसते हुए कहा। उसकी साँस उखड़ने लगी थी। सिगरेट लगाकर वह उस आरामकुरसी पर बैठ गया, जिस पर अभी कुछ देर बाबू बैठे थे।

"मामा, तुम तो वहाँ हर शाम को नाचने जाते होगे?" बूलू ने ईर्ष्या से उसकी ओर देखा। उसने अपने बाल पीछे समेट लिये थे।

उसकी बड़ी आँखों में एक ज्वरग्रस्त आलोक सिमट आया था।

खिड़की के बाहर लैंप-पोस्ट जलने लगा था। उसके परे दिल्ली का आकाश था—अगस्त के बुझते आलोक में अवसन्न और सूना सा।

बूलू थककर दीवान पर लेट गई थी। माँ ने नीता को किसी काम से रसोई में बुला लिया। वह कुछ देर तक कमरे में अकेला बैठा रहा—नीता की प्रतीक्षा में। नींद के बोझ से बूलू की आँखें मुँदने लगी थीं, लेकिन अब भी उसके गाल जल रहे थे। उसने धीरे से बूलू के जूते उतारकर कोने में रख दिए।

"मामा!" बूलू ने अपनी आँखें खोल दीं।

"क्या बात है, बूलू?"

"तुम जा रहे हो?"

"मैं कहीं भी नहीं जा रहा।"

बूलू ने आँखें फिर मूँद लीं और दीवार की ओर करवट बदल ली। उसने कमरे की बड़ी बत्ती बुझा दी, सिर्फ टेबल-लैंप जलते रहने दिया। वह कुछ देर तक बूलू को देखता रहा। उसे लगा जैसे वह तुर्गनेव की कोई हीरोइन हो। फिर धीमे-दबे कदमों से वह बाहर चला गया।

ऊपर कोई नहीं था, सिर्फ हल्की सी चाँदनी थी, जो अगस्त की उन उमस भरी रातों में फटे-मैले चीथड़े सी हर मकान की छत पर पड़ी रहती थी।

सामने बहुत से मकान थे—एक-दूसरे से सटे हुए। पानी के पाइपों के बीच चौकोर दीवारें किसी घिसे-पीटे सिनेमा-स्क्रीन सी दिखाई देती थीं, जिनके आर-पार कभी-कभी कोई बेडौल सी छाया रेंग जाती थी।

अब शायद कोई नहीं आएगा—उसने सोचा। वह बरसाती में चला आया। बत्ती जलाई, फिर अपना सूटकेस खोला। आर्कियोलॉजी की कुछ पुस्तकें ऊपर रखी थीं, जिन्हें वह अपने साथ वियना से ले आया था। नीचे कपड़े थे। उन्हें हटाकर उसने तौलिये से लिपटी कोन्याक की बोतल निकाल ली, जो वह आते समय अपने साथ ले आया था।

शुरू-शुरू में यहाँ अकेले बैठकर पीना उसे काफी मनहूस सा जान पड़ता था। इच्छा होती भी थी तो उसे टाल जाता था। लेकिन जब किसी रात देर तक नींद नहीं आती थी तो वह थोड़ी सी पी लेता था। वैसे भी कोन्याक वह एक साथ ज्यादा नहीं पी सकता था।

यों घर में पीते हुए उसे आज भी थोड़ी सी झिझक होती थी। तसल्ली भी होती थी, लेकिन बाद में। कुछ पी लेने के बाद वह हमेशा वियना के बारे में सोचने लगता था। लेकिन यह वह बाद में सोचता था—शुरू में एक अजीब सा डर लगता था। लेकिन जब पी लेने के बाद वह बिस्तर पर लेटता था, तो न डर लगता था और न वियना के बारे में सोचता था। तब सिर्फ सो जाने को मन करता था!

लेकिन उस रात वह जानता था, नींद आएगी। वह बहुत थक गया था। लेकिन जब वह नींद के बारे में निश्चिंत हो जाता तो वह उसे कुछ और देर के लिए ठेलना चाहता था। वह चाहता था, वह स्वयं अपनी इच्छा से नींद के घेरे में जा सके, जैसे वह स्विमिंग पूल के नीचे अँधेरे में धीरे-धीरे खो जाता था।

उसने बोतल से गिनी-नपी कोन्याक की मात्रा गिलास में ढाल दी। तब उस क्षण वह छाया दीवार पर पड़ी थी। उसका हाथ रुक गया। लेकिन उसे जल्दी नहीं थी। पीछे मुड़ने के पहले उसने गिलास से एक लंबा घूँट ले लिया था। उसे बहुत अच्छा महसूस हुआ। उसे कोन्याक हमेशा अच्छी लगती थी।

उसने पीछे मुड़कर देखा, देहरी पर नीता खड़ी थी।

''मैं समझी थी, तुम सो गए।'' वह भीतर आकर पलंग के पैताने पर बैठ गई। उसने धीरे से कोन्याक की बोतल पलंग के नीचे खिसका दी। उसने सोचा था, उसे पीता देखकर वह चली जाएगी। वह चली जाती तो उसे विशेष दुःख न होता।

''बूलू सो गई?'' उसने पूछा।

''वह बहुत जल्दी उत्तेजित हो जाती है। तुम्हें इतनी देर तक उसके साथ नहीं नाचना चाहिए था।''

''वह ठीक है। वह ठीक तुम्हारे जैसी है, जब तुम छोटी थीं।'' उसने कहा।

''तुम हमारे घर आए नहीं। तुम्हारे जीजाजी ने कई बार मुझसे पूछा था।''

उसके स्वर में कुछ रहा होगा, उलाहना नहीं, फिर भी कुछ जो उन दोनों के बीच है बरसों से। वह अकसर भूल जाता है कि वह उससे बड़ी है—सिर्फ उम्र में ही नहीं, उसका अपना एक अतीत है, जिसे वह कभी छू नहीं पाता।

''नीता, तुम्हें बुरा तो नहीं लगेगा अगर…''

''नहीं…नहीं,'' उसने कुछ असमंजस में कहा, ''लेकिन क्या तुम हर रात को…''

''हर रोज कहाँ!'' उसने कोन्याक पलंग के नीचे से बाहर निकाल ली। इस बार झूठ बोलते हुए हल्की सी खुशी हुई। शुरू के क्षणों में कोन्याक आदमी को कितना तटस्थ बना देती है! हम अपने से ही खेलने लगते हैं।

''निंदी!'' नीता कुछ कहते-कहते रुक गई। उसने उसकी ओर देखा। उसकी आँखें अचानक उजली सी हो आई थीं—बूलू की तरह।

''क्या नीता?'' उसने पूछा।

वह एक लंबे क्षण तक उसे देखती रही।

''तुम बदल से गए हो।'' उसका स्वर बहुत धीमा और अनिश्चित सा था।

''तुम्हें सचमुच ऐसा लगता है?'' उसने मजाक में पूछा।

''तुम नहीं सोचते?''

''सोचता हूँ।'' उसने कहा, ''जब वहाँ था, तो कभी खयाल नहीं आता था।''

कुछ देर तक वे खामोश बैठे रहे।

''तुम अकसर घर आती हो?''

नीता ने विस्मय से उसकी ओर देखा।

''अब वैसे नहीं जैसे पहले। जब केशी था तो अकसर आती थी।''

कुछ देर तक वे केशी के बारे में सोचते रहे, जो आर्मी में चला गया था। उसकी किताबें, उसकी फोटो, उसके एलबम, उसके प्रिंटस अब भी ऊपर के दराज में रखे थे।

उसने थोड़ी सी कोन्याक और गिलास में ढाल ली। एक हल्की सी गरमाई उसे धीरे-धीरे अपने में घेरने लगी थी।

''तुमसे एक बात कहनी थी…मैं आज इसीलिए यहाँ आई थी।'' कमरे के सन्नाटे में उसे नीता का स्वर पराया सा लगा।

वह गिलास से खेल रहा था। उसके हाथ ठिठक गए। उसे लगा, जैसे वह बहुत पहले से इस क्षण की प्रतीक्षा कर रहा था।

''तुम रुक नहीं सकते?'' नीता का स्वर भावहीन सा हो आया था।

''इससे होगा क्या?''

''माँ और बाबू बहुत अकेले हैं। जब केशी था, तो मुझे फिक्र नहीं रहती थी।''

''इससे कुछ बनेगा नहीं।'' उसने कहा, ''मैं चाहूँ तो भी घर ऐसा ही रहेगा।''

''तुम चाहते भी नहीं।''

पीने के बाद उसे हर चीज हल्की सी लग रही थी।

''हाँ, शायद मैं चाहता भी नहीं।'' उसने कहा।

कुछ देर तक दोनों एक-दूसरे को देखते रहे।

''केशी ने मुझे बताया था, क्या यह सच है?'' नीता का स्वर सूखा था।

''क्या सच है?'' उसने पूछा।

''तुम वहाँ अकेले नहीं रहते...''

वह उसकी ओर देखता रहा।

''हाँ, हम एक साथ रहते हैं।''

''तुमने उससे विवाह नहीं किया?''

''नहीं, हम सिर्फ एक साथ रहते हैं।'' उसने कहा।

''तुमने अरुणा से इसके बारे में कुछ कहा है?''

''नहीं।'' उसने कोन्याक का एक लंबा घूँट लेकर गिलास नीचे रख दिया। ''उससे कोई फायदा नहीं।''

कुछ देर तक दोनों भाई-बहन चुप बैठे रहे। उनके पास एक-दूसरे से कहने के लिए अब कुछ भी नहीं था। एक क्षण के लिए उसके मन में एक अजीब सी इच्छा हुई थी कि वह नीता से कुछ कहे—वह सबकुछ, जो इन वर्षों में घर के बाहर बीता है। लेकिन वह चुप रहा।

उससे कोई भी अंतर नहीं पड़ेगा—उसने सोचा।

''मुझे अब चलना चाहिए।'' नीता पलंग से उठ खड़ी हुई। फिर उसने कमरे में चारों ओर देखा।

''यह रंग तुमने किया है?''

''तुम्हें कैसा लगा?'' उसने हँसते हुए पूछा और उसी साँस में कहा, ''मैंने बाहर भी किया है।''

''केशी आएगा तो पहचान नहीं सकेगा।'' नीता अब भी विस्मय से दीवारों को देख रही थी। वे धीमे कदमों से चलते हुए किताबों की लंबी लकड़ी के शेल्फ के पास आकर खड़े हो गए। यह शेल्फ बहुत पहले केशी और नीता ने मिलकर बनाई थी।

''तुम्हारी किताबें भी यहाँ पड़ी हैं।'' उसने नीता से कहा। उसे कभी-कभी आश्चर्य होता था कि विवाह के बाद नीता एक भी किताब अपने साथ नहीं ले गई।

नीता अनमने भाव से किताबों के टाइटल देखती रही, फिर अचानक उसने उसकी ओर देखा। उसे लगा जैसे एक बहुत पुरानी स्मृति उसके भीतर उखड़ आई है।

''तुमने वियना में ज्वायग का घर देखा?'' उसने पूछा।

''ज्वायग? नहीं। इतना वक्त कहाँ था!'' उसने कहा। उसे कभी किताबों और लेखकों में दिलचस्पी नहीं रही।

''निंदी, तुम्हें अजीब सा नहीं लगता?'' वह शेल्फ से मुँह मोड़कर उसकी ओर देखने लगी।

''कैसा अजीब सा?''

''इस रात···इस रात हम सब घर में हैं, बहुत अरसे बाद···सिवा केशी के।''

उसका स्वर कुछ इस तरह भर सा आया था कि वह दूसरी ओर देखने लगा। उसे अचानक लगा, मानो वे दोनों जमीन के एक टुकड़े के सामने हैं, जो बिल्कुल अपरिचित और अजाना सा है। उनके बीच—उन भाई-बहन के बीच—एक मूक समझौता है कि वे उस पर नहीं चलेंगे। वहाँ उनकी बढ़ती उम्र थी। उसे वैसा ही छोड़ देंगे, जैसा वह है।

वहाँ वे अकेले थे।

□

फिर सितंबर के दिन आए। आकाश का रंग दिन भर नीला रहने लगा। सड़कों पर पत्ते झरते रहते। अगस्त के दिनों में वे बहुत चमकीले और उज्ज्वल थे। उनका रंग काला पड़ने लगा। हवा में एक खुश्क करारापन आ गया। वह अब बहुत सफेद और उजली थी। जो शहर गर्मियों में सिकुड़ सा गया, अब वह खुला-खुला सा दिखाई देने लगा।

उन दिनों वह अकसर घर में रहता। माँ उसके सामने ज्यादा नहीं आती थीं। बाबू अधिकतर अपने कमरे में रहते। वह एक बार नीता के घर गया था। बूलू का स्कूल खुल गया था और वह उससे बहुत कम समय के लिए मिल पाई थी। लेकिन जिस दिन वह जाएगा, वह एयरोड्रोम आएगी, चाहे उसे अकेली ही आना पड़े। लेकिन इन दिनों उसके पास समय बिल्कुल नहीं था।

जब वह घर में रहता, उसे यही डर लगा रहता कि कहीं बाबू यह न समझें कि उसका मन नहीं लग रहा। इसलिए शाम होते ही वह कपड़े बदल लेता, ताकि

वे समझ लें कि उसे अपने मित्रों से मिलने जाना है। सिगरेट खरीदकर वह किसी पासवाले रेस्तराँ में जा बैठता और जब उसे यह निश्चय हो जाता कि वे सैर के लिए बाहर चले गए होंगे तो फिर वापस अपने कमरे में लौट आता।

जाने से एक दिन पहले वह स्विमिंग पूल गया था। महीप ने उसे शाम को आने के लिए कहा था, किंतु वह अपने को रोक नहीं सका और बहुत जल्दी आ गया। वह शुरू सितंबर का दिन था। मौसम में भीगा हल्कापन था। धूप उन दिनों भी काफी गरम रहती थी, लेकिन उसके तीखे कोने झर गए थे।

वह दिन भर पूल में तैरता रहा। जब थक जाता था तो हाथ-पाँव छोड़कर धूप में लेटा रहता। अब पानी के नीचे वह स्याह बोझिलपन नहीं था, जो उसे जुलाई के दिनों में महसूस होता था। पानी की झीनी छत उसके ऊपर खिसक आती और उसके ऊपर सूरज पिघलती हुई मोमबत्ती सा काँपता रहता।

एक बार उसने हल्की सी सरसराहट सुनी थी, जो न पानी की आवाज थी न हवा की। उसे लगा था, जैसे कहीं बहुत नाचे—पानी के अँधेरे में—कोई खट्-खट्-खट् कर रहा हो, जैसे हम कभी जंगल में पेड़ के कटने की आवाज सुनते हैं। जब वह पूल के ऊपर आया तो कहीं भी कोई आवाज नहीं थी। सूरज डूबने लगा था और ठंड से उसके दाँत कटकटा रहे थे।

वह कपड़े बदलकर क्लब के टैरेस पर आ गया।

टैरेस की कुरसियाँ खाली पड़ी थीं। सिर्फ एक कोने में महीप बैठा था।

"तुम भी अजीब आदमी हो!" महीप ने कहा।

"क्या बहुत देर हो गई है?" उसने मेज के पास अपनी कुरसी खिसका ली।

"कुछ पियोगे?" महीप ने पूछा।

वह आज पीने के बारे में ज्यादा निश्चित नहीं था। घर में पैकिंग के लिए सब चीजें बिखरी पड़ी थीं।

"कुछ पी लो···तुम्हारे होंठ नीले पड़ गए हैं। जाने से पहले ठंड में मरने से क्या फायदा!" महीप ने कहा।

उसने चाय में रम मिला हुआ 'ग्राक' का एक गिलास मँगवा लिया। महीप अपनी बियर से चिपका रहा। उसे कुछ याद आया और वह हँसने लगा।

"आज मुझे पूल में एक अजीब सी आवाज सुनाई दी।" उसने महीप से कहा।

"कैसी आवाज?" महीप ने पूछा।

"मैं अब उसे याद नहीं कर सकता।" उसने हँसते हुए कहा।

''तुम अब आवाजें भी सुनने लगे हो?''

लेकिन उसने महीप के मजाक की ओर कोई ध्यान नहीं दिया। उसे अब भी अपनी कनपटियों पर एक धीमी खट्-खट् सुनाई दे रही थी।

''कल का पक्का है?'' महीप ने पूछा।

''हाँ!'' उसने कहा, ''कल सुबह।''

टैरेस पर उनके अलावा कोई नहीं था। नीचे क्लब की 'बार' थी, उससे सटा डांसिंग फ्लोर था। कभी-कभी कुछ बातों के टुकड़े या हँसी के स्वर उन्हें सुनाई दे जाते थे। एक क्षण के लिए उसे विश्वास नहीं हो सकता कि कल इस समय वह यहाँ नहीं होगा।

नीचे डांसिंग फ्लोर से 'कुआडरिले' की आरंभिक 'बार' ऊपर उठी थी— इतनी ऊँची और कर्णभेदी कि मेज पर रखे उनके गिलास हल्के से झनझना उठे। इस जमाने में भी वे यहाँ कुआडरिले नाचते होंगे, उसने कभी नहीं सोचा था।

ग्राक पीने के बाद उसे अपने खून में एक मीठी सी तरलता महसूस हुई।

''तुम अरुणा से मिले थे?'' महीप ने पूछा।

''नहीं···वहाँ जाना नहीं हो सका।'' उसने कहा।

महीप ने बियर के गिलास से उसकी ओर देखा, ''पहले तुम अकसर उसके घर जाते थे।''

उसने महीप की ओर देखा और चुप रहा। तीन साल पहले···उसने याद करने की कोशिश की। उसे हल्का सा विस्मय हुआ कि उसे उन दिनों के बारे में पछतावा नहीं है। उसे खुशी हुई कि वह अरुणा से नहीं मिला। तुम उससे नहीं मिल सकते, जिससे तुम कभी बहुत प्यार करते थे और अब नहीं करते। पर वह यह बात महीप से नहीं कहना चाहता था। उसे सचमुच दु:ख होगा।

उसे पहली बार महीप के साथ कुछ अकेलापन सा लगा। यदि कुछ और मित्र उनके साथ होते तो शायद ठीक रहता। तब अपने को इतना अरक्षित छोड़ देने की संभावना न रहती।

''सुना था, पिछले साल तुम हाइकिंग के लिए गए थे?'' उसने महीप से पूछा।

''हाँ, पिछली गर्मियों में।'' महीप ने कुछ उत्साहित होकर कहा। हाइकिंग हमेशा से महीप के लिए एक फैशन रहा है। वह आज तक उसके इस अजीब पागलपन को समझ नहीं सका।

''हम रोहतांग के पास गए थे।'' महीप ने बियर का गिलास सामने से हटा दिया, ''केशी साथ था। इस साल अगर तुम रह जाते तो एक साथ प्रोग्राम बना

सकते थे।'' महीप ने कहा।

कुछ लड़के-लड़कियों के जोड़े टैरेस पर आ गए। वे ऊँचे स्वरों में बातचीत कर रहे थे। वे शायद डांसिंग रूम से आए थे। उनके हाथों में कोकाकोला की बोतलें थीं और वे कुरसियाँ खिसकाकर दूसरे कोने में बैठ गए थे।

नाच खत्म हो गया था। नीचे बार में अब खामोशी थी। दूर अँधेरे लॉन में स्विमिंग पूल की रोशनियाँ झिलमिला रही थीं।

''क्या सोच रहे हो?'' महीप ने पूछा।

''कुछ नहीं।'' उसने हँसकर कहा।

''सुनो!'' महीप भी हँसने लगा, ''मैं सोचता था, तुम अरुणा से विवाह करोगे। हम सब यही सोचते थे।''

उसने महीप की ओर देखा। उसने शायद बहुत पी ली है, वह शायद शाम से पी रहा है—उसने सोचा।

टैरेस के परे दिल्ली का आकाश था—नीरव और अबाध। कहीं किसी कोने से सर्चलाइट की शहतीर ऊपर उठती थी और सितंबर के धूमिल अँधेरे को काटती हुई गायब हो जाती थी। बरसों से यह उसका अपना शहर रहा है, एक क्षण के लिए उसे विश्वास नहीं हो सका। आसपास के मकानों से धुआँ उड़कर हवा में ठहर गया था। दूर से देखने पर लगता था, जैसे सारा शहर एक हल्की, नीली धुंध से घिर गया हो।

और तब उसने सोचा—मैं चाहूँ तो रुक सकता हूँ। कम-से-कम इस उम्र में हर आदमी थोड़ी-बहुत फिक्र करने लगा है। वह यह जान लेता है कि यह उसकी जमीन है, वह यहाँ खड़ा है। उसने आज तक कभी इसके बारे में नहीं सोचा। केशी इसे जानता था और वह आर्मी में चला गया। लेकिन उसके लिए यह कभी संभव नहीं रहा।

नीचे बार से ब्ल्यू डैन्यूब की बहुत पुरानी ट्यून टैरेस पर चली आई। टैरेस पर बैठे लड़के-लड़कियाँ सीढ़ियाँ उतरकर डांसिंग रूम में चले गए।

''तुमने तो देखा होगा?'' महीप ने पूछा।

''क्या?''

''डैन्यूब को। क्या उसका रंग सचमुच नीला है?''

वह हँसने लगा। उसे वियना के वे दिन याद हो आए, जिन्हें वह बहुत पहले भूल चुका था।

नीला एक बहुत उदास रंग है—उसने सोचा। ब्ल्यू पीरियड, नीग्रो ब्लूज ''' वह

एक रंग है, जो तुम बनाते हो, जो होता कुछ भी नहीं।

"वहाँ खूब मजा रहता होगा।" महीप ने बियर पीते हुए कहा।

"हाँ, बहुत ज्यादा।" उसने कहा, "तुम्हें वहाँ कभी आना चाहिए। मेरे एपार्टमेंट में दो सोफा हैं···मैंने उन्हें तुम्हारे और केशी के लिए रख छोड़ा है।" उसने कहा। ग्राक पीने के बाद उसे गर्मी सी महसूस हो रही थी। उसकी इच्छा हुई कि वह स्विमिंग पूल में फिर चला जाए, लेकिन वह बैठा रहा। उसने महीप को रिंग स्ट्रासे के बारे में बताया, उनकी बियर पब्स के बारे में भी बताया, जो इतनी बड़ी थीं कि वहाँ पाँच सौ आदमी एक साथ बैठ सकते हैं। और फिर वहाँ स्टाइट पार्क भी था—सबसे बड़ा पार्क। वह इतवार के दिन वहाँ जाता था। इन दिनों वहाँ दिन-रात पत्ते झरते रहते हैं। शाम के वक्त ऑर्केस्ट्रा भी बजता है और तुम अपनी फरमाइश भी भेज सकते हो···तुम जो कुछ सुनना चाहो, फरमाइश भेजकर सुन सकते हो और तुम्हारा 'पीस' बजाने के बाद कंडक्टर तुम्हारी ओर झुककर सलाम करता है।

वह रुक गया। बियर के गिलास के सामने महीप की आँख मुँदने लगी थी।

"हमें चलना चाहिए।" उसने कहा।

नीचे बार बंद हो चुका था। टैरेस पर वे अकेले रह गए थे।

"तुम चाहो तो कुछ देर के लिए मेरे कमरे में चल सकते हो। मेरे पास कुछ पोर्ट है।" महीप ने जुमहाई लेते हुए कहा।

"मैं अब घर चलूँगा···मैंने अभी कुछ भी पैक नहीं किया।"

वे बाहर आ गए। सितंबर की रात चारों ओर फैली थी। आकाश में एक भी बादल नहीं था। सिर्फ तारे थे, जो पॉलिश किए पीतल के बटनों से चमचमा रहे थे।

टैक्सी लेने के पहले वे चुपचाप फुटपाथ पर खड़े रहे।

"सुबह कितने बजे जाओगे?"

"काफी जल्दी···तुम बिस्तर पर होगे।" उसने कहा।

"मैं कोशिश करूँगा।" महीप ने टैक्सी में बैठकर कहा और अपना सिर सीट की गद्दी पर टिका दिया। वह सो रहा था।

वह उस रात काफी देर से घर पहुँचा था। माँ दरवाजे की साँकल खोलने आई थी। वह रास्ता छोड़कर एक तरफ खड़ी रही। उसे डर था, उसके पाँव सीधे नहीं पड़ रहे थे। वह सीटी बजाता हुआ बहुत लापरवाही से जीना चढ़ने लगा।

वह पहले गुसलखाने में गया। देर तक हाथ-मुँह धोने के बाद भी उसे लगता रहा जैसे ग्राक की गंध उससे चिपकी है। माँ जान लेगी। उसे आज नहीं पीना चाहिए था—उसने सोचा। उसे लगा, उसका सिर धीरे-धीरे चकरा रहा है। उसे

खुशी हुई कि सोने तक उसका सिर ऐसे ही चकराता रहेगा।

वह अपने कमरे में आया। माँ ने उसकी चीजें अलग-अलग कोनों से बटोरकर सूटकेस के पास रख दी थीं। उसके मोजों और रूमालों को धोकर अलग रख दिया था। पैकिंग के लिए उसके पास ज्यादा चीजें नहीं थीं। कुछ दिन पहले वह जरूरी चीजें खरीद लाया था—सर्दियों के लिए एक ऊनी मफलर, दस्ताने, जूतों की एक जोड़ी, दो डिटेक्टिव उपन्यास, जो वह हमेशा यात्रा में वक्त काटने के लिए खरीद लेता था। उसे नीता और केशी की पुस्तकों में कभी दिलचस्पी नहीं रही। इन छुट्टियों में उसने उन्हें कई बार पढ़ने की कोशिश की थी, लेकिन हर बार वह ऊब जाता था।

कुछ देर बाद माँ कमरे में आई। उसके हाथ में एक छोटा सा लेबिल था। दातुन को स्याही में भिगोकर उस पर बड़े-बड़े अक्षरों में उसका नाम लिखा था। नाम के नीचे उन दोनों शहरों के नाम लिखे थे, जहाँ से वह जा रहा है और जहाँ वह उतरेगा।

"इसे बाबू ने दिया है।" माँ ने कहा, "इसे अपने सूटकेस पर चिपका लेना···खोएगा नहीं।"

"इसकी जरूरत नहीं थी।" उसने कहा।

"टिकट रख लिये?" माँ ने पूछा।

"हाँ···वे मेरी जेब में हैं।" उसने कहा।

"एक बटुआ खरीद लेता, तुझे हर चीज जेब में रखने की आदत है।" माँ ने कहा।

वह सूटकेस में अपनी चीजें रखने लगा। कोन्याक की बोतल वह बाहर फेंक देना चाहता था, किंतु माँ के सामने वह उसे बाहर नहीं निकाल सका। उसने उसे सूटकेस में ही रहने दिया।

"नीता और बूलू को कह दिया था?" माँ ने पूछा।

"उन्हें मालूम है।" उसने कहा।

खाना खाते समय भी माँ सामने बैठी रही। उसे भूख नहीं थी किंतु उस रात वह जल्दी नहीं उठ सका।

"क्या एक दिन के लिए केशी के पास नहीं रुक सकोगे?" माँ ने पूछा।

"देखो···कोशिश करूँगा।" उसने कहा। उसे मालूम है, यह असंभव है। लेकिन उसे यह बात माँ से कहना निरर्थक जान पड़ा।

कुछ देर तक कमरे में सन्नाटा रहा। उसे माँ की चुप्पी कुछ अजीब सी जान

पड़ी। सिर उठाकर देखा, वह दीवार की ओर मुँह मोड़कर बैठी थी—निश्चल और मौन।

पहली बार उसने माँ को जरा ध्यान से देखा। देखता वह शुरू से आया है, लेकिन पहली बार उसे लगा, जैसे वह पहले से अधिक दुबली, क्षीण और मुरझाई हुई दीख रही है। वह सिकुड़कर बैठी थी, मानो उसे स्वयं अपनी नगण्यता पर संकोच हो···। बरसों पहले जो चीज उसमें थी, अब वह इतनी पीछे और दूर सरक गई थी कि उसे देख पाना भी असंभव सा जान पड़ा।

अचानक वह चौंक गया। माँ ने कुछ कहा था और उसका स्वर बहुत धीमा सा हो आया था।

''एक बात कहनी थी···तुम्हें बुरा तो नहीं लगेगा?''

उसने माँ की ओर देखा।

''कभी-कभी अरुणा को चिट्ठी लिख दिया करो। वह तुम्हें और केशी को बहुत मानती है।''

उसने कुछ नहीं कहा। अनजाने में एक दबा-दबा सा गुस्सा उसके भीतर उमड़ आया। देर तक उसे पता नहीं चल सका कि वह गुस्सा किस पर है। किंतु वह अधिक देर तक नहीं टिक सका। उसे तसल्ली हुई कि माँ अभी तक कुछ भी नहीं जानती।

वह ऊपर आ गया। कल की चाँदनी अब भी छत पर बिखरी थी—फीकी सफेद और बुझी-बुझी सी। हवा चलने से नीम का पेड़ दीवार के ऊपर डोले जाता था।

केशी के लिए वह जो पुराने प्रिंट्स और रिकॉर्ड्स वियना से लाया था, उन्हें पोटली में बाँधकर उसने कोने में रख दिया। वह शायद क्रिसमस में आएगा—उसने सोचा।

दीवार पर जुआँ-ग्री की स्टिल लाइफ अब भी लटकी थी···। पता नहीं, केशी उसे अपने साथ क्यों नहीं ले गया। कमरे में केशी और नीता की चीजें कुछ इस तरह रखी थीं, मानो वे कुछ देर के लिए बाहर गए हों। वह उन्हें छूते भी डरता था। उसने उन्हें वैसा ही छोड़ दिया था, जैसे उसने पहली बार उन्हें देखा था।

उसने बत्ती बुझा दी और पलंग पर लेट गया। वह उन गर्मियों के बारे में सोचने लगा, जो उसने घर में बिताई थीं। किंतु वह उनके बारे में कुछ भी याद नहीं कर सका। उसका ध्यान बार-बार छोटी और महत्त्वहीन चीजों में भटक जाता था। जब कभी उसे नींद नहीं आती थी तो वह एक-एक करके उन मकानों को याद

करने लगता, जहाँ वे बहुत पहले रहे थे। जब मकान खत्म हो जाते तो वह यूरोप के उन शहरों को गिनने लगता, जहाँ वह गया था—पिछली गर्मियों में और उससे पिछली गर्मियों में···।

सहसा उसे लगा, जैसे उसने कमरे में एक धीमी सी सरसराहट सुनी है। वह शायद सो रहा होगा—उसने सोचा। किंतु उसे पूरी तरह निश्चय नहीं हो सका। वह बिस्तर पर बैठ गया। एक लंबे क्षण तक वह अँधेरे में अपलक घूरता रहा। उसे लगा जैसे एक सफेद सी आकृति उसके सामने हिली हो।

''बाबू···क्या तुम हो?''

''जरा बत्ती तो जला, यहाँ कुछ दिखाई नहीं देता।'' अँधेरे में उसे बाबू का स्वर सुनाई दिया।

वह कुछ इस बुरी तरह घबरा गया था कि कितनी ही देर तक उसे स्विच नहीं मिल सका। जब कमरे में प्रकाश हुआ तो भी एक छोटे क्षण तक उसे लगता रहा, जैसे यह उसका भ्रम है—वह आँखें खोलेगा और कमरे में कोई भी नहीं होगा।

लेकिन दूसरे ही क्षण उसकी आँखें बाबू पर टिक गईं।

''आप···आप यहाँ क्या कर रहे हैं?'' इच्छा न रहते हुए भी उसके स्वर में क्रोध उभर आया था।

''मैं समझा था, तुम अभी जाग रहे हो।'' उन्होंने कहा। एक निरीह सी खिसियाहट उनके चेहरे पर सिमट आई थी।

किंतु उसे विश्वास नहीं हुआ। उसे लगा जैसे उसके जागने के पहले वे काफी देर तक अँधेरे में खड़े रहे थे। उसे ध्यान आया, वे अब भी खड़े हैं।

''आप बैठ तो जाइए!'' उसने पलंग से उठते हुए कहा। उसके स्वर में अब भी झुँझलाहट भरी थी।

''नहीं···नहीं, तुम बैठे रहो। मैं तुम्हें सिर्फ यह दिखाने आया था। जरा देखो, यह कैसा रहेगा?''

उसकी निगाह अनायास बाबू के पीछे छिपी कुरसी पर चली गई। कुरसी के हत्थे पर एक पुराना ओवरकोट रखा था। उसकी समझ में नहीं आया, वे इसे यहाँ क्यों लाए हैं।

''जरा पहनकर देखा लो। अगर ठीक लगे तो अपने साथ ले जाओ, मेरे पास तो ऐसे ही पड़ा है।'' उन्होंने कहा।

''मेरे पास एक कोट पहले से है, मैंने आपको कहा भी था।''

''एक है तो दूसरा रखने में बुराई नहीं है। तुम्हें तीन-चार साल अभी वहाँ

और रहना है···आजकल ऐसे ओवरकोट नहीं मिलते। इससे बरसाती का काम भी निकल जाएगा।'' उन्होंने कहा।

''सूटकेस में जगह कहाँ निकलेगी?'' उसने कहा, लेकिन उसे स्वयं अपना स्वर अनिश्चित सा जान पड़ा।

''अपने हाथ में ले जाना।'' बाबू ने कहा, ''आजकल प्लेन में लोग अपने हाथों में न जाने कितनी चीजें ले जाते हैं।''

वह चुप रहा। खीज की जगह अब सिर्फ खालीपन था।

''जरा पहनकर तो देख···।''

''नहीं। यों ही ठीक है। मैं ले जाऊँगा।''

बाबू कुछ देर तक सिटपिटाए से चारों ओर देखते रहे। इस बीच उन्होंने एक बार भी ओवरकोट की तरफ नहीं देखा, जैसे कोई आदमी उस जगह को दोबारा देखने से कतराता है, जहाँ उसने कोई अपराध किया हो।

वह ज्यादा देर तक उसके कमरे में नहीं रहे। बाद में उसे हल्का सा खेद हुआ। अगर वह उनके सामने ओवरकोट पहन लेता तो शायद उन्हें काफी खुशी होती। लेकिन उसने उसके बारे में ज्यादा नहीं सोचा और पलंग पर लेट गया।

देर तक वह बत्ती बुझाने का साहस नहीं कर सका। उसका दिल अब भी तेजी से धड़क रहा था। उसे खयाल आया कि अगर वह न जागता तो शायद बाबू कोट कुरसी पर छोड़, चुपचाप बाहर चले जाते। आज भी बाबू को कोई चीज आमने-सामने देने में मुश्किल सी महसूस होती है। जब वह छोटा था तो वे उसके जेबखर्च के रुपए मेज पर रख जाते थे—हाथ में कभी नहीं देते थे।

उसने करवट बदली। देर तक वह घर की आवाजें सुनता रहा। माँ जीने के दरवाजे की साँकल लगाने नीचे उतरी थी। कहीं एक छत से रेडियो का स्वर हवा में तिरता हुआ दूसरी छत पर आकर ठहर जाता था। कभी-कभी बाबू के कमरे में खाँसने की आवाज सुनाई दे जाती थी।

कुछ देर बाद सब खामोश हो गया। उसने बत्ती बुझा दी। दरवाजा खुला था। बाहर की चाँदनी धीरे-धीरे फैलती हुई देहरी के भीतर सरक आई थी। वह फिर सोने की कोशिश करने लगा।

बहुत रात बीते उसे लगा था, जैसे वह और केशी स्कीइंग के लिए कुफ्री गए है। चारों तरफ बर्फ फैली थी। वह बहुत तेजी से नीचे फिसल रहा था। कुछ देर नीचे जाकर उसे लगा जैसे उसकी 'स्की' की नोक किसी कड़ी चीज से जा टकराई है। उसे हल्का सा विस्मय हुआ। वह वहीं बर्फ पर बैठ गया और अपनी स्की की

मुड़ी हुई नोक से बर्फ खोदने लगा। बहुत सी बर्फ ऊपर आती थी और वह उसे दूसरी तरफ फेंक देता था। फिर अचानक उसके हाथ ठिठक गए। नीचे···बर्फ के बहुत नीचे एक गड्ढा दिखाई दिया और उसे लगा जैसे उसके भीतर कोई रो रहा है। उसने नीचे झुककर गड्ढे में देखा, लेकिन वहाँ कुछ भी नहीं था; सिर्फ एक हड्डी, पेड़ की एक डाल और एक काँच का टुकड़ा पड़ा था।

उसकी आँख खुल गई। घर सूना पड़ा था। कहीं भी कोई नहीं था—सिर्फ छत की चाँदनी देहरी लाँघकर उसके बिस्तर पर सरक आई थी। उसने करवट ली और दोबारा सो गया।

□

डेढ़ इंच ऊपर

• • • अगर आप चाहें तो इस मेज पर आ सकते हैं। जगह काफी है। आखिर एक आदमी को कितनी जगह चाहिए? नहीं…नहीं…मुझे कोई तकलीफ नहीं होगी। बेशक अगर आप चाहें, तो चुप रह सकते हैं। मैं खुद चुप रहना पसंद करता हूँ। आदमी बात कर सकता है और चुप रह सकता है, एक ही वक्त में। इसे बहुत कम लोग समझते हैं। मैं बरसों से यह करता आ रहा हूँ। बेशक आप नहीं…आप अभी जवान हैं। आपकी उम्र में चुप रहने का मतलब है, चुप रहना और बात करने का मतलब है, बात करना। दोनों बातें एक साथ नहीं हो सकतीं। आप छोटे मग से पी रहे हैं? आपको शायद अभी लत नहीं पड़ी। मैं आपको देखते ही पहचान गया था कि आप इस जगह के नहीं हैं। इस घड़ी यहाँ जो लोग आते हैं, उन सबको मैं पहचानता हूँ। उनसे आप कोई बात नहीं कर सकते। उन्होंने पहले से ही बहुत पी रखी होती है। वे यहाँ आते हैं, अपनी आखिरी बियर के लिए—दूसरे पब बंद हो जाते हैं और वे कहीं और नहीं जा सकते। वे बहुत जल्दी खत्म हो जाते हैं। मेज पर। बाहर सड़क पर। ट्राम में। कई बार मुझे उन्हें उठाकर उनके घर पहुँचाना पड़ता है। बेशक अगले दिन वे मुझे पहचानते भी नहीं। आप गलत न समझें। मेरा इशारा आपकी तरफ नहीं था। आपको मैंने यहाँ पहली बार देखा है। आप आकर चुपचाप अलग मेज पर बैठ गए; मुझे यह बुरा सा लगा।

नहीं, आप घबराइए नहीं…मैं अपने को आप पर थोपूँगा नहीं। हम एक-दूसरे के साथ बैठकर भी अपनी-अपनी बियर पर अकेले रह सकते हैं। मेरी उम्र में यह जरा मुश्किल है, क्योंकि हर बूढ़ा आदमी थोड़ा-बहुत डरा हुआ होता है…धीरे-धीरे गरिमा के साथ बूढ़ा होना बहुत बड़ा 'ग्रेस' है, हर आदमी के बस

का नहीं। वह अपने आप नहीं आता, बूढ़ा होना एक कला है, जिसे काफी मेहनत से सीखना पड़ता है। क्या कहा आपने? मेरी उम्र? जरा अंदाजा तो लगाइए! अरे, नहीं साहब—आप मुझे नाहक खुश करने की कोशिश कर रहे हैं। यों आपने मुझे खुश जरूर कर दिया है और अगर अपनी इस खुशी को मनाने के लिए मैं एक बियर और लूँ तो आपको कोई एतराज तो नहीं होगा? और आप? आप नहीं लेंगे? नहीं···मैं जिद नहीं करूँगा। हर आदमी को अपनी जिंदगी और अपनी शराब चुनने की आजादी होनी चाहिए, दोनों को सिर्फ एक बार चुना जा सकता है। बाद में हम सिर्फ उसे दुहराते रहते हैं, जो एक बार पी चुके हैं या एक बार जी चुके हैं। आप दूसरी जिंदगी को मानते हैं? मेरा मतलब है, मौत के बाद भी? उम्मीद है, आप मुझे यह घिसा-पिटा जवाब नहीं देगे कि आप किसी धर्म में विश्वास नहीं करते। मैं खुद कैथोलिक हूँ, लेकिन मुझे आप लोगों का यह विश्वास बेहद दिलचस्प लगता है कि मौत के बाद भी आदमी पूरी तरह से मर नहीं जाता···हम पहले एक जिंदगी पूरी करते हैं, फिर दूसरी, फिर तीसरी।

अकसर रात के समय मैं इस समस्या के बारे में सोचता हूँ···आप जानते हैं, मेरी उम्र में नींद आसानी से नहीं आती। नींद के लिए छटाँक भर लापरवाही चाहिए, आधा छटाँक थकान। अगर आपके पास दोनों चीजें नहीं हैं, तो आप उसका मुआवजा डेढ़ छटाँक बियर पीकर कर सकते हैं, इसीलिए मैं हर रोज आधी रात के वक्त यहाँ चला आता हूँ, पिछले पंद्रह वर्षों से लगातार। मैं थोड़ा-बहुत सोता जरूर हूँ, लेकिन तीन बजे के आसपास मेरी नींद टूट जाती है, उसके बाद मैं घर में अकेला नहीं रह सकता। रात के तीन बजे···यह भयानक घड़ी है। मैं तो आपको अनुभव से कहता हूँ। दो बजे लगता है, अभी रात है और चार बजे सुबह होने लगती है, लेकिन तीन बजे आपको लगता है कि आप न इधर हैं, न उधर। मुझे हमेशा लगता है कि मृत्यु आने की कोई घड़ी है, तो यही घड़ी है।

क्या कहा आपने? नहीं जनाब, मैं बिल्कुल अकेला नहीं रहता। आप जानते हैं, पेंशनयाफ्ता लोगों के अपने शौक होते हैं। मेरे पास एक बिल्ली है, बरसों से मेरे पास रह रही है। अब जरा देखिए, मैं यहाँ बियर पीते हुए आपसे लंबी-चौड़ी बातें कर रहा हूँ, उधर वह मेरे इंतजार में दरवाजे पर बैठी होगी। आपके बारे में मुझे मालूम नहीं, लेकिन मुझे यह खयाल काफी तसल्ली देता है कि कोई मेरे इंतजार में बाहर सड़क पर आँखें लगाए बैठा है। मैं ऐसे लोगों की कल्पना नहीं कर सकता, जिनका इंतजार कोई नहीं कर रहा हो या जो खुद किसी का इंतजार नहीं कर रहे हों। जिस क्षण आप इंतजार करना छोड़ देते हैं, उस क्षण आप जीना

भी छोड़ देते हैं। बिल्लियाँ काफी देर तक और बहुत सब्र के साथ इंतजार कर सकती हैं। इस लिहाज से वे औरतों की तरह हैं। लेकिन सिर्फ इस लिहाज से नहीं—औरतों की ही तरह उनमें अपनी तरफ खींचने और आकर्षित करने की असाधारण ताकत रहती है। डर और मोह दोनों ही—हम अकेले में उन्हें देखकर बँधे-लुटे से खड़े रहते हैं। यों डर आपको कुत्तों या दूसरे जानवरों से भी लगता होगा। लेकिन वह निचले दर्जे का डर है। आप एक ओर किनारा करके चले जाते हैं, कुत्ता दूसरी ओर किनारा करके चला जाता है। उसे डर लगा रहता है कि कहीं आप इस पर बेईमानी न कर बैठें और आप इसलिए सहमे से रहते हैं कि कहीं वह आँख बचाकर आप पर न झपट पड़े।

लेकिन उस डर में कोई रहस्य, कोई रोमांच, कोई संभावना नहीं है···जैसी अकसर बिल्ली या साँप को देखने से उत्पन्न होती है। सच बात यह है और यह मैं अनुभव से कह रहा हूँ कि बिल्ली को औरतों की तरह आप आखिर तक सही-सही नहीं पहचान सकते, चाहे आप उसके साथ वर्षों से ही क्यों न रह रहे हों। इसलिए नहीं कि वे खुद जान-बूझकर कोई चीज छिपाए रखती हैं, बल्कि खुद आपमें ही इतना हौसला नहीं रहता कि आप आखिर तक उनके भीतर लगे दरवाजों को खोल सकें। आपको यह बात जरा अजीब नहीं लगती कि ज्यादातर हमें वही चीजें अपनी तरफ खींचती हैं, जिनमें थोड़ा सा आतंक छिपा रहता है···अगर आप बुरा न मानें तो मैं एक बियर और लूँगा। कुछ देर में यह पब बंद हो जाएगी और फिर सारे शहर में सुबह तक एक बूँद भी दिखाई नहीं देगी। आप डरिए नहीं···मैं पीने की अपनी सीमा जानता हूँ···आदमी को जमीन से करीब डेढ़ इंच ऊपर उठ जाना चाहिए। इससे ज्यादा नहीं, वरना वह ऊपर उठता जाएगा और फिर इस उड़ान का अंत होगा पुलिस-स्टेशन में या किसी नाली में, जो ज्यादा दिलचस्प चीज नहीं। लेकिन कुछ लोग डर के मारे जमीन पर ही पाँव जमाए रहते हैं, ऐसे लोगों के लिए पीना-न-पीना बराबर है।

जी हाँ, सही फासला है डेढ़ इंच। इतनी चेतना अवश्य रहनी चाहिए कि आप अपनी चेतना को माचिस की तीली की तरह बुझते हुए देख सकें···जब लौ उँगलियों के पास सरक आए तो उसे छोड़ देना चाहिए। उससे पहले नहीं। न बाद में ही। कब तक पकड़े रहना और कब छोड़ना चाहिए, पीने का रहस्य इस पहचान में छिपा है। मुश्किल यह है, हम उस समय तक नहीं पहचान पाते, जब तक डेढ़ इंच से ऊपर नहीं उठ जाते···और फिर वह किसी काम का नहीं। शायद यह बात सुनकर आप हँसेंगे कि पहचान तभी आती है, जब हम पहचान के परे

चले जाते हैं। मुझे बुरा नहीं लगेगा अगर आप हँसकर मेरी बात को टाल दें···मैं खुद कभी-कभी कोशिश करता हूँ कि इस आशा के साथ रहना सीख लूँ कि कई चीजों को न जानना ही अपने को सुरक्षित रखने का रास्ता है। आप रफ्ता-रफ्ता इस आशा के साथ रहना सीख लेते हैं, जैसे आप अपनी पत्नी के साथ रहना सीख लेते हैं। एक ही घर में बरसों तक···हालाँकि एक संशय बना रहता है कि वह भी आपका खेल खेल रही है। कभी-कभी आप इस संशय से छुटकारा पाने के लिए दूसरी या तीसरी स्त्री से प्रेम करने लगते हैं। यह निराश होने की शुरुआत है, क्योंकि दूसरी स्त्री का अपना रहस्य है और तीसरी स्त्री का अपना। यह शतरंज के खेल की तरह है···आप एक चाल चलते हैं, जिससे आपके विरोधी के सामने अंतहीन संभावनाएँ खुल जाती हैं। एक खेल हारने के बाद आप दूसरे खेल में जीतने की आशा करने लगते हैं। आप यह भूल जाते हैं कि दूसरी बाजी की अपनी संभावनाएँ हैं, पहली बाजी की तरह अंतहीन और रहस्यपूर्ण। देखिए, इसीलिए मैं कहता हूँ कि आप जिंदगी में चाहे कितनी औरतों के संपर्क में आएँ, असल में आपका संपर्क सिर्फ एक औरत से ही होता है···क्या कहा आपने?

जी नहीं, मैं आपको पहले ही कह चुका हूँ कि घर में मैं अकेला रहता हूँ, अगर आप मेरी बिल्ली को छोड़ दें। जी हाँ, मैं विवाहित हूँ···मेरी पत्नी अब जीवित नहीं है, यह मेरा अनुमान है। आप कुछ हैरान से हो रहे हैं। अनुमान मैं इसलिए कह रहा हूँ, क्योंकि मैंने उसे मरते हुए नहीं देखा। जब आपने किसी को आँखों से मरते नहीं देखा, अपने हाथों से दफनाया नहीं, तो आप सिर्फ अनुमान लगा सकते हैं कि वह जीवित नहीं। आपको शायद हँसी आएगी, लेकिन मुझे लगता है, जब तक आप खुद अपने परिचित को मरते न देख लें, एक धुँधली सी आशा बनी रहती है कि वह अभी जीवित है···आप दरवाजा खोलेंगे और वह रसोई से भागकर तौलिए से हाथ पोंछती हुई आपके सामने आ खड़ी होगी। बेशक, यह भ्रम है। ऐसा होता नहीं। उसके बजाय अब बिल्ली आती है, जो दरवाजे के पीछे देहरी पर सिर टिकाए अपनी आँखों का रंग बदलती रहती है। मैंने लोगों में कहते सुना है कि समय बहुत कुछ सोख लेता है, क्या आप भी ऐसा सोचते हैं? मुझे मालूम नहीं···लेकिन मुझे कभी-कभी लगता है कि वह सोखता उतना नहीं, जितना बुहार देता है—अँधेरे कोनों में या कालीन के नीचे, ताकि बाहर से किसी को दिखाई न दे। लेकिन उसके पंजे हमेशा बाहर रहते हैं, किसी भी अजानी घड़ी में वे आपको दबोच सकते हैं।

शायद मैं भटक रहा हूँ···बियर पीने का यह एक सुख है। आप रास्ते से

भटक जाते हैं और चक्कर लगाते रहते हैं···एक ही दायरे के इर्द-गिर्द राउंड ऐंड राउंड। आप बच्चों का वह खेल जानते हैं, जब वे एक दायरा बनाकर बैठ जाते हैं, सिर्फ एक बच्चा रूमाल लेकर चारों तरफ चक्कर काटता है। आपके देश में भी खेला जाता है? वाह···देखिए न, हम चाहे कितने ही अलग क्यों न हों, बच्चों के खेल हर जगह एक जैसे ही रहते हैं। उन दिनों हम सबकी कुछ वैसी ही हालत थी, क्योंकि हममें से कोई भी नहीं जानता था कि कब अचानक किसके पीछे वह अपना फंदा छोड़ जाएँगे। हममें से हर आदमी एक भयभीत बच्चे की तरह बार-बार पीछे मुड़कर देख लेता था कि कहीं उसके पीछे तो नहीं है···जी हाँ, इन्हीं दिनों यहाँ जर्मन आए थे। आप तो उन दिनों बहुत छोटे रहे होंगे। मेरी उम्र भी बहुत ज्यादा नहीं थी और हालाँकि लड़ाई के कारण सुबह से शाम तक काम में जुटना पड़ता था, मैं एक जवान बैल की तरह डटा रहता था। एक उम्र होती है, जब हर आदमी एक औसत सुख के दायरे में रहना सीख लेता है, उसके परे देखने की फुरसत उसके पास नहीं होती, यानी उस क्षण तक महसूस नहीं होती जब तक खुद उसके दायरे में···।

आपने अकसर देखा होगा कि जिसे हम सुख कहते हैं, वह एक खास लमहे की चीज है—यों अपने में बहुत ठोस है, लेकिन उस लमहे के गुजर जाने के बाद वह बहुत फीका और कुछ-कुछ हैंगओवर सा धुँधला लगता है। किंतु जिसे हम दुःख या तकलीफ या यातना कहते हैं, उसका कोई खास मौका नहीं होता···मेरा मतलब है वह हू-ब-हू दुर्घटना के वक्त महसूस नहीं होती। ऐन दुर्घटना के वक्त हम बदहवास से हो जाते हैं, हम उससे पैदा होनेवाली यातना के लिए कोई बना-बनाया फ्रेम नहीं ढूँढ़ पाते, जिसमें हम उसे सही-सही फिट कर सकें। किसी दुर्घटना का होना एक बात है···उसका सही-सही परिणाम अपनी पूरी जिंदगी में भोगना या भोग पाने के काबिल हो सकना—बिल्कुल दूसरी बात। यह असंभव है, ऐसा होता नहीं। मेरा मतलब है, अपने को बार-बार दूसरे की स्थिति में रखकर उतने ही कष्ट की कल्पना करना, जितना दूसरे ने भोगा था। वह कुछ कम होगा या कुछ ज्यादा, लेकिन उतना नहीं और वैसा नहीं, जितना दूसरे ने भोगा था। नहीं-नहीं···आप गलत न समझे। मैंने अपनी पत्नी को कष्ट भोगते नहीं देखा। मैं जब घर पहुँचा, वे उसे ले जा चुके थे। सात बरस की विवाहित जिंदगी में यह पहला मौका था, जब मैं खाली घर में घुसा था।

बिल्ली? नहीं उन दिनों वह मेरे पास नहीं थी। मैंने उसे काफी वर्षों बाद पालना शुरू किया था। दूसरे घरों के पड़ोसी जरूर अपनी-अपनी खिड़कियों से

झाँकते हुए मुझे देख रहे थे। यह स्वाभाविक भी था। मैं खुद ऐसे लोगों को खिड़की से झाँककर देखा करता था, जिनके रिश्तेदारों को गेस्टापो-पुलिस पकड़कर बंद गाड़ी में ले जाती थी। लेकिन मैंने यह कभी कल्पना भी न की थी कि एक दिन मैं घर लौटूँगा और मेरी पत्नी का कमरा खाली पड़ा होगा। देखिए, मैं आपसे एक बात पूछना चाहता हूँ—क्या यह अजीब बात नहीं है कि जब हम कभी मौत, यातना या दुर्घटना की बात सुनते हैं या सुबह अखबार में पढ़ते हैं, तो हमें यह विचार कभी नहीं आता कि ये चीजें हम पर हो सकती हैं या हो सकती थीं···नहीं, हमें हमेशा लगता है कि ये दूसरों के लिए हैं। अहा! मुझे खुशी है कि आप एक बियर और ले रहे हैं। आखिर आप खाली गिलास के सामने सारी रात नहीं बैठ सकते···क्या कहा आपने? मैं जानता था, आप यह सवाल जरूर पूछेंगे। अगर आप न पूछते तो कुछ आश्चर्य होता। नहीं, जनाब···शुरू में मैं खुद कुछ नहीं समझ सका। मैंने आपसे कहा था न कि ऐन दुर्घटना के वक्त आदमी बदहवास सा हो जाता है। वह ठीक-ठीक अपनी यातना का अनुमान भी नहीं लगा सकता। मेरी पत्नी की चीजें चारों तरफ बिखरी पड़ी थीं—कपड़े, किताबें, मुद्दत पुराने अखबार। अलमारियों और मेजों के दराज खुले पड़े थे और उनके भीतर की हर छोटी-बड़ी चीज फर्श पर उलटी-सीधी पड़ी थी। क्रिसमस के उपहार, सिलाई की मशीन, पुरानी फोटो एल्बम।

आप जानते हैं, शादी के बाद कितनी चीजें खुद-ब-खुद इकट्ठा होती जाती हैं। लगता था, उन्होंने हर छोटी-से-छोटी चीज को उलट-पलटकर देखा था, कोने-कोने की तलाशी ली थी···कोई चीज ऐसी नहीं थी, जो उनके हाथों से बची रह गई हो। उस रात मैं अपने कमरे में बैठा रहा। मेरी पत्नी का बिस्तर खाली पड़ा था। तकिए के नीचे उसका रूमाल, माचिस और सिगरेट का पैकेट रखा था। सोने से पहले वह हमेशा सिगरेट पिया करती थी। शुरू में मुझे उसकी यह आदत अखरती थी, लेकिन धीरे-धीरे मैं उसका आदी हो गया था। पलंग के पास तिपाई पर उसकी किताब रखी थी, जिसे वह उन दिनों पढ़ा करती थी। जिस पन्ने को उसने पिछली रात पढ़कर छोड़ दिया था, वहाँ निशानी के लिए उसने अपना क्लिप दबा लिया था। क्लिप पर उसके बालों की गंध जुड़ी थी···आप जानते हैं किस तरह बरसों बाद भी हमें छोटी-छोटी तफसीलें याद रह जाती हैं। यह शायद ठीक भी है। विवाह के पहले हम हमेशा बड़ी और अनुभूतिपूर्ण चीजों के बारे में सोचते हैं, लेकिन विवाह के बाद अरसा साथ रहने के कारण ये बड़ी चीजें हाथ से फिसल जाती हैं, सिर्फ कुछ छोटी-मोटी आदतें, ऊपर से सतही दिखने वाली

दिनचर्याएँ, रोजमर्रा के आपसी भेद बचे रह जाते हैं, जिन्हें हम शर्म के कारण दूसरों से कभी नहीं कहते, किंतु जिनके बिना हर चीज सूनी सी जान पड़ती है।

उस रात मैं अकेले कमरे में अपनी पत्नी की चीजों के बीच बैठा रहा। उस घड़ी शायद मैं अपने में नहीं था। मुझे कुछ भी समझ में नहीं आ रहा था। वह अपने कमरे में नहीं थी...यह महज एक हकीकत थी। मैं उसे समझ सकता था, किंतु वे उसे पकड़कर ले गए थे, यह भयानक भेद मेरी पकड़ के बाहर था। आखिर मेरी पत्नी ही क्यों? मैं उस रात बार-बार अपने से यह प्रश्न पूछता रहा। आपको तनिक आश्चर्य होगा कि सात वर्षों की वैवाहिक जिंदगी में पहली बार मुझे अपनी पत्नी पर संदेह हुआ था, मानो उसने कोई चीज मुझसे छिपाकर रखी हो, कोई ऐसी चीज जिसका मुझसे कोई सरोकार नहीं था। बाद में मुझे पता चला कि गेस्टापो-पुलिस बहुत दिनों से उसकी ताक में थी। उसके पास कुछ गैर-कानूनी पैंफलेट और पर्चियाँ पाई गई थीं, जो उन दिनों अज्ञात रूप से लोगों में बाँटी जाती थीं। जर्मन अधिकारियों की आँखों में यह सबसे संगीन अपराध था। पुलिस ने ये सब चीजें खुद मेरी पत्नी के कमरे से बरामद की थीं...और आपको शायद यह बात काफी दिलचस्प जान पड़ेगी कि खुद मुझे उनके बारे में कुछ मालूम नहीं था। उस रात से पहले तक मैं और वह एक ही कमरे में सोते थे, प्रेम करते थे और इसी कमरे में कुछ ऐसी चीजें थीं, जो उसका रहस्य थीं, जिसमें मेरा कोई साझा नहीं था। क्या आपको यह बात दिलचस्प नहीं लगती कि वे मेरी पत्नी को मुझसे कहीं अधिक अच्छी तरह जानते थे? जरा ठहरिए, मैं अपना गिलास खत्म कर लेता हूँ, मैं फिर आपका साथ दूँगा। कुछ देर बाद वे बंद कर देंगे और फिर...नहीं, इतनी जल्दी नहीं है। पीने का लुत्फ इत्मीनान से पीने में है। हमारी भाषा में एक कहावत है...हमें जी भरकर पीना चाहिए, क्योंकि सौ बरस बाद हम इस दुनिया में नहीं होंगे।

सौ बरस...यह काफी लंबा अरसा है, आप नहीं सोचते? हममें में कोई भी इतने अरसे तक जिंदा रह सकेगा, मुझे शक है। आदमी जीता है, खाता है, पीता है और एक दिन अचानक फट! नहीं जनाब? भयानक चीज मरना नहीं है। लाखों लोग रोज मरते हैं और आप चूँ भी नहीं करते। भयानक चीज यह है कि मृत आदमी अपना भेद हमेशा के लिए अपने साथ ले जाता है और हम उसका कुछ नहीं बिगाड़ सकते। एक तरह से वह हमसे मुक्त हो जाता है। उस रात मैं अपने घर के एक कमरे से दूसरे कमरे में चक्कर लगाता रहा। आपको शायद हँसी आएगी कि पुलिस के बाद मैं दूसरा आदमी था, जिसने अपनी पत्नी की चीजों

की दुबारा तलाशी ली थी···एक-एक चीज को उलट-पलटकर पूरी गहराई से उन्हें देखा-परखा था। मुझे विश्वास नहीं हो रहा था कि अपने पीछे वह मेरे लिए एक भी ऐसा निशान नहीं छोड़ जाएगी, जिसके सहारे मैं कोई ऐसी चीज पा सकूँ, जिसमें मेरा भी साझा रहा था। उसके विवाह की पोशाक, ड्रेसिंग-टेबल के दराज में रखे कुछ पत्र, जो विवाह से पहले मैंने उसे लिखे थे, कुछ पंख और पत्थर, जिन्हें वह जमा किया करती थी। जरा देखिए, सात वर्ष की विवाहित जिंदगी के बाद मैं उस रात अपनी पत्नी की चीजों को कुछ इस तरह टटोल रहा था, जैसे मैं उसका पति न होकर भेदिया पुलिस का कोई पेशेवर नौकर हूँ। मुझे रह-रहकर विश्वास नहीं हो पा रहा था कि अब मैं उससे कुछ नहीं पूछ सकूँगा। वह उनके हाथों से बच नहीं सकेगी, यह मैं जानता था। वे जिन लोगों को पकड़कर ले जाते थे, उनमें से मैंने एक को भी वापस लौटते नहीं देखा था। लेकिन उस रात मुझे इस चीज ने इतना भयभीत नहीं किया कि मृत्यु उसके बहुत नजदीक है, जितना इस चीज ने कि मैं कभी उसके बारे में पूरा सत्य नहीं जान सकूँगा। मृत्यु हमेशा के लिए उसके भेद पर ताला लगा देगी और वह अपने पीछे एक भी ऐसा सुराख नहीं छोड़ जाएगी, जिसकी मदद से मैं उस ताले को खोल सकूँगा।

दूसरे दिन रात के समय उन्होंने मेरा दरवाजा खटखटाया। मैं तैयार होकर उनकी प्रतीक्षा में बैठा था। मुझे मालूम था, वे आएँगे। अगर मेरी पत्नी उनके सामने सबकुछ कबूल कर देती, तो शायद उन्हें मेरी जरूरत न पड़ती। किंतु मुझे मालूम था कि मेरी पत्नी अपने मुँह से एक भी शब्द नहीं निकालेगी। मैं उसके 'रहस्य' से अपरिचित रहा हूँ, उसकी आदतों से अच्छी तरह वाकिफ था। वह चुप रहना जानती थी, चाहे यातना कितनी ही भयंकर क्यों न हो। नहीं जनाब, मैंने अपनी आँखों से उसकी यातना को नहीं देखा, किंतु मैं थोड़ा-बहुत अनुमान लगा सकता हूँ। पहला प्रश्न उन्होंने मुझसे जो पूछा, वह बिल्कुल साफ था—क्या मैं श्रीमती···का पति हूँ? मैं सिर्फ उनके इस प्रश्न का उत्तर 'हाँ' में दे सका। बाकी प्रश्न मेरी समझ के बाहर थे। किंतु वे मुझे आसानी से छोड़नेवाले नहीं थे। उन्होंने मेरी इस बात को हँसी में उड़ा दिया। जब मैंने उन्हें बताया कि मैं अपनी पत्नी की इन कारवाइयों के बारे मैं कुछ भी नहीं जानता। उन्होंने सोचा, मैं अपनी खाल बचाने के लिए कन्नी काट रहा हूँ। वे मुझे एक अलग सेल में ले गए। पूरे हफ्ते दिन-रात वे मुझसे सिर्फ एक ही तरह के सवाल अलग-अलग ढंग से पूछते थे···मैं अपनी पत्नी के बारे में क्या कुछ जानता हूँ? वह कहाँ जाती थी? किन

लोगों से मिलती थी? किस आदमी ने उसे लीफलेट दिए थे? मुझसे किसी तरह का भी उत्तर खींचने के लिए वे जो तरीके अपनाते थे, उनके बारे में मैं आपको कुछ भी नहीं बता सकता। मैं चाहे कितनी तफसील के साथ आपको क्यों न बताऊँ, आप उसका रत्ती भर भी अनुमान नहीं लगा सकेंगे।

वे मुझे उस समय तक पीटते थे, जब तक मैं चेतना नहीं खो देता था। किंतु उनमें असीम धैर्य था। वे उस समय तक प्रतीक्षा करते थे जब तक मेरी चेतना वापस नहीं लौट आती थी और फिर वही सिलसिला शुरू हो जाता था···वही पुराने सवाल और अंतहीन यातना। उन्हें मुझ पर विश्वास नहीं होता था कि मैं—जो अपनी पत्नी के साथ अनेक वर्षों तक एक ही घर में रहा हूँ—उसकी गुप्त काररवाइयों के बारे में कुछ नहीं जानता। वे समझते थे कि मैं उन्हें बेवकूफ बना रहा हूँ, उनकी आँखों में धूल झोंकने की कोशिश कर रहा हूँ। नहीं जनाब, वे मुझे पीटते थे, मुझे इसकी यातना नहीं थी, मेरी यातना यह थी कि उनके प्रश्नों का जवाब देने के लिए मेरे पास कुछ नहीं था। कहने के लिए मेरे पास कुछ अति साधारण घरेलू बातें थीं, जो शायद हर स्त्री अपने पति के साथ करती है। मैं कल्पना भी नहीं कर सकता था कि रोजमर्रा, दैनिक जिंदगी के साथ-साथ वह एक दूसरी जिंदगी जी रही थी···मुझसे अलग, मुझसे बाहर, मुझसे अछूती—एक जिंदगी, जिसका मुझसे कोई वास्ता नहीं था। आपको यह बात कुछ हास्यास्पद सी नहीं लगती कि अगर वे उसे न पकड़ते, तो मैं जिंदगी भर यही समझता कि मेरी पत्नी वही है, जिसे मैं जानता हूँ। आप जानते हैं, वे लड़ाई के अंतिम दिन थे और गेस्टापो अपने शिकार को जल्दी हाथ से नहीं जाने देते थे। मेरी पत्नी ने आखिर तक कुछ भी कबूल नहीं किया। उन्होंने उससे उम्मीद छोड़ दी थी, लेकिन मुझे वे कच्चा समझते थे। वे शायद मुझे मारना नहीं चाहते थे, लेकिन मृत्यु से कम आदमी को जितना अधिक कष्ट दिया जा सकता था, उसमें उन्होंने कोई कसर नहीं उठा रखी थी। मुझे वे उसी समय छोड़ते थे, जब वे खुद थक जाते थे या जब मैं बेहोश हो जाता था। मैंने कुछ भी कबूल नहीं किया, यह मेरा साहस नहीं था—सच बात यही थी कि मेरे पास कबूल करने के लिए कुछ भी नहीं था।

आप जानते हैं, पहली रात जब मैंने अपनी पत्नी को कमरे में नहीं पाया था, तो मुझे काफी खेद हुआ था। मुझे लगा था कि उसने मुझे अँधेरे में रखकर छलना की है। बार-बार यह खयाल मुझे कोंचता था कि स्वयं मेरी पत्नी ने मुझे अपना विश्वासपात्र बनाना उचित नहीं समझा। लेकिन बाद में गेस्टापो के सामने पीड़ा

और कष्ट के असह्य क्षणों से गुजरते हुए मैं उसके प्रति कृतज्ञ सा हो जाता था कि उसने मुझसे कुछ नहीं कहा। उसने एक तरह से मुझे बचा लिया था। मैं आज भी इस बात का निर्णय नहीं कर सका हूँ कि अगर मुझे अपनी पत्नी का भेद मालूम होता तो क्या मैं चुप रहने का हौसला बटोर सकता था? जरा सोचिए, मेरी यंत्रणा कितनी अधिक बढ़ जाती, अगर मेरे सामने कबूल करने का रास्ता खुला होता। आप मजबूरी में बड़ी-से-बड़ी यातना सह सकते हैं, लेकिन अगर आपको मालूम हो कि आप किसी भी क्षण उस यातना से छुटकारा पा सकते हैं, चाहे उसके लिए आपको अपनी पत्नी, अपने पिता, अपने भाई के साथ ही विश्वासघात क्यों न करना पड़े···तब आप यातना की एक सीमा के बाद वह रास्ता नहीं चुन लेंगे, इसके बारे में कुछ भी कहना असंभव है। चुनने की खुली छूट से बड़ी पीड़ा कोई दूसरी नहीं। मुझे कभी-कभी लगता है कि निर्णय की इस यातना से मुझे बचाने के लिए ही मेरी पत्नी ने अपना रहस्य कभी मुझे नहीं बताया। देखिए, अकसर कहा जाता है कि प्रेम में किसी तरह का दुराव-छिपाव नहीं होता, वह आईने की तरह साफ होता है। मैं सोचता हूँ, इससे बढ़कर भ्रांति कोई दूसरी नहीं। प्रेम करने का अर्थ अपने को खोलना ही नहीं है, बहुत कुछ अपने को छिपाना भी है, ताकि दूसरे को हम अपने निजी 'खतरों' से मुक्त रख सकें। हर स्त्री इस बात को समझती है और चूँकि वह पुरुष से कहीं अधिक प्रेम करने की क्षमता रखती है, उसमें अपने को छिपाने का भी साहस होता है।

आप ऐसा नहीं सोचते? संभव है, मैं गलत हूँ, लेकिन जब रात को मुझे नींद नहीं आती तो अकसर मुझे यह सोचकर हल्की सी तसल्ली मिलती है कि छोड़िए, मैं समझा नहीं सकता। जब मैंने आपको अपनी मेज पर बुलाया था तो इस आशा से नहीं कि मैं आपको कुछ समझा सकूँगा। क्या कहा आपने? नहीं जनाब···उसके बाद मैंने अपनी पत्नी को दुबारा नहीं देखा। एक दुपहर जब मैं घर लौट रहा था, मेरी निगाहें उस पोस्टर पर जा पड़ी थीं। उन दिनों अकसर वे पोस्टर तीसरे-चौथे दिन शहर की दीवारों पर चिपका दिए जाते थे। हर पोस्टर पर तीस-चालीस नाम होते थे, जिन्हें पिछली रात गोली से मार दिया गया था। जब मेरी निगाह अपनी पत्नी के नाम पर पड़ी तो मुझे कुछ क्षणों तक यह काफी विचित्र सा लगता रहा कि उस छोटे से नाम के पीछे मेरी पत्नी का चेहरा हो सकता है। मैंने आपसे कहा न कि जब तक आप अपनी आँखों से किसी को मरते न देख लें, आपको विश्वास नहीं होता कि अब वह जीवित नहीं है। एक धुँधली सी आशा बनी रहती है कि आप दरवाजा खोलेंगे···लेकिन देखिए, मैं अपनी बातें दुहराने लगा हूँ। बियर पीने

का यह सुख है कि आप एक ही दायरे के इर्द-गिर्द चक्कर लगाते रहते हैं···राउंड एंड राउंड एंड राउंड। आप जा रहे हैं? जरा ठहरिए, मैं सलामी के कुछ टुकड़े अपनी बिल्ली के लिए खरीद लेता हूँ···बेचारी इस समय तक भूखी-प्यासी मेरे इंतजार में बैठी होगी। नहीं···नहीं, आपको मेरे साथ आने की जरूरत नहीं है। मेरा घर ज्यादा दूर नहीं है और मैं पीने की अपनी सीमा जानता हूँ। मैंने आपसे कहा था न···सिर्फ डेढ़ इंच ऊपर।

□

लंदन की एक रात

मैं दूसरी बार वहाँ गया था। पहली रात देर से पहुँचा था। जाने से पहले ही सारा काम बँट चुका था। मैं फिर भी अनिश्चित सा गेट के बाहर खड़ा था। सोच रहा था, शायद आखिरी क्षण उन्हें किसी आदमी की जरूरत पड़ेगी और वे मुझे बुला लेंगे। देर तक धड़धड़ाती मशीनों के भीतर सोडे की बोतलों सा स्वर सुनाई दे रहा था। हममें से जिन्हें काम मिल गया था, वे जल्दी-जल्दी अपने सूट उतारकर काम के कपड़े पहन रहे थे।

बाहर दालान में बोतलें थीं—फीकी चाँदनी में चमकती हुई, एक के ऊपर दूसरी—सिल-सिलेवार, फैक्टरी की दीवार से सटी हुई। दूर से देखने पर लगता था, जैसे काँच के किसी लंबे टीले पर बहुत सी बिल्लियाँ एक-दूसरे का गला पकड़े बैठी हों।

मैं खड़ा रहा। फिर कुछ देर बाद एक अंग्रेज सज्जन मेरे पास आए—तुम अभी तक खड़े हो?···मैंने कहा न, आज कुछ भी नहीं है? उसने अपना हाथ मेरे कंधे पर रख दिया।

नहीं, मैं सिर्फ देख रहा था। मैंने धीरे से उसका हाथ अपने कंधे से अलग कर दिया।

कल पंद्रह मिनट पहले आ जाना। अगर कुछ लोग कल नहीं आए, तो तुम्हें ले लिया जाएगा। गुड नाइट। और वह चला गया।

यह दूसरी रात थी। ट्यूब-स्टेशन की सीढ़ियाँ चढ़कर ऊपर आया, तो देखा, कल की चाँदनी आज पूरी तरह निखरकर फैली है। दूर मिल की चिमनियों के बीच लंदन का धूमिल आकाश सिमट आया था।

मुझे दुबारा रास्ता टटोलना पड़ा। मैं उन सड़कों पर दुबारा चलने लगा, जिन

पर कल चला था, जो अब परिचित थीं, किंतु चाँदनी में अजीब सी, अजानी दिखाई दे रही थीं।

किंतु नॉर्थ एक्टन से जरा आगे चलकर मेरे पाँव खुद-ब-खुद ठिठक गए। सोचा था, आज मैं जल्दी आ गया हूँ और गेट पर मेरे अलावा कोई दूसरा नहीं होगा। किंतु मेरा अनुमान सही न था। वहाँ पहले से ही बीस-पच्चीस बेरोजगार युवकों की भीड़ जमा थी। अंग्रेज लड़के, कुछ छात्र, जो देखने में बर्मी जान पड़ते थे, दक्षिणी अफ्रीका और वेस्ट इंडीज के नीग्रो—सब अलग-अलग गुच्छों में खड़े थे। सबकी आँखें गेट पर टिकी थीं। कुछ के चेहरे जाने-पहचाने लगते थे। उन्हें शायद कल रात देखा था। उन सबकी आँखें मुझ पर उठ आईं, खामोश और तनी हुई। मुझे लगा, जैसे उस खामोशी में एक अजीब सा भय उभर आया है, मेरे प्रति उतना नहीं जितना उस अज्ञात नियति के प्रति, जिसका निर्णय अगले चंद लमहों में होनेवाला था।

मैं भी उनके संग एक कोने में खड़ा रहा—उनसे डरता हुआ, फिर भी उनसे बँधा हुआ।

पौने नौ के करीब मैनेजर हमारे पास आए। मुझे तनिक निराशा हुई। वह कल वाले सज्जन नहीं थे, जिन्होंने मेरे कंधे पर हाथ रखा था। उनके हाथ में कागज का एक पुरजा था। हम सब उनके पास खिसक आए—चिड़ियाघर के उन मूक, निरीह जंतुओं की भाँति, जो कुछ भी पाने के लालच से यंत्रचालित गति में सींखचों के पास घिसटते आते हैं। एक क्षण के लिए उन्होंने हमें देखा। हमारे खुले, नंगे, भावहीन चेहरे उन्हें अजीब से भयावह लगे होंगे, क्योंकि उन्होंने अपनी आँखें जल्दी ही कागज पर झुका लीं और तेजी से एक के बाद एक नाम पढ़ने लगे।

वे सब लोग छाँट लिये गए, जिन्होंने पिछली रात काम किया था। उनके अलावा सिर्फ तीन और लड़कों को चुना गया—दो लावारिस से दीखने वाले अंग्रेज युवक और एक दक्षिणी अफ्रीका का विद्यार्थी, जो सबसे आगे खड़ा था और बार-बार झुककर मैनेजर के कानों में कुछ फुसफुसा देता था।

आज इतना ही, उन्होंने सहानुभूतिपूर्ण भाव से हमारी ओर देखा—आप लोग कल आइए, शायद कुछ आदमियों की जरूरत पड़ेगी।

भीड़ में से तीन-चार युवकों ने आगे बढ़कर उनसे बहस करने की कोशिश की, किंतु उन्होंने बहुत असहाय भाव में अपने हाथ हिला दिए और मुस्कराती आँखों से हमारी ओर देखते हुए भीतर चले गए।

हमारी प्रतीक्षा का अंत आ पहुँचा है, इसे जानते हुए भी हममें से कोई उस

पर विश्वास नहीं कर सका। मैनेजर के जाने के बाद भी हममें से कोई अपनी जगह से नहीं हिला। लगता था, जैसे पिछले तीन मिनटों में जो कुछ भी घटा-बढ़ा है, वह अभी अपूर्ण है, एक ऐसा अवास्तविक तथ्य, जिसका शायद हमसे कोई वास्ता नहीं···अभी कुछ ऐसा है, जो बाकी है, जो प्रतीक्षा के बाद भी अपने दरवाजे खुले रखता है···हममें में बहुत से ऐसे थे, जो ट्यूब में तीन या चार शिलिंग का टिकट लेकर लंदन के सुदूर कोनों से यहाँ आए थे। हम सबके हाथों में एक-एक थैला था, जिसमें हमने रात की ड्यूटी के कपड़े और खाने का सामान बाँध रखा था। हममें से किसी के लिए भी यह विश्वास करना कठिन था कि हमें अगली ट्यूब से वापस लौट जाना होगा। पाइप से निकलता गुनगुना पानी, चाँदनी में झिलमिलाते कीचड़ के गढ़े···यहाँ तक कि नाली में पड़ी एक खाली बोतल में काफी अप्रासंगिक और बेतुके से जान पड़े—हम शायद यह भी भूल गए कि हम यहाँ किसलिए आए थे। चंद लमहों पहले जो नौकरी न मिलने का दुःख था, अब वह सिर्फ एक बेडौल, विकृत बोझ सा हमारी टाँगों के इर्द-गिर्द लिपट गया था, जिसे हमें दुबारा घर तक घसीट ले जाना होगा।

उस क्षण भूख और निराशा के बावजूद हमारे मन में कहीं भी कोई खीझ या कटुता नहीं थी।

किंतु कुछ लमहों के लिए ही। सहसा वह मायावी क्षण टूट गया। हम फिर वापस अपने-अपने में लौट आए। एक लंबी, बोझिल सी साँस उस अदृश्य, बेडौल भीड़ के ऊपर उठी और चंद अश्लील, अनर्गल गालियों में खो गई। एक-दूसरे की देह की गंध, जिसे हम पास-पास खड़े सूँघ सकते थे, गालियों के बावजूद अपना सकते थे, अब अलग-अलग रास्तों पर छितराने लगी थी। केवल हम तीन व्यक्ति अब भी अहाते के भीतर अनिश्चित सी मुद्रा में खड़े रहे। मेरे पीछे हल्की सी सरसराहट हुई।

ब्लडी-बास्टर्ड! पहले व्यक्ति ने कुछ दबे कुछ भर्राए से स्वर में कहा। वह आगे बढ़ आया। भयभीत, आशंकित आँखों से चारों ओर देखा और फिर बोतल की टोकरियों के ढेर से सोडे की एक बोतल निकालकर पीने लगा। दूसरी बोतल उसने तीसरे व्यक्ति के हाथ में जबरदस्ती पकड़ा दी—पियो यार, उन सालों को कुछ भी पता नहीं चलेगा!

तीसरा व्यक्ति, जो कम उम्र का नीग्रो छात्र सा दीखता था, बोतल लेने में झिझक रहा था, किंतु फिर न जाने क्या सोचकर उसने अपने सिर को हल्का सा झटका दिया और एक दूध-पीते शिशु की तरह बोतल को दोनों हाथों से पकड़कर

होंठों से लगा लिया। एक लंबा घूँट लेकर उसने नंगी बाँह से अपना मुँह पोंछा और बोतल मेरे सामने कर दी।

यह तीसरी बार है, जब यहाँ मैं आया हूँ। कल जिस बाबू ने काम देने का वायदा किया था, आज वह दिखाई नहीं दिया।

कल भी ऐसा ही होगा। कोई नया बास्टर्ड आएगा और उसे पता नहीं चलेगा कि हम आज रात आए थे।

'कल कौन आएगा—मैं तो इस तरफ झाँकूँगा भी नहीं। डैम दीज···'

पहले व्यक्ति ने अपने ओवरकोट के बटन खोल दिए। इतनी गर्मी में ओवरकोट पहने था—इससे मुझे खास आश्चर्य नहीं हुआ। उसका व्यक्तित्व कुछ ऐसे ढंग से ओवरकोट से जुड़ा था कि एक को दूसरे से अलग करना ही आश्चर्यजनक होता। वह एक लंबा हृष्ट-पुष्ट युवक था, छोटी-सी 'गोरी' दाढ़ी थी, जिसके पीछे आँखें एक सूखी, तिक्त बौखलाहट में झपकती रहतीं। बौखलाहट भी नहीं, एक अजीब-सा नर्वस तनाव, जो अकसर शिकार किए जानेवाले जानवरों में मिलता है। हॉलीवुड के विलेन-सा उसका डील-डौल अँधेरे में किसी भी अजनबी को काफी भयावह लग सकता था।

हम धीरे-धीरे कदम बढ़ाते हुए नॉर्थ एक्टन के पुल पार आ गए थे। लंदन की डबल-डेकर बस हमारे पास से गुजर गई। अगस्त महीने के पीले-करारे पत्तों का रेला देर तक बस के पीछे भागता रहा।

तीसरा व्यक्ति, नीग्रो युवक, अब भी काफी उदास था और चुपचाप सड़क पर आँखें झुकाए चल रहा था।

'लंदन में कब से हो?' दाढ़ी वाले युवक ने (बाद में जिसने अपना नाम विली बताया था) नीग्रो के कंधे पर हाथ रखकर पूछा।

वह चुप रहा।

'कहाँ से आए हो?'

'दक्षिणी अफ्रीका से···यहाँ पढ़ता हूँ।'

वह शायद बात को यहीं खत्म करना चाहता था। उसने जेब से सिगरेट का पैकेट निकला और हम दोनों के आगे कर दिया। हमने धन्यवाद देकर आँखें मोड़ लीं। यह उसकी आखिरी सिगरेट थी और अपनी भूखी लालसा के बावजूद हममें इतनी शिष्टता बाकी थी कि उसे लेने से इनकार कर दें। किंतु यह शिष्टाचार अधिक देर तक न चल सका। कुछ देर बाद हम तीनों उस सिगरेट को बारी-बारी से पी रहे थे।

सामने लंदन की रात थी—बोझिल, गँदली, शांत। वह शहर का एक उजाड़ कोना था और सड़क खाली थी। खाली, लेकिन वीरान नहीं। पत्तों की सरसराहट, पुराने मकानों की बासी गंध—लगता था, जैसे बीच में हम अनेक निष्प्राण चीजों को ठेलते हुए आगे बढ़ रहे हैं; हालाँकि बीच में हवा और लैंप-पोस्ट के दायरों के अलावा कुछ भी न था।

'तुम कहाँ जाओगे?'

'वारेन स्ट्रीट', उसने कहा, 'पिछले दो दिनों से आ रहा हूँ। अब तक पाँच पॉप्स सिर्फ आने-जाने में खर्च हो गए। इतने पैसों से तो मैं टेनिस खेलने जा सकता था।'

उस समय टेनिस खेलने की चर्चा काफी विचित्र जान पड़ी, उसके चेहरे से भ्रम होता था कि पिछले कई दिनों से उसे भर पेट खाने को भी नहीं मिला है।

'मेरे दोस्त को काम मिल गया है।' नीग्रो छात्र ने तनिक उत्साहपूर्वक कहा, 'हम दोनों साथ रहते हैं। कल शायद वह मुझे कुछ शिलिंग उधार दे सकेगा।'

'डैम हिम—इफ ही डजंट!' विली ने अजीब खीझे स्वर में कहा, 'मैं तो कल किसी हालत में नहीं आऊँगा।'''प्लीज कम टुमारो!' मैनेजर की नकल उतारते हुए उसने मुँह सिकोड़ लिया—'टुमारो बि डैम्ड! तुम कल आओगे?' उसने पहली बार मेरी ओर उन्मुख होकर पूछा।

'शायद आऊँगा।' मैंने जान-बूझकर उसे कुछ अधिक खिझाने के लिए कहा। उसके इस समय 'कल' की बात करने से मुझे काफी अफसोस हुआ था।

'साले कितना देते हैं?'

'ढाई पाउंड।' नीग्रो छात्र ने कहा।

'हर सुबह?'

'हाँ, हर सुबह। आधी रात के समय चाय और सेंडविचेज भी देते हैं। मेरा दोस्त बता रहा था। कल मैं और वह संग आए थे, उसे ले लिया गया, मैं रह गया।'

'नीग्रो था?'

'नहीं, वह बर्मी है।'

'और आप?' विली ने संदिग्ध भाव से मेरी ओर देखा, जैसे अपनी नजरों से मुझे तौल रहा हो—'आप क्या जापानी हैं?'

मैंने सिर हिला दिया। इतनी सी बात पर उसका प्रतिवाद करना मुझे निरर्थक जान पड़ा।

कुछ देर तक हम चुपचाप ट्यूब-स्टेशन की ओर चलते रहे। जब कभी गरम हवा का झोंका आता, हम सिहर जाते। तब हमारी भूख अपने सब पैबंद तोड़कर उघड़ जाती। लगता, जैसे हवा लैंप-पोस्ट के पीले, मद्धिम आलोक को तोड़ जाती हो, तोड़कर अपने संग बहा ले जाती हो···

'गर्मी काफी है···पिछले पाँच साल से ऐसी गर्मी नहीं देखी।'

'पिछले पाँच साल से लंदन में हो?'

'शायद ज्यादा···तब से कई काम कर चुका हूँ। अब ज्यादा नहीं रहूँगा।'

'क्या वापस घर जाओगे?' विली ने पूछा।

'घर?' नीग्रो छात्र जार्ज के स्वर में एक सूना सा खोखलापन उभर आया, मानो 'घर' शब्द बहुत विचित्र हो, जैसे उसने पहली बार उसे सुना हो—'मैं चाहता था, यहीं रहूँ। लेकिन वे हमें चाहते नहीं।'

'वे···आह!' विली ने कहा।

वे···अनायास हमने चारों ओर देखा। कोई भी न था, हालाँकि वे हर जगह हर समय हमारे संग थे। हमारे बाहर उतने ही, जितने भीतर··· 'तुम यहीं थे, जब नॉटिंग हिल में फसाद हुआ?' विली के सफेद दाँत चमक उठे।

'नहीं, तब मैं लंदन नहीं आया था।'

'मैं वहीं रहता हूँ। तीन दिन तक एक अंग्रेज लड़की के घर छिपा रहा। जब वे एक-एक नीग्रो को चुनकर लिंच कर रहे थे, मैं उस सफेद 'ह्वोर' के संग सोता रहा। उसने सोचा था, मैं उसे चाहता हूँ···लेकिन मैंने उसे उसके बाद देखा तक नहीं। उसे नहीं मालूम, मैं बदला ले रहा था उसकी सफेद चमड़ी के संग···' और उसने हाथ से इशारा किया—अश्लील उतना नहीं, जितना जुगुप्सामय।

दूर कारखानों के धुएँ के परे ट्यूब-स्टेशन की बत्तियाँ चमक रही थीं। लगता था, जैसे धरती का कोई टुकड़ा अचानक बीच में से फट गया हो और उसके नीचे से हीरों की चमचमाती झालर ऊपर निकल आई हो।

'तुम यहाँ पढ़ते हो?'

'हाँ, लेकिन गर्मियों की छुट्टियों में काम करता हूँ। पहले डांस के लिए जाता था।' जार्ज ने कहा। उसका स्वर भी काफी उदास था, जैसे काम न मिलने का दुःख अभी पूरी तरह न मिटा हो।

'कॉन्टीनेंट में क्यों नहीं जाते, यार?' विली ने कहा, 'मेरा एक दोस्त जर्मनी गया है, वहाँ नौकरियों की कमी नहीं। सुना है, वहाँ लड़कियाँ काले रंग के पीछे भागती हैं, सिर्फ इशारा करने की देर है।'

'शायद पिछली लड़ाई की वजह से,' जार्ज ने कहा,'कुछ साल पहले मेरे फादर वहाँ गए थे। कहते थे, कहीं आदमी नजर नहीं आता। हर तरफ औरतें…'

'ओह, हाऊ आई विश फार एनदर वार…एनदर एंड देन एनदर!' विली ने कहा। जार्ज ने आश्चर्य से विली की ओर देखा, फिर मेरी ओर। वह शायद कुछ कहना चाहता था, किंतु फिर कुछ सोचकर उसने सिर्फ सिर हिला दिया। कहा कुछ भी नहीं।

और शायद यह ठीक भी था। लंदन की उस खामोश गरम रात में 'वार' बहुत दूर की चीज लगती थी—अर्थहीन और हास्यास्पद। उस पर बहस करना कोई भी मानी नहीं रखता था। हुआ भी यही। हम बहुत जल्द विली की बात को भूल गए। उसके बाद हम देर तक अलग-अलग देशों की लड़कियों के बारे में बातें करते रहे। लगता था, जैसे पुरानी भूख के भीतर से एकाएक नई भूख जाग गई हो।

'मैं स्पेन जाना चाहता था। उधर की लड़कियाँ…आह! पैशन! लेकिन सालों ने वीसा नहीं दिया। अपने देश की कुँवारियों की वर्जिनिटी का उन्हें बहुत खयाल है!'

स्पेन…किसी ने जैसे कुछ बहुत पुरानी राख कुरेद दी हो।

'तुम गए हो?'

'मैं जाना चाहता था—बहुत पहले।'

'सिविल वार में?'

'तब मैं बहुत छोटा था।'

'सिविल वार हमारे देश में शायद…।' और जार्ज अचानक चुप हो गया। उसके घुँघराले बालों पर पसीने की बूँदें चमक रही थीं।

'आई डोंट लाइक सिविल वार।' विली ने कहा।

हमारी बात फिर वहीं आ अटकी थी—बैगाटेल की उस गोली की तरह, जो चारों ओर घूम-फिरकर एक ही छेद में आ फँसती है। हमारा उससे कोई वास्ता नहीं था। वह लंदन की बहुत खामोश और गरम रात थी और वार बहुत दूर की चीज लगती थी।

रास्ते के दाईं ओर एक पुरानी टेवर्न से हँसी और संगीत का मिला-जुला स्वर बह आता था। टेवर्न के पीछे गली-गली के अँधेरे कोने में दो छायाएँ एक-दूसरे से लिपटी हुई, बार-बार हिल उठती थीं। ऊपर उठी हुई स्कर्ट के नीचे एक सुडौल नंगी टाँग रह-रहकर काँप जाती थी और फिर टटोलते हुए विह्वल हाथों के नीचे भिंच जाती था।

'चलो, कुछ बियर पी जाए। बिना कुछ पिए मैं ठीक से सो नहीं सकता।' विली ने कहा।

मुझे हल्की सी दुविधा हुई। मेरी जेब में आखिरी दो शिलिंग पड़े थे, जो मैंने ट्यूब के लिए बचा रखे थे। जार्ज का हाल ज्यादा बेहतर नहीं दिखाई दिया। विली के प्रस्ताव को सुना-अनसुना किए वह अँधेरे में सीटी बजा रहा था।

विली शायद समझ गया। जार्ज के कंधे पर हाथ रखकर उसने कहा, 'फिक्र की कोई बात नहीं। यहाँ के लोग मुझे जानते हैं। एक जमाने में में यहाँ अकसर आता था।'

जार्ज का उपेक्षा भाव अचानक मिट गया, एक अजीब बचकानी सी खुशी चेहरे पर फैल गई।

'मैं थोड़ी सी जिन लूँगा। आशा है, कल मेरा मित्र कुछ शिलिंग उधार दे सकेगा।'

हमारे पाँव पब की ओर मुड़ गए।

दरवाजा खोलते ही आवाजों के एक गरम उफनते रेले ने हमें अपने में समेट लिया—धुएँ में गुँथती, उलझती, एक-दूसरी को छीलती आवाजें, जो कहीं निस्तार न पाकर गँदले, उबलते पानी की तरह एक ही गड्ढे में इकट्ठी होती गई थीं। रोशनी थी मद्धिम, धुएँ के घेरे में घिरी, जिसमें किसी एक चेहरे को पहचानना, उसे दूसरे से अलग कर पाना असंभव था।

नीचे बेसमेंट था कुछ सीढ़ियाँ उतरकर। कभी-कभार नाचते हुए जोड़ों की छायाएँ जीने पर गिर जाती थीं। कभी बेडौल और लंबी, कभी इतनी छोटी कि लगता, जैसा पारदर्शी जल-तले मछलियाँ ऊपर उठती हों और दूसरे क्षण ही डूब जाती हों।

हम कोने की मेज के इर्द-गिर्द बैठ गए। विली कुछ देर के बाद बियर की तीन बोतलें और गिलास ले आया। हम पीने लगे।

'पहले मैं यहाँ काम करता था। कुछ महीने रहा, फिर मन ऊब गया। इस पब का मालिक इटालियन है। बुरा नहीं है, लेकिन डरता बहुत है। इस तरफ आया तो तुमसे मिलवाऊँगा।' विली ने कहा।

'काफी टिप मिलता होगा?'

'अंग्रेज ज्यादा नहीं देते। बहुत हुआ तो एक छह पेनी। लेकिन कॉण्टीनेंट से जो टूरिस्ट आते हैं, उनकी बात दूसरी है। दिल उनका खुला होता है, लेकिन बेवकूफ वे भी होते हैं।'

'मुझे अब कोई भी काम मिल जाए, मैं कर लूँगा।' जार्ज ने कहा।

भीतर की गाँठों-बीच बियर ने रास्ता बनाया है—जहाँ पहले बंद सींकचा था, अब वहाँ फड़फड़ाते पंख हैं—उड़ने को आतुर।

'मैं अब ज्यादा दिन यहाँ नहीं रहूँगा,' विली ने कहा, 'मेरा दोस्त जर्मनी में है। हो सका तो एक दिन वहाँ जाऊँगा।' विली ने गिलास खत्म कर दिया। फिर उसे मेज पर उलटा कर दिया, एक भी बूँद नहीं गिरी। बियर का झाग दाढ़ी पर छितर आया था, जैसे रेत के कण हों—गीले और सफेद।

'मैं जर्मनों को सहन नहीं कर सकता।' जार्ज ने कहा।

'देयर इज, रियल लाइफ। हर कोने पर जवान लड़कियाँ खड़ी रहती हैं।' विली ने कहा।

'मैं जर्मनों को सहन नहीं कर सकता।' जार्ज ने फिर कहा।

मैं हँसने लगा।

जार्ज ने मेरी ओर देखा। उसकी आँखें बहुत निरीह सी हो आई थीं।

'सब लोग एक जैसे ही हैं।' विली ने कहा।

'लेकिन वे लोग···' जार्ज ने इशारा किया बाहर की ओर, दरवाजे के बाहर, जहाँ महज अँधेरा था।

'वे लोग भी···तुम सिर्फ डरते हो।' विली ने कहा।

एक पल के लिए जार्ज का हाथ, जो गिलास पर टिका था, सिहर गया।

'यू आर ए राटर।' जार्ज ने कहा।

उसके स्वर में कुछ रहा होगा कि विली का चेहरा अचानक पीला पड़ गया।

'देखो, मैं काफी बुरा आदमी हूँ। इस लफ्ज को दुबारा मुँह पर कभी न लाना।'

'ओह! सचमुच?' जार्ज की आवाज काँप रही थी, जैसे वह हवा में लटकी रस्सी पर चल रही हो और नीचे गड्डा हो, जहाँ वह कभी भी फिसल सकती है— 'यस, यू आर ए राटर।'

विली गिलास लेकर अचानक खड़ा हो गया, जैसे यह कोई खेल हो, और नियम के अनुसार उसे खड़ा होना ही हो।

एक बार फिर कहो, उसका गिलास जार्ज के सिर के पास सरक आया था। काँच पर चिपकी बियर का फेन रोशनी में चमक रहा था।

जार्ज की अधमुँदी आँखें उस पर उठ आईं—'यस, यू आर ए राटर आल राइट!'

गिलास तले उसका सिर हिल रहा था। आदमी का सिर पूरे धड़ से अलग

होकर केवल अपनी धुरी पर इस तरह काँप सकता है, यह मुझे काफी हास्यास्पद सा लगा।

विली ने गहरे विस्मय से उसकी ओर देखा और फिर हँसने लगा—'शायद तुम ठीक हो···मे बि, आई एम।' वह फिर अपनी कुरसी पर बैठ गया।

हमने ज्यादा नहीं पी थी, सिर्फ किसी ने हमारे इर्द-गिर्द एक भयावह सा फंदा डाल दिया, जिसे छूते ही खून बहने लगता था।

कुछ देर बाद पब का मालिक हमारी मेज के पास आकर खड़ा हो गया। गोल-मटोल देह, किंतु काफी सुगठित, रंग काफी पीला। छोटे से माथे पर तेल से भीगे, स्याह घुँघराले बाल झुक आए थे।

'और चाहिए?' उसने मुस्कराते हुए विली की ओर देखा।

'अभी है···बाद में।' विली ने कहा। उसके स्वर में पहले सा तनाव नहीं था, हालाँकि तिरस्कार का स्पर्श हमसे छिपा नहीं रह सका—ये मेरे दोस्त हैं।

इटालियन ने हमारी ओर देखा, किंतु उसकी आँखों में कोई उत्सुकता नहीं जागी।

'विली हमारे यहाँ काम करता था।' उसने गर्व से विली की ओर देखा, मानो उसे हम लोग विली की तुलना में काफी तुच्छ जान पड़ रहे थे।

'काफी देर से हो?' उसने पूछा।

जार्ज चुप रहा (ईश्वर भला करे, उसका सिर अब नहीं काँप रहा था) मैं खाली गिलास से खेल रहा था, मेरे हाथ रुक गए।

'सिर्फ कुछ दिन।' मैंने कहा।

'इजंटिट फाइन?'

'इट इज फाइन।' मैंने कहा।

'कोई काम?' वह मेरी कमीज के कॉलर को देख रहा था। न जाने कितने देशों की धूल उस पर जमा थी।

'अभी कुछ नहीं।'

'विली को काम मिल सकता है, लेकिन यह एक जगह टिकता नहीं।' उसने विली की ओर देखा, कुछ प्यार से, कुछ उलाहने से।

'मैं तुम्हारे यहाँ रह सकता था। सिर्फ तुम···।' विली ने कहा।

इटालियन का चेहरा अचानक क्षुब्ध सा हो आया—'तुम जानते हो।' उसने कहा।

'आह!' विली ने कहा, 'तुम सब लोग एक जैसे ही हो।'

'बहुत गर्मी है।' जार्ज ने कहा।

'तुम जानते हो?' इटालियन ने बहुत आग्रह से कहा।

'न···मैं कुछ भी नहीं जानता। मैं सिर्फ इतना जानता हूँ कि मैं अभी डांस करूँगा।' विली ने अपनी कुरसी पीछे ठेल दी और उठ खड़ा हुआ।

किंतु इटालियन ने झपटकर उसे कंधों से पकड़ लिया। उसकी आँखें सहसा आक्रांत सी हो उठीं। विली की लंबी, पतली देह के सम्मुख उसका ठिगना, गेंदनुमा शरीर एकाएक बहुत दयनीय सा दिखने लगा।

'विली! तुम जानते हो, यहाँ पर···'

विली ने धक्का देकर झटके से अपना कंधा छुड़ा लिया। उसकी पीठ हमारी मेज के सहारे टिक गई। जार्ज ने बियर की बोतल को हाथों से पकड़ लिया। एक क्षण के लिए लगा, जैसे हम किसी जहाज के डगमगाते डेक पर बैठे हों।

आरकेस्ट्रा शुरू होते ही पब के अलग-अलग कोनों के लड़के-लड़कियों के जोड़े बेसमेंट की सीढ़ियों पर उतरने लगे थे।

इटालियन ने पीछे मुड़कर भी नहीं देखा। वह सिर्फ हवा में ताक रहा था। विली कहीं भी नहीं था।

उसका खाली गिलास हमारी मेज पर रखा था। जार्ज ने बोतल से हाथ उठा लिया। उसकी हथेली के पसीने की पूरी छाप काँच पर एक सफेद धब्बे की तरह अंकित हो गई थी।

इटालियन ने हमारी ओर देखा। लगा, जैसे वह हमें पहचान न पा रहा हो। फिर अवश भाव से दोनों हाथ फैला दिए थे।

'पागल है···है नहीं?'

हम चुप रहे। उस समय वहाँ कुछ था, जिसका हमसे कुछ संबंध नहीं था, जिसकी म्लान छाया चुपचाप हमारे बीच आ सिमटी थी। वह भारी, थके कदमों से काउंटर की ओर मुड़ गया।

'बहुत गर्मी है,' जार्ज ने कहा, 'तुम्हारे पास कितने पैसे हैं?'

'क्यों?' मुझे अचानक खीझ सी हो आई सब पर।

'डेढ़ शिलिंग मेरे पास है। इसमें लागर आ सकती है?' उसने पूछा।

मैं विली के खाली गिलास को देख रहा था, कहाँ हो सकता है?

मद्धिम रोशनी के नीचे जूतों और सैंडिलों की खटखटाहट, इर्द-गिर्द टूटती, बेशक्ल आवाजों का सैलाब फैल गया था, जिसके एक छोर पर हम थे—एक मेज, जार्ज, लागर के दो गिलास। सबकुछ वैसा ही था, जैसा हमने पहले-पहल देखा था।

सिर्फ अब एक कुरसी खाली थी।

'शायद वह नाराज था···मैं अपने को रोक नहीं सका।' जार्ज ने कहा।

'तुमने उसे कुछ भी नहीं कहा।'

'मैं अपने को रोक नहीं सकता।' उसने मेज पर पड़ा मेरा हाथ जोर से पकड़ लिया। मेरी अंगुलियाँ उसकी हथेलियों तले चिपचिपाने लगी।

'तुम्हें नहीं मालूम, मुझे बॉक्सिंग का बहुत शौक है। जब मैं पहले-पहल लंदन आया था और बेकार नहीं था, तो मैं हर रोज बॉक्सिंग के लिए जाता था। लेकिन मैं आज तक एक बार भी नहीं जीत सका हूँ। सुनते हो, एक बार भी नहीं।···मुझमें एक अजीब तनाव सा फैलने लगा है। मैं प्रतीक्षा करता हूँ, कुछ लमहों तक कि दूसरा आदमी मुझे हिट करे और जब वह नहीं करता तो मेरा खून खौलने लगता है। मैं आनेवाले खतरे का मुँह नहीं जोह सकता। ठीक मौका आने से पहले ही मैं अंधाधुंध टूट पड़ता हूँ। हालाँकि मैं जानता हूँ, यह गलत है कि लड़ना इस तरह नहीं होता। और इसीलिए मैं घर से भागकर यहाँ आ गया हूँ···मैं अपने पिता की तरह प्रतीक्षा नहीं कर सकता।'

'और वह···तुम्हारे पिता किसकी प्रतीक्षा कर रहे हैं?'

'मुझे नहीं मालूम, मुझे राजनीति में कोई दिलचस्पी नहीं है।' उसका माथा लागर के गिलास के पीछे छिप गया।

मैंने अपना हाथ धीरे से छुड़ा लिया। वह पसीने में भीगा था। मैं उसे अपने पास ले आया, जैसे वह कोई पालतू चीज हो—अंगुलियों से गुँथा हुआ, एक सफेद मांस का लोथ, उसके ऊपर भूरे बाल, बहुत से बाल, जो उसके स्पर्श से अभी तक दबे थे। मैंने सोचा, हम सचमुच कितनी कम बार अपने हाथों को इस तरह देखते हैं, जैसे वे असल में हैं और तब भ्रम होता है कि जो भी चीज उनकी पकड़ में आएगी, वह हमारी नहीं हो सकती।

'जानते हो, मैंने विली को राटर क्यों कहा?'

'इट इज नथिंग', मैं उसके चेहरे को सीधी आँखों से नहीं देख पा रहा था।

'क्योंकि···असल में मैं खुद एक हूँ। मैंने अभी तुमसे कहा था कि मैं अपने पिता की बहुत कद्र करता हूँ (हालाँकि यह उसने मुझे कभी नहीं कहा था), तुम उन्हें नहीं जानते। वह जीवित भी है या नहीं, मुझे नहीं मालूम। वे उनके पीछे थे।'

'वे कौन?'

वे···एक बहुत ही ठंडा आतंक, साँप की कुंडली सा उसकी आँखों में बैठ गया था।

'तुमने कभी नहीं देखा—उसने मेरे हाथ को अपनी हथेलियों में बहुत ही सख्ती से जकड़ लिया। उसके काले चेहरे पर सिर्फ सफेद दाँत नजर आ रहे थे—एक कान से दूसरे कान तक खिंचे हुए और मैं समझ नहीं सका कि वह हँस रहा है या सिर्फ एक भूले क्षण में उसके दाँत खुद-ब-खुद खुले रह गए हैं।'

'मैं यहाँ सुरक्षित हूँ एंड फार दैट आई हेट हिम, आई हेट हिम लाइक हेल।'

हम चुपचाप पीते रहे। मेरे आगे घड़ी की डायल थी, जिसे मैंने पहली बार देखा था। 'मैं सोचता हूँ, मुझे एक सिगरेट पीनी चाहिए। मुझे लगता है, मैंने काफी मुद्दत से सिगरेट नहीं पी।'

'तुम क्या सोचते हो?' उसके स्वर में बच्चों का सा आग्रह था।

'कुछ भी तो नहीं।'

'यदि तुम मेरी जगह होते, तो क्या करते?'

'तुम्हारी जगह पर?' मैं हँसने लगा। मुझे आज तक यह भी नहीं मालूम कि मुझे अपनी जगह पर क्या करना चाहिए।

'लेकिन तुमने अवश्य निर्णय कर लिया होगा अपना देश छोड़ने से पहले?'

'शायद बचने के लिए।'

'किससे बचने के लिए?'

'अपने देश के लोगों से⋯शायद और चीजों से भी, जो अब मुझे याद नहीं।'

और तब उस क्षण मुझे लगा कि ज्यादा पीना शायद संभव नहीं होगा। सुबह से कुछ भी नहीं खाया था। खाली अंतड़ियों को लागर भिगो गई थी। एक नीली-हरी सी धुंध कहीं भीतर में खाना टटोलती हुई हर उस खिड़की के आगे जमा हो गई थी, जहाँ से मैं बाहर देख सकता था। वही घड़ी की डायल थी⋯बहुत सफेद⋯ हवा में डोलते एक बहुत पुराने मुरदे की मानिंद, जो न जाने कब से मेरे संग घिसट रहा था।

'तुम हँस क्यों रहे हो?'

मुझे यह जानकर काफी आश्चर्य हुआ कि मैं हँस रहा हूँ⋯और जब मैंने जान लिया कि मैं हँस रहा हूँ, तो फिर अपने को रोकना बेमानी सा लगा।

'क्या बात है?'

'कुछ नहीं, कुछ याद आ गया था।' मैंने टहलते हुए कहा। याद मुझे कुछ भी नहीं आया था।

'क्या याद आ गया था?' वह मुझ पर झुक आया, जैसे अभी गले पर लटक जाएगा—'बताओ, क्या याद आ गया था?'

'जानते हो, तीन दिन पहले मैं जेल जानेवाला था। मैं बाल-बाल बच गया।'

असह्य दबाव तले कोई भी चीज याद की जा सकती है और मुझे सचमुच तीन दिन पहले की एक घटना याद हो आई।

'हाँ, सचमुच मैं बाल-बाल बच गया' (मुझे इस तरह के मुहावरे बहुत पसंद हैं, और मैं उन्हें मौके-बेमौके दुहराता रहता हूँ)।

'जानते हो, लंदन में मैं अपने एक दोस्त के घर ठहरा हूँ। पिछले कुछ दिनों से उसकी गर्लफ्रेंड फिनलैंड से उसके संग रहने आई थी। कमरा एक ही था, इसलिए मैं बाहर रहता था। मैं दिन भर म्यूजियम की लाइब्रेरी में रहता और रात को सोने के लिए यूस्टन स्टेशन चला जाता था। हर रोज नियत समय पर मेरा मित्र मुझे कुछ शिलिंग दे जाता था। उस शाम किसी कारणवश वह मेरे पास नहीं आ सका। मेरे पास सिर्फ दस पेनी बचे थे। दिन भर म्यूजियम में बैठे भूख का कुछ पता नहीं चला, लेकिन रात होते-होते मैं अपने को नहीं रोक सका। उस समय तक किंग्स क्रॉस के सस्ते रेस्तराँ बंद हो चुके थे और बस में बैठकर शहर के 'सेंटर' में जाने की सामर्थ्य नहीं थी। मैं काफी देर तक वारेन स्ट्रीट स्टेशन के इर्द-गिर्द बदहवास सा घूमता रहा।

'आखिर में एक ग्रीक रेस्तराँ दिखाई दिया, जो ऊपर से काफी सस्ता दिखाई देता था। आलू के चिप्स और टोस्ट का ऑर्डर देकर मैं भीतर बैठ गया। तुम जानते हो, ये चीजें सबसे सस्ती होती हैं—ज्यादा-से-ज्यादा आठ पेनी। मैं काफी निश्चिंत था। कुछ देर बाद अनायास मेरी निगाह सामने दीवार पर जा पड़ी—प्राइस-लिस्ट पर, जिसे शुरू में घबराहट के कारण मैं नहीं देख सका था। टोस्ट और चिप्स के दाम डेढ़ शिलिंग थे और मेरे पास दस पेनी से आधी पेनी भी ज्यादा नहीं···फिर जानते हो, मैंने क्या किया? मैं एकदम खड़ा हो गया (इस तरह मैं जार्ज के सम्मुख खड़ा हो गया) और जोर से चिल्लाया, गुड ईवनिंग! अरे बाहर कैसे खड़े हो? (और मैं सचमुच चिल्ला रहा था—जार्ज के मुँह पर) होटल का मालिक उत्सुकता से मेरी ओर देख रहा था। मेरे एक दोस्त बाहर खड़े हैं, उनसे मिलकर अभी आता हूँ। टोस्ट और चिप्स की प्लेट मेज पर छोड़कर मैं आगे बढ़ा, दरवाजे की तरफ, बिल्कुल सधे कदमों से इस तरह (और मैं सचमुच चल रहा था—मेजों के बीच) और दरवाजा पार करते ही तुम जानते हो, मैंने फिर मुड़कर नहीं देखा (मैं फिर मुड़कर जार्ज के पास आ गया था···लागर का एक लंबा घूँट पीकर मैं बैठ गया था), मैं बहुत देर तक भागता रहा था।'

'और वह तुम्हारे पीछे था?'

'नहीं। हँसी की बात तो यही है कि वह मेरे पीछे नहीं था और फिर भी मैं एक अँधेरी गली से दूसरी अँधेरी गली में भागता रहा था···और देखो, मेरी जेब में दस पेनी बच गए थे, हालाँकि मेरी भूख बिल्कुल मिट गई थी।'

'तुम भी खूब हो!' जार्ज ने हँसते हुए कहा।

मुझे काफी खुशी हुई कि वह हँस रहा है। मेरा मित्र और उसकी प्रेमिका भी इसी तरह हँसने लगे थे, जब दूसरे दिन मैंने यह घटना सुनाई थी। हालाँकि मुझे हमेशा आश्चर्य होता है कि लोग, विशेषकर वे लोग जिन पर ऐसी घटनाएँ बीतती हैं, बाद में किस तरह आसानी से उन्हें हल्का सा रंग दे देते हैं। क्योंकि देखो, उस घड़ी में, बिल्कुल उस घड़ी में, जब घटना सचमुच घट रही होती है, आदमी कितना बदहवास सा हो जाता है, बगलों से ठंडा पसीना टपकता हुआ कमीज से चिपक जाता है और भीतर विह्वल सी कातरता भर आती है। बावजूद हमारी उम्र के, बावजूद हमारे अनुभव के।···मैं तो जानता हूँ कि उस रात जब मैं दस पेनी जेब में दबाकर अँधेरी सड़क पर भाग रहा था, तो कोई बार-बार मुझसे कह रहा था—'यू फकिंग फूल···यू ईडियट···यू···'

'तुम भी कमाल हो!' जार्ज ने कहा। जब उसने तीसरी बार यही बात कही, तो मुझसे नहीं बैठा गया। आँखों के आगे घड़ी का डायल फिर घूमने लगा और मैं टॉयलेट की तरफ बढ़ गया। टॉयलेट नीचे बेसमेंट में था। मैं जल्दी-जल्दी सीढ़ियाँ उतरने लगा। मुझे डर था, कहीं सीढ़ियों पर कुछ न हो जाए। मैंने मुँह पर हाथ रख लिया और बहुत रहस्यमय ढंग से मुस्कराने लगा।

हुआ कुछ भी नहीं—न सीढ़ियों पर, न वाश-बेसिन में, जिस पर मैं देर तक झुका रहा था—इस इंतजार में कि कुछ बाहर आएगा। और अब घड़ी की सफेद डायल नहीं घूम रही थी। मैंने पंप खोल दिया था, ताकि मैं निश्चिंत होकर एक-एक चीज याद कर सकूँ और अपनी आवाज न सुन सकूँ (रात की इस घड़ी में मैं यहाँ क्या कर रहा हूँ? नहीं, ऐसे नहीं चलेगा, मुझे इस सिलसिले से ब्योरेवार हर चीज याद करनी चाहिए—जैसे यह बहुत महत्त्वपूर्ण हो, जैसे कोई बड़ा 'सत्य' इस पर निर्भर हो)। 'ब्योरेवार'···यह शब्द मुझे जँच गया था और मैं बार-बार इसे जबान पर फेर रहा था, क्योंकि मैं कितनी देर तक चीजों को याद करने की बजाय यही दुहराता रहा कि मुझे हर चीज 'ब्योरेवार' याद करनी चाहिए।

टॉयलेट से बाहर आया, तो पाँव ठिठके से रह गए। नाचते हुए जोड़ों के भँवर में मैं घिर गया था। लोग धक्का देकर आगे निकल जाते थे और मैं कभी दाएँ, कभी बाएँ, एक कठपुतली की तरह घूम जाता था। जब कभी अपने पाँव

जमाने का यत्न करता, तो डांसिंग-फ्लोर पैरों-तले सिकुड़ने लगता और लगता, जैसे मैं एक बहुत तेजी से घूमते लट्टू पर खड़ा हूँ। तभी मुझे अपने कंधों पर एक अजीब सा बोझ मालूम हुआ।

'तुम यहाँ हो?' विली की दाढ़ी मेरे माथे को छू रही थी—'और जार्ज?'

'वहीं है।' मैंने ऊपर की ओर इशारा किया।

जिस लड़की के संग वह नाच रहा था, उसका चेहरा उसके सीने-तले छिप गया था, सिर्फ उसके ब्लोंड बाल दिखाई दे जाते थे।

'तुम आओगे नहीं? तुम्हारी लागर···' मैंने कहा।

'जाऊँगा।···तुम नाचोगे नहीं?'

इस बार लड़की ने चेहरा ऊपर उठाया। उसके नंगे कंधों पर पाउडर के हल्के निशान थे और उसने सस्ती छींट की समर-स्कर्ट पहन रखी थी। होंठों पर पसीने की बूँदें थीं, जो शायद देर तक नाचने के कारण लिपस्टिक के ऊपर छितरा आई थीं।

भीड़ में खड़े रहना असंभव था। वे मेरे नजदीक ही बहुत धीमे कदमों से नाचने लगे थे—एक बहुत तंग घेरे के भीतर—कभी विली का सिर मेरे पास सरक आता, कभी लड़की के ब्लोंड बाल।

'कैसी है?' विली ने धीरे से उसके बालों को झिंझोड़ दिया। वह हँस रही थी।

'यह बहुत खराब है···है न?' उसने हँसते हुए कहा और पहली बार मुझे लगा, जैसे उसकी आँखें सोती-जागती गुड़िया सी हैं, जो सिर पीछे होते ही मुँद जाएँगी और सीधा होते ही खुल जाएँगी।

'नाचोगे? ···मे बि विद हर!' विली ने कहा।

वे दोनों घूम रहे थे···बहुत ही हल्के स्टेप्स के संग। जब जिसका चेहरा मेरे पास आता, वह मेरे कानों में कह देता।

'इसके हमजोली वहाँ बैठे हैं, मर जाएँगे मुझे इसके संग देखकर।' विली ने कहा।

'तुम नाचोगे नहीं? में बि विद मी।' लड़की ने कहा।

'वह इटालियन मना करता था।' मैंने विली से कहा।

'मरने दो उसे।' विली ने कहा।

आरकेस्ट्रा की उस घिसी-पिटी धुन में जाने कैसे मोत्सार्ट के 'लिटलनाइट' म्यूजिक की हल्की सी आहट ऊपर तिर आती थी—महज आधे मिनट के लिए,

और तब मुझे लगता था, जैसे किसी ने मेरी साँस को धागे की तरह अंगुली में लपेटकर खींच लिया हो।

'जिन पियोगे?···पैसे यह देगी।' विली ने धीमे स्वर में फुसफुसाते हुए कहा।

'मे बि विद मी।' लड़की ने वैसे ही उदासीन स्वर में कहा।

इससे पहले कि मैं कुछ कह पाता, नाचते हुए जोड़ों की भीड़ उन्हें मुझसे बहुत दूर घसीट ले गई। वे अचानक आँखों से ओझल हो गए।

मेरा सिर अब भी घूम रहा था, किंतु यह चकराहट वैसी नहीं थी, जैसी टॉयलेट जाने से पहले। अब इस चकराहट में एक विचित्र-सा हल्कापन था, जैसे धुंध की जगह वहाँ सिर्फ छितरे, बरसे हुए बादल हों और असीम खुलापन हो।

भीड़ के भीतर रास्ता टटोलना सुगम नहीं था। बेसमेंट की सीढ़ियों के पास आकर मैं रुक गया। एक अदम्य इच्छा हुई वहीं सीढ़ियों पर लेट जाने की, सो जाने की।

'हलो!' मेरे हाथ को किसी ने जकड़ लिया था। पीछे मुड़कर देखा, पब का मालिक इटालियन खड़ा था। शायद वह दूर से भागकर मेरे पास आया था। हाथों पर कमीज की मुड़ी हुई बाँहें लटक आई थीं। वह हाँफ रहा था, जैसे आस-पास की हवा उसके साँस लेने के लिए बिल्कुल नाकाफी हो।

'सुनो, वह तुम्हारा दोस्त है?'

मैंने कंधे सिकोड़ लिये।

'क्या तुम उसे यहाँ से नहीं ले जा सकते···मेरा मतलब है, इस जगह से?'

हमारे चारों ओर नाचते हुए लोगों का दायरा कभी बहुत तंग हो जाता, कभी एकदम फैल जाता था। बैंड के आगे कोई व्यक्ति लाउडस्पीकर को दोनों हाथों से पकड़कर गाने लगा था।

हम दोनों के बीच हमारी निगाहों के अलावा कोई भी नहीं था।

'तुम क्यों नहीं कह देते?' मैंने कहा।

'मैं उससे कुछ भी नहीं कह सकता। वह मेरी बात कभी नहीं मानेगा।'

'लेकिन क्यों···यह यहाँ क्यों नहीं रह सकता?'

'यह जगह उसके लिए ठीक नहीं है।' एक अवश सी कातरता उसके स्वर में उभर आई—'मैं उसे पहले भी कई बार मना कर चुका हूँ।'

मेरे मन में फिर इच्छा हुई—वहीं सीढ़ियों पर लेट जाने की।

'देखिए, मैं कुछ भी नहीं कर सकता। हमारी मुलाकात कुछ घंटे पहले हुई

थी। आप विश्वास नहीं करते?' एक क्षण के लिए मुझे उसके दयनीय चेहरे से घृणा हुई, जैसे मैंने किसी गिलगिली सी चीज को छू लिया हो—'मैं उसे ठीक से भी नहीं जानता, यह भी नहीं जानता कि उसका पूरा नाम क्या है।' मैंने कुछ इस तरह कहा, जैसे जिंदगी में पूरा नाम जानना बहुत महत्त्वपूर्ण हो, जैसे उसके बिना कुछ भी नहीं हो सकता।

एकाएक उसने मेरे दोनों हाथ पकड़ लिये। वह बिल्कुल मेरे पास सरक आया—'तुम···तुम यहीं रहोगे?'

'हाँ,' मैंने सिर हिलाया—'जब तक तुम बाहर न फेंक दो।'

उसकी पकड़ ढीली हो गई। किंतु उसकी आँखें अब भी मुझे टटोल रही थीं। मैं सीढ़ियाँ चढ़ने लगा।···मुझे बराबर यह लगता रहा कि अब भी उसने मुझे पीछे से पकड़ रखा है···हे ईश्वर, मैं एक सिगरेट पी सकता! लगता है, मैंने एक मुद्दत से सिगरेट नहीं पी।

जब मैं धक्के खाता और अपनी सामर्थ्य के अनुसार दूसरों को धक्के देता हुआ अपनी मेज के पास पहुँचा, तो जार्ज सबके प्रति तटस्थ होकर सो रहा था। उसका सिर मेज के किनारे पर टिका था, उसकी देह कुरसी पर सिकुड़ गई थी, अधमुँदी आँखों के बीच सफेद पुतलियाँ मैली रुई के फाहों सी उभर आई थीं। पहले मुझे भ्रम हुआ कि वह मुझे देख रहा है, जो सच नहीं था। उसके होंठों के कोरों पर थूक बह आया था—चाक की महीन रेखा सा, सूखा और सफेद, जो मैंने रूमाल से, सबकी आँख बचाकर, पोंछ दिया।

उस रात पहली बार मुझे लगा कि वह उम्र में बहुत छोटा है—हास्यास्पद रूप से छोटा और अनजान।

मेरा गिलास खाली था। मैंने थोड़ी सी लागर उसके गिलास से अपने गिलास में उँड़ेल ली। एक क्षण के लिए लगा, जैसे वह अधमुँदी आँखों से मुझे देखता हुआ मुस्करा रहा है और उसमें हल्का सा व्यंग्य छिपा है। शायद बन रहा है, मैंने सोचा, सो नहीं रहा और मुझे देख रहा है···लेकिन शायद यह भी मेरा भ्रम हो, मैंने सोचा और पीने लगा। फिर मुझे कुछ अकेला सा लगा। सोचा, अपने मित्र को टेलीफोन कर दूँ, हो सकता है, उसकी गर्ल-फ्रेंड अब तक चली गई हो और मैं उसके कमरे में सो सकता हूँ, लेकिन यदि वह हुई तो उसे बुरा लगेगा।···इसे उठा दूँ, यह कब तक ऐसे सोता रहेगा, मैंने सोचा, इतनी उम्र में घर से भाग आया है और अब—अब सो रहा है।···मुझे एक बहुत पुरानी बात याद हो आई। यूरोप आने से पहले वह घर में आखिरी रात थी। माँ बार-बार उठती थी और पानी पीने

के बहाने देखती थी।···अपने घर की छत पर मेरी आखिरी रात थी—वह जुलाई की रात थी और मुझे दूसरे दिन चले जाना था···और बाबू मेरे बिस्तर के पास खड़े रहे थे, सोचा था मैं सो रहा हूँ···मैं सबकुछ देख सकता था, वैसे भी हमारे शहर में जुलाई की रातें बहुत उजली होती थीं—आँखें मूँद भी लो तो भी सबकुछ दीखता था।···फिर सहसा इच्छा हुई कि मैं बाहर चला जाऊँ, यह बहुत आसान था। पहले मैं अपनी कुरसी से उठ खड़ा हूँगा, फिर दरवाजा खोलूँगा और बाहर चला जाऊँगा···जस्ट टू कम आउट···यह बड़ी बात है, मैंने सोचा···उसके मुँह पर थूक फिर बह आया था, होंठों से बहता हुआ ठुड्डी तक, जहाँ नीले काँटों से बाल उग आए थे। मैं रूमाल से फिर उसका मुँह पोंछ देता हूँ।

आवाजें—एक बदहवास सी चीख!

बेसमेंट की दीवार पर छायाएँ डोलती जाती हैं—एक भयंकर दुःस्वप्न सी। कुरसियों को खींचने की आवाज, अटपटी सी हँसी···लेकिन है कुछ नहीं। मैं उठता नहीं···गिलास में अब भी लागर बची है और मैं उठ नहीं सकता···और तब अचानक उस क्षण मुझे अपने में एक अजीब सी शांति महसूस होती है···घनी चिलचिलाती, गरम रेत के अंतहीन फैलाव सी और मैं उसे पकड़े रहता हूँ।

'जस्ट टु कम आउट, जस्ट टु···'

मैं पूरी शक्ति से जार्ज को झिंझोड़ने लगता हूँ।

वह एकदम हड़बड़ाकर उठ बैठा और विमूढ़ भाव से मुझे देखने लगा—कुछ-कुछ उस ट्रेंड जानवर की तरह, जो ऐन मौके पर अपना 'पाठ' भूलकर आस-पास खड़े तमाशबीनों को देखने लगता है। फिर सहसा उसकी आँखें अजीब सी आतंक-ग्रस्त हो आईं।

'बात क्या है?'

'चलो, यहाँ से चलना होगा।'

'लेकिन···क्या अभी?'

वह कुछ भी नहीं जानता। मैं जल्दी में निश्चय नहीं कर पा रहा था कि क्या उसे कुछ भी बताना उचित होगा।

'क्या मैं सो गया था?' उसने पूछा। न जाने मेरे चेहरे पर क्या था कि वह एकाएक शंकित सा हो उठा।

'यह शोर कैसा है?'

उसका चेहरा बिल्कुल वैसा हो गया, जब हम सोडा-फैक्टरी के बाहर अँधेरे में खड़े थे।···अब वह घड़ी कितनी दूर लगती है और कितनी अप्रासंगिक।

'हमें चलना होगा···बाहर।'

'बाहर लंदन की रात है···हमारी प्रतीक्षा करती हुई—हमें निगल जाने के लिए आतुर।'

'विली कहाँ है? हम उसके बिना नहीं जा सकते।'

'वह···वह आ नहीं सकता।'

पब का दरवाजा खुलता है, कुछ लोग हड़बड़ाकर भीतर घुसते हैं।

दे आर देयर···द डैम्ड···एक बहुत ही भद्दी गाली और आवाजें, मक्खियों की भिनभिनाहट की मानिंद अर्थहीन।

मैं उसका हाथ पकड़कर घसीटता हूँ।

'मैं जाऊँगा नहीं···'

'तुम पागल तो नहीं हो?'

'वे कहाँ हैं?'

मैं गुस्से में उसे उठा देता हूँ। वह बिल्कुल मेरे सामने खड़ा है—'बताओ, वे कौन?' मैं उसके कंधे हिलाता हूँ और वह···

'बोलो, वे कौन?'

'यू आर ड्रंक!' उसने कहा और एक झटके से अपने को छुड़ा लिया।

शायद यह सच है, मैंने सोचा···शायद मैंने बहुत पी ली है। इस खयाल से मुझे बहुत सांत्वना मिली है।

'तुम यहीं रहोगे?'

'मैं कहीं भी रहूँ।' उसने कहा।

'सुनो, मैं बीच की कुरसी हटाने की चेष्टा करता हूँ।'

'यू आर ड्रंक!' वह पीछे हट गया।

मैं जाने लगा। वह भी, लेकिन मुझसे अलग। लगा, जैसे यह कोई खेल है, जिसमें दो व्यक्ति आँखों पर पट्टी बाँधकर चलते हैं और वे समझते हैं कि वे एक-दूसरे से दूर जा रहे हैं, लेकिन दरअसल वे एक-दूसरे के निकट सरकते आते हैं।

दरवाजे की तरफ···पहले मेजें आती हैं, अधजली सिगरेटों के टोटे, खाली गिलास और बोतलें, कुरसियों पर रखे शाम के अखबार, फर्श के एक कोने में गिरी हुई लिपस्टिक की डिब्बी, जिसे हड़बड़ाहट में कोई स्त्री उठाना भूल गई थी···और मुझे लगा जैसे कोई घटना अचानक हुई होगी, बिल्कुल अप्रत्याशित रूप से, और सब लोग बिना किसी तैयारी के भागती भीड़ के भँवर में फँस गए होंगे।

'विली कहाँ है?'

'और यह इटालियन…'

आगे सोचना नहीं हुआ। दरवाजा झपाटे से खुला था और मुझे लगा, जैसे एक झटके से जार्ज मुझसे अलग हो गया है—आखिरी लमहे में (या सबसे शुरू के लमहे में)। मैंने कोशिश की कि उसे अपने से जकड़े रखूँ, जैसे यह अपने में एक महत्त्वपूर्ण चीज है, किंतु मेरा सिर सनसनाता हुआ नीचे की तरफ घूम गया। जो हाथ मैंने जार्ज को पकड़ने के लिए फैलाया था, वह मुड़ता गया। छत, न यह छत नहीं है, सिर्फ रोशनी है—एक अजीब ढंग से झूलता हुआ बल्ब…और मेरी बाँह मुड़ती गई, (डोंट लेट देम एस्केप—एक फूत्कारती सी आवाज, फिर वह भी नहीं) और वह एक तख्ते की तरह काँप रही थी और उसे मैं देख सकता था काँपते हुए…जैसे वह मेरी बाँह न हो। कोई कसता जा रहा है आखिरी बिंदु तक और वहाँ पहुँचने से पहले ही टूट जाती हैं समूची देह में…न, यह पीड़ा नहीं है, पीड़ा की एक सीमा होती है और उसके परे उसकी पहचान खत्म हो जाती है।

आई से…लीव हिम स्टोन…यह क्या इटालियन की आवाज है? मुझे हल्का सा आश्चर्य होता है। मेरे ऊपर झुके हुए चेहरे एक-एक करके उठ रहे हैं, लेकिन मैं उन्हें देख नहीं सकता, सिवाय उनकी गरम साँसों के, जो गरदन को बार-बार छू जाती हैं, फिर वह भी नहीं।

'तुम उठ सकते हो?'

मैं अपनी बाँह को देखता हूँ। वह अब फर्श पर पड़ी है—आश्चर्य है, वह अब तक मुझसे जुड़ी है।

मैं बैठ गया हूँ। फिर अनायास मेरे हाथ गालों पर चले जाते हैं। वे गीले हैं, ये आँसू हो सकते हैं, इस पर मैं विश्वास नहीं कर सका—वे बेहूदा ढंग से खुद-ब-खुद निकल आए थे और मुझे पता नहीं चला था, कुछ उस व्यक्ति की तरह, जो सुबह अपने बिस्तर को गीला पाता है और विश्वास नहीं कर पाता कि उसने ही…

'कुछ पियो!' इटालियन मेरे इर्द-गिर्द मँडरा रहा है।

'विली कहाँ है?' मैंने पूछा।

'वे उसे मार डालेंगे…मैंने तुमसे क्या कहा था?' उसका गला अजीब ढंग में रुँध गया है।

'क्या कहा था? मुझे अब कुछ भी याद नहीं आता।'

'तुम्हें मालूम है, तुम अगर उसे अपने संग ले जाते, तो कुछ भी नहीं होता।'

'कुछ भी नहीं होता···लेकिन जो हुआ है, इसे कोई रोक सकेगा, यह कोई भी नहीं जानता।'

'अब मैं जाऊँगा।' मैंने कहा।

'कहाँ?' इटालियन दरवाजे के सामने खड़ा था।

'कहीं भी···बाहर।' चारों ओर देखा, जार्ज कहीं भी नहीं था। मुझे हल्की सी खुशी होती है।

बाहर? इटालियन को शायद विश्वास नहीं हुआ, वह शायद निश्चय नहीं कर पा रहा था कि किस सीमा तक मैं पी चुका हूँ, किस सीमा तक वह मुझे गंभीरता से ले सकता है।

'इस समय नहीं···वे बाहर खड़े हैं।'

'सुनो—' मैंने बहुत सहज भाव से कहा, 'मैं कुछ भी नहीं करूँगा। मैं सीधा घर चला जाऊँगा।

'कैसी बात करते हो?' इस बार वह एकदम भभक सा उठा—'वे जानते हैं, तुम विली के संग आए हो, तुम उनसे बचकर नहीं जा सकते।'

बहस करना व्यर्थ था, वह मानेगा नहीं।

बाहर एकाएक कोलाहल बढ़ गया है···एक क्षण के लिए टेढ़ी सी उमठन मेरी पीठ पर सरकने लगती है—बर्फ के डले की तरह। इसे मैं पहचानता हूँ। डर है···बहुत शुरू का डर, अपने में बिल्कुल नंगा, बिल्कुल नीरव।

मुझे लगा, जैसे मैं मुस्करा रहा हूँ।

'देखो···तुम मुझे एक छोटी ह्विस्की दे सकते हो?'

वह कुछ देर तक मुझे घूरता रहा। आगे घिसट आया था। हम दोनों के चेहरे पास थे कि बाहर के शोर के बावजूद मैं उसकी साँसों को सुन सकता था।

'तुम जाओगे नहीं।' संदेह और अनिश्चय में उसका स्वर एक तनाव में खिंच आया था।

'मैं पागल नहीं हूँ।'

वह कुछ देर तक चुपचाप मुझे घूरता रहा।

'तुम्हें यहाँ छोड़कर मैं नहीं जा सकता।' उसने कहा।

एकबारगी जी में आया कि मैं उसके पसीने में लथपथ, गोल-मोल, गदराए चेहरे को अलग-अलग हिस्सों में तोड़ दूँ, किंतु मैं वैसे ही मुस्कराता रहा।

'मैं यही रहूँगा···तुम्हारे लिए नहीं तो ह्विस्की के लिए। तुम मेरा इतना भी विश्वास नहीं करते?'

इस बार उसके होंठ एक अप्रत्याशित हँसी में फैल गए। उस हँसी में एक विवश निरीहता छिपी थी, मानो वह हँसकर खुद अपने को विश्वास दिला रहा हो कि उसने मुझ पर विश्वास कर लिया है।

वह काउंटर की ओर बढ़ा, जहाँ विभिन्न शराबों और बियर की बोतलें रखी थीं। वह बार-बार पीछे मुड़कर मेरी ओर देख लेता था।

मैं खड़ा रहा।

स्कॉच की बोतल उसने काउंटर पर रख दी। फिर मेरी ओर देखा, जैसे हम दोनों के बीच कोई रहस्यमय समझौता हो।

हमारा मौन जैसे इन आवाजों से बड़ा था, जो लहरों की मानिंद उठती थीं—एक-दूसरे से उलझी हुई···उठती थीं, दरवाजे में टकराती थीं और फिर अंतहीन अंधकार में बिखर जाती थीं।

वह गिलास धो रहा था। पंप से बहता पानी···और चमकीले गिलास पर फिसलती हुई उसकी एक-एक बूँद—मैं उन बूँदों को देखता रहा और मुझे बराबर महसूस होता रहा कि मैं उलटी करूँगा। मैं नंगे काँच पर बहते पानी को नहीं देख सकता···मेरे भीतर एक अजीब सी झुरझुरी फैलने लगती है। मैं आगे बढ़ता हूँ, दरवाजे की तरफ। उसकी पीठ अब भी मेरी तरफ थी। पंप से बहते पानी की आवाज मेरे दिल की धड़कन को ढँकती रही···और तब उस लमहे अचानक मुझे लगा, जैसे अब मैं चाहूँ तो भी नहीं मुड़ सकता, जैसे खुद मेरा अपनी टाँगों पर, अपने पर, कोई नियंत्रण नहीं रहा था, जैसे मैं खुद अपने से मुक्त हूँ।

और दरवाजा खुल गया, दूसरे क्षण मैं बाहर था।

बाहर अँधेरे में।

जस्ट टू आउट···मैंने अपने से कहा।

वह गर्मियों की एक खुली और नरम रात थी···एक विराट, बनैले जंतु की तरह खामोश, जो दिन भर की थकान के बाद अपनी माँद में समूची देह फैलाकर सो गया हो।

पसीना सूख रहा था। मैंने भरपूर साँस ली एक बार···दो बार। हल्का सा पछतावा होता है···मैं ह्विस्की छोड़कर चला आया था। इस समय यदि वह मेरी देह के भीतर होती···मैं फिर साँस खींचता हूँ···काश, मैं एक सिगरेट पी सकता! मैं बड़ी सड़क छोड़कर एक सँकरी लेन में चला आया हूँ। अकसर गलियों के नुक्कड़ पर सिगरेटों की ऑटो मशीनें लगी रहती हैं।

हियर ही इज···द सन ऑफ ए बिच!

मैं रुक जाता हूँ···न, यह डर नहीं है। मैं बहुत शांत हूँ, सिर्फ एक ठंडी सी चीज मेरी रीढ़ की हड्डी पर फिसल रही है—एक गिलगिली छिपकली की तरह तटस्थ।

वे वहाँ थे, दीवार से सटी छायाएँ आगे सरकती हैं।

होल्ड हिम! एक फटी सी चीख···और मैं अचानक पीछे मुड़ गया हूँ। एक सरसराती सी हवा मेरी बगलों के बीच से निकल जाती है।

गॉडेम्ह निगर···

वेट, जस्ट वेट···

वह पीछे से आया था—मुझे पता भी नहीं चला कि मेरा सिर पीछे की ओर मुड़ता गया है···एक क्षण और···और मैं दो हिस्सों में बँट जाऊँगा।

काश, मैं उसके चेहरे को देख पाता!

हाथ है, जो नम है···मैं अपनी कनपटियों में सरसराता खून सुन सकता था। मैं थोड़ा सा हिलता हूँ और कुछ आगे की तरफ घिसट आता हूँ। वह भी मेरे संग घिसट आता है—यह कोई अन्य व्यक्ति है, इसने सिर्फ मेरे हाथ जकड़ रखे थे।

एक क्षण के लिए मुझे गहरा आश्चर्य होता है—यह क्या मेरी देह है, जो इस तरह थरथरा रही है?

यू शिटिंग स्वाइन!

मैं एक झटके से अपने को खींचता हूँ, लेकिन मेरे बाल···मेरे बाल उसके हाथों में फँस गए हैं—उसकी नंगी बाँह मेरे मुँह के सामने हिलती है और अनायास मैं अपने दाँत उसमें गड़ा देता हूँ। ओह, लीव इट, बगर! एक टूटती सी साँस···वह मुझे हिलाता है एक बार, दो बार और हर बार मैं शराबी सा उसकी बाँह पर झूल जाता हूँ।

लीव हिम एलोन, यू सन ऑव ए ह्वाइट ह्वोर!

क्या यह विली की आवाज है? मैं पूरी शक्ति से चीखने की चेष्टा करता हूँ, किंतु सिवाय एक भयावह घुर्र-घुर्र के मेरे मुँह से कोई भी स्वर नहीं निकल पाता।

और तब सहसा मुझे लगा, उसकी पकड़ ढीली पड़ गई है···मैं अपने को उठा सकता हूँ। मेरी आँखें खुलती हैं। अँधेरे का एक नीला दरिया मेरे सामने से गुजर जाता है और उसके परे लाल, हरे, गुलाबी धब्बे तिरते जाते हैं—मैंने इन्हें कभी देखा है, मुद्दत पहले कभी देखा है, जैसे यह कोई पहचाना सा दुःस्वप्न है, जिसे मैं दुहरा रहा हूँ···शुरू से अंत तक।

मुझसे दो गज के फासले पर वह खड़ा था—गली की दीवार से सटा हुआ। एक क्षण के लिए विश्वास नहीं हो सका कि वह विली है। वही व्यक्ति, जिसके संग कुछ देर पहले मैं लागर पी रहा था।

किंतु क्या वह मुझे पहचान सकता है?

और वह ब्लोंड लड़की और जार्ज···क्या वे स्मृति के घेरे से बाहर कहीं रात में डूब गए हैं हमें यहाँ छोड़कर···जो इस क्षण खुद अपने को नहीं पहचान पाते?

सिर्फ दो गज···और बीच का अँधेरा।

भीड़, आधा चेहरा और एक लंबा युवक, जो विली पर झुका है, विली की कमीज का कॉलर हाथ में पकड़कर वह उसे दीवार के पास घसीट लाता है—खटाक···खटाक···

वह स्कार्फ फूल बन जाता है···स्कार्फ, जो उस लंबे व्यक्ति ने गले में बाँध रखा है···रंगीन—उस पर गुलाब के फूल छपे हैं···

गुलाब के फूल और खून, जो विली के होंठों से फिसलता हुआ उसकी 'गोटी' तक बह आया है।

एक क्षण के झिलमिले में सबकुछ उभर आया है···आवाजें, पसीना, लेन की खट्टी-सी गंध और हँसी···

और तब वह आया था···एक ठिगना सा व्यक्ति, जो अभी तक भीड़ के अँधेरे में छिपा था। उसकी घनी भौंहों के बीच छोटी अस्थिर आँखें चमक रही थीं। भौंहों के बाल इतने लंबे और घने होकर उसकी आँखों पर झुक आए थे कि लगता था, जैसे उसने अपने चेहरे पर किसी कुत्ते का मास्क पहन रखा हो।

वह बहुत ही धीमे कदमों से विली की ओर बढ़ रहा था।

'कहाँ गई तुम्हारी डार्लिंग?' उसने झटके से विली की ठुड्डी को ऊपर उठा दिया।

'बोलो···कहाँ गई?'

हर बार 'कहाँ गई' कहते समय वह विली के सिर को दीवार पर धकेल देता था। हर बार विली की देह एक शराबी की तरह झूम जाती थी।

और वे हँस रहे थे।

'बैश हिम देयर!' दूसरे ने अपने···की ओर इशारा किया। खट-खट सिर के दीवार से टकराने की आवाज। खट-खट मेरे दिल की पगली ज्वरग्रस्त धड़कन। पसीने और खून से लिथड़ी विली की कमीज और एक अनवरत, कभी न खत्म होनेवाली खट-खट और एक भुतैली सी हँसी!

'बोलो, कहाँ गई?…स्पीक। स्पीक! स्पीक! यू फिल्दी…हा-हा-हा…' खट-खट-खट…

स्कार्फ में झूलते हुए रंगीन गुलाब के फूल।

मुझे अब कुछ भी याद नहीं…सच पूछो, तो मुझे यही नहीं मालूम कि मैं स्वयं चिल्लाया था या कोई बाहर की चीख मुझे सहसा झिंझोड़ गई थी। (नहीं…आज भी मैं विश्वास नहीं कर पाता कि वह भयावह चीख मेरे गले से निकली होगी।) मुझे सिर्फ इतना भर लगा था कि मेरी साँस…एक अंधे चिमगादड़ की तरह मेरी छाती की दीवार से टकराती हुई बेतहाशा फड़फड़ाने लगी थी। और मैंने एक धक्के से उन दोनों हाथों को अपनी गर्दन से छुड़ा लिया, जिन्होंने अब तक मुझे रोक रखा था।

सिर्फ दो गज…और बीच का अँधेरा।

मैं विली की तरफ बढ़ा था। मैं उससे कुछ कहना चाहता हूँ। उसे छूना चाहता हूँ। मुझे लगता है, यह बहुत महत्त्वपूर्ण है।

बीच का अँधेरा—और वे ठंडे हाथ और तब वह चीख…

मेरा सिर उस अदृश्य व्यक्ति की ठुड्डी से टकराया था, जिसने मुझे बीच में पकड़ लिया था। दूसरे हाथ से उसने मेरा चेहरा भींच लिया, मेरा मुँह उसकी कमीज पर घिसटता गया। आई विल टीच यू—हाउ टु रन…बास्टर्ड…न जाने क्यों, मैं अपनी टाँगों को बेतहाशा, मिरगी के मरीज की तरह हवा में घुमाने लगा—कुछ नहीं होगा…मैंने सोचा…वह मुझे छोड़ेगा नहीं और तब मुझे लगा, जैसे अब मैं साँस नहीं ले सकूँगा। किंतु यह गलत था, हर दूसरी साँस पहली साँस की गिरफ्त से अपने को छुड़ाकर ऊपर आती थी, फिर मुझसे चिपक जाती थी और मैं सोचता था, यह आखिरी है, लेकिन तीसरी साँस फिर छटपटाते हुए अपने को दूसरी साँस के पिंजरे से छुड़ा लेती थी और मुझे आश्चर्य हुआ कि कोई भी साँस पीछे रहकर आखिरी नहीं बनना चाहती…और तब एक भयंकर सी खुशी ने मुझे अपने में लपेट लिया, जैसे मैं अब तक सिर्फ इस लमहे के लिए जी रहा था, अब वह आ गया है और आनेवाली घड़ियों में कोई भी ऐसी चीज नहीं होगी, जिसके मानी वही होंगे, जो पहले थे। कोई भी डर पहले जैसा डर नहीं होगा…मैं भूल गया था कि मैं अकेला हूँ…मैं सिर्फ यह जानता था कि वे मुझे अकेला नहीं छोड़ेंगे और मैं बच नहीं सकता। उस रात मुझे पहली बार लगा कि अकेला होना ही काफी नहीं है…काफी नहीं है, क्योंकि वे हर जगह हैं और यह मैं जानता था, सिर्फ यह नहीं जानता था कि एक दिन वे मुझे पकड़ लेंगे, अब वह पहले जैसा आकारहीन नहीं

था—वह डर। अब वह ठोस था और सीमित था—उतना ही बड़ा, जितना मैं हूँ। हम दोनों अँधेरे में जानवरों की तरह साँस ले रहे थे और मुझे लगा, जैसे मैं आखिर तक अपनी टाँगों को इसी हवा में घुमाता रहूँगा। ओह डियर, हाऊ फनी इट इज···हाऊ फनी! कोई हँस रहा है (क्या यह मैं हूँ?) हँसी, जिसकी कोई आवाज नहीं। घूँसे···गालियाँ···और फिर वही हँसी!

वे मुझे घसीटते ले गए हैं गली के कोने तक।

मैं उठने की कोशिश करता हूँ और बैठ जाता हूँ। फिर इच्छा होती लेट जाने की। वहीं सड़क पर। लेकिन आँखें बंद करते ही लगता है, जैसे और चीज एक ज्वार की तरह ऊपर बढ़ती है। मेरी टाँगों में, छाती में, बाँहों के जोड़ों में उठती है और बह जाती है···क्या यह पीड़ा है? और मुझे हल्का सा आश्चर्य होता है कि मैंने जिंदगी के इतने बरस बिता डाले और कभी इसे नहीं जाना। लगता है, मेरी चेतना ने इस पीड़ा का एक छोर पकड़ लिया है और घिसटती जा रही है···कभी सिर्फ चेतना रह जाती है—पीड़ा से अलग। तब लगता है, जैसे मैंने कुछ खो दिया है। बारिश की शाम है और मैं दुबारा अपने शहर की सड़कों पर एक सिरे से दूसरे सिरे तक भाग रहा हूँ···एक छोटा सा खोखल मेरे सामने खुल गया है और एक उत्कट भयंकर सी आकांक्षा मन में जगती है, उसमें छिप जाने की, जैसे उसमें छिप जाने से ही सबकुछ सुलझ जाएगा, सबकुछ बहुत सहज हो जाएगा···लेकिन यह खोखल नहीं है। यह पीड़ा है, जो बराबर-बराबर से बँट गई है, मेरी देह के विभिन्न अंगों में—बिल्कुल नए किस्म का दर्द, जो अपने में संपूर्ण है और जिसे आज तक मैंने नहीं पहचाना। (हाऊ फनी इट इज···हाऊ वंडरफुल फनी!) बीच-बीच में चेतना का परदा खुल जाता है और मुझे आश्चर्य [illegible]ा है कि यह मैं हूँ और मुझे सहसा विश्वास नहीं होता कि मैं बाहर आ गया हूँ···अपने से बाहर जहाँ मुझे कोई नहीं बचा सकता।

अँधेरे से बाहर—जहाँ वे हैं।

वह शुरू अगस्त की एक रात थी। वे मुझे गली के एक गँदले, खामोश कोने में छोड़ गए थे। कितनी देर तक मैं वहाँ पड़ा रहा, मुझे कुछ भी याद नहीं। बीच-बीच में मेरी आँखें खुल जाती थीं, एक पतली और पारदर्शी धुंध के पीछे लंदन का आकाश घिर आता था। फिर आँखें मुँद जाती थीं और मुझे लगता था, जैसे मैं एक धुंध को छोड़कर दूसरी धुंध में सिमट आया हूँ।

कितनी देर ऐसे ही रहा। फिर मैं सतर्क हो गया। पैरों की आहट मेरे पास चली आई थी। बहुत मंद गति से। मैं ऊँघने लगा था। शायद यह सपना हो। देर

तक मालूम नहीं हो सका कि कोई बराबर मेरे कंधों को हिला रहा था।

'क्या ज्यादा चोट आई है?'

नहीं···ज्यादा नहीं—आँखें खुल गईं। मेरे ऊपर जार्ज का चेहरा झुका था। लागर की हल्की सी गंध मुझे छू गई। न जाने क्यों, उस गंध के संग एक दूसरी स्मृति उभर आई···मोत्सार्ट के सेरेनाड की एक बहुत पुरानी ट्यून—ट्यून भी नहीं, महज एक टूटी टहनी सी थिरकन, जिसे कुछ घड़ियों पहले 'पब' में अचानक पहचाना था।

'तुम यहाँ हो?'

'मुझे मालूम था, वे तुम्हें यहाँ लाए हैं। मैं देख रहा था।' उसने कहा।

'विली कहाँ है?'

'लेट हिम गो टु हेल···अगर वह नहीं होता···तो कुछ भी नहीं होता।'

'क्या कुछ नहीं होता?'

अचानक बड़ी सड़क से एक कार गुजर गई। हमारी आँखें चुँधिया गईं। मेरा ध्यान पहली बार अपनी ओर खिंच आया—कमीज का कॉलर ऊपर से फट गया था, पैंट पर गर्द, धूल और बियर के धब्बे थे और मुझे लग रहा था कि बदन के पसीने से चिपकी मेरी बनियान से एक बोझिल, गीली-गीली सी भाप निकल रही हो।

'तुम वापस क्यों आए?'

'मैं भीतर आना चाहता था—तुम लोगों के पास, लेकिन तुम जानते हो···'

'इट इज ऑल राइट, जार्ज।' मैंने उसे बीच में ही रोक दिया। मेरे मुँह का स्वाद एकदम कसैला सा हो आया, जैसे मैं एक लंबे बुखार के बाद उठा होऊँ। पास ही लैंप-पोस्ट का पीला दायरा था। मैंने उसके बीचोबीच थूक दिया—बिल्कुल लाल, जैसे पान की पीक हो। यह खून है। मुझे बहुत अजीब सा लगा। मैंने एक बार फिर थूका, इस बार अपने खून को दुबारा देखने का लोभ सँवरण न कर सका।

'तुम्हें ज्यादा चोट तो नहीं आई?' जार्ज ने कहा। उसके स्वर में एक बँधी-बँधी सी कुंठा थी। मुझे वह कुछ अजीब सी लगी।

मैं चुप रहा और फिर खड़ा हो गया। एक क्षण तक गली की दीवार से मेरा सिर टिका रहा।

खट-खट-खट···

अब भी वह आवाज मेरी नसों के बीच फड़फड़ा रही थी।

हम चुपचाप ट्यूब-स्टेशन की ओर चलने लगे। मेरी जेब में अब भी दो शिलिंग पड़े थे। अनायास मेरी काँपती अंगुलियाँ उन्हें सहला देती थीं।

बाहर सड़क पर अगस्त के पत्ते थे···स्पंदन का धुआँ रात के परे गिरता जा रहा था।

'तुम मेरा विश्वास नहीं करते, तुम समझते हो।' जार्ज ने जबरदस्ती मेरा कंधा पकड़ लिया।

'इट इज ऑल राइट।' मैंने उसका हाथ कंधे से अलग कर दिया। काश, वह इस समय मेरे संग न होता!

हम ट्यूब-स्टेशन की सीढ़ियाँ उतरने लगे।

प्लेटफार्म उजाड़ पड़ा था। बेंचों पर इक्के-दुक्के आदमी बैठे ऊँघ रहे थे। हमारे बिल्कुल पास खंभे की आड़ में एक जोड़ा दीवार से सटा था···लड़की अपने बालों पर बार-बार हाथ फेरती थी। उसके सामने खड़ा युवक कुछ दबे स्वर में फुसफुसा रहा था। लड़की बार-बार हँसने लगती थी और चौंककर दोनों ओर देख लेती थी।

टिकट खरीदकर हम पास की खाली बेंच पर बैठ गए।

'तुम लंदन में ही रहोगे?'

वह चुप रहा। उसकी आँखें बत्तियों के परे अंडरग्राउंड की सुरंग पर स्थिर थीं—अँधेरी, सीली। लगता था, सुरंग का अँधेरा ऊपर शहर के अँधेरे से कट गया हो, जैसे गँदले पानी का ठहरा चहबच्चा हो।

'न जाने विली कहाँ चला गया?'

'विली···मैंने उसे देखा नहीं।' उसने कहा।

'लेकिन तुम बाहर खड़े थे, तुमने अभी कहा था?'

'मैंने कुछ भी नहीं देखा।'

हम फिर चुप हो गए। किंतु उस चुप्पी में एक बोझिल सा तनाव था, जैसे कोई चीज बार-बार हमारे बीच आ जाती हो और हम बार-बार उसे अलग ठेल देते हों।

'तुम समझते हो···मैं झूठ बोल रहा हूँ?' उसने कहा।

मैं दूसरी ओर देखने लगा।

'तुम कुछ भी समझो, मुझे इसकी कतई परवाह नहीं।' उसने कहा।

'डोंट बि सिली।' मैंने कहा।

'तुम मेरा विश्वास नहीं करते।' इस बार उसने मेरी ओर देखा—'तुम सोचते

हो, मैं भाग गया था।' उसके होंठ काँप रहे थे।

'डैम इट, आई से डैम इट!'

'उन्होंने मुझे पकड़ रखा था···और मैं तुम्हारे पास···'

'इट इज ऑल राइट, जार्ज!'

'ओ नो···इट इज नाट ऑल राइट।' वह जैसे चीख रहा हो। पास की बेंच पर ऊँघता हुआ आदमी उठ बैठा और हमारी ओर देखने लगा।

'जार्ज, सुनो।' मैंने उसके कंधे पर हाथ रख दिया। बेंच के हत्थे पर उसका चेहरा दोनों हाथों के बीच दबा था और बार-बार हिल उठता था।

'आई वाज अफ्रेड, टेरिब्ली अफ्रेड।'

हम दोनों काँप रहे थे।

अफ्रेड···

मैं सामने देखता रहा, अंडरग्राउंड का अँधेरा जैसे धीरे-धीरे हिल रहा हो—एक परदे के मानिंद जो अभी उठ जाएगा। मैं उस क्षण जार्ज से डरने लगा, खुद अपने से डरने लगा। मुझे लगा, जैसे मैं अब कभी उसकी ओर नहीं देख सकूँगा। उस क्षण मैं कोई भयंकर चीज कर सकता था—मैं उससे बहुत कुछ कहना चाहता था, कुछ भी···किंतु अब हम दोनों एक संग होते हुए भी अचानक अकेले पड़ गए थे, वह रो रहा था और मैं कुछ भी नहीं कर सकता था। शायद इससे भयंकर और कोई चीज नहीं, जब दो व्यक्ति एक संग होते हुए भी यह अनुभव कर लें कि उनमें से कोई भी एक-दूसरे को नहीं बचा सकता, जब यह अनुभव कर लें कि बीती घड़ियों की एक भी स्मृति, एक भी क्षण उनके मौजूदा···इस गुजरते हुए क्षण के निकट अकेलेपन में हाथ नहीं बँटा सकता, साझी नहीं हो सकता।

तब हम चौंक गए। दूसरे प्लेटफार्म पर वारेन स्ट्रीट जानेवाली ट्यूब आ रही थी। जार्ज को इसी में जाना था। हमारे आस-पास की बेंचों पर ऊँघते हुए लोग सहसा उठ खड़े हुए। ट्यूब की तेज हेडलाइट में न्यू एक्टन की अगली सुरंग का अँधेरा जरा पीछे खिसक गया। सीढ़ियों से कुछ लोग भागते हुए नीचे प्लेटफार्म पर उतर रहे थे, ताकि वारेन स्ट्रीट जानेवाली आखिरी ट्यूब को पकड़ सकें।

जार्ज खड़ा हो गया। उसने एक बार भी मुझे नहीं देखा और दूसरे क्षण भीड़ के संग वह भी ट्यूब की तरफ भागने लगा। ट्यूब के ऑटोमेटिक दरवाजे क्षण भर के लिए खुले और भीड़ को अपने भीतर निगलकर दूसरे क्षण ही बंद हो गए।

पहियों की भड़भड़ाती आवाज धीरे-धीरे मंद पड़ती गई और फिर सब पूर्ववत् शांत हो गया। सुरंग के जिस अँधेरे को ट्यूब की हेडलाइट ने पीछे

खिसका दिया था, वह फिर वापस लौट आया।

सिर्फ प्लेटफार्म की खुली छत के परे न्यू एक्टन की रोशनियाँ अँधेरे में चुपचाप झिलमिलाती रहीं।

खंभे की आड़ में युवक ने कहा, 'अगली गाड़ी से' और उसे चूम लिया। लड़की की आँखें मुँद गईं।

उसने देखा भी नहीं।

और मुझे लगा, जैसे मुद्दत से मैंने सिगरेट नहीं पी।

□

आदमी और लड़की

उसने दुकान का दरवाजा खोला तो घंटी की आवाज हुई—टन। जब वह भीतर आया और दरवाजा मुड़कर देहरी से दुबारा सट गया, तो घंटी दुबारा बजी, इस दफा दो बार—टन-टन।

यह दूसरी आवाज काफी देर तक गूँजती रही। यह चेतावनी थी कि कोई भीतर आया है।

दुकान में कोई नहीं था। उसे हमेशा लगता था कि यदि वह शेल्फ से दो-चार किताबें उठाकर भाग जाए, तो किसी को पता भी नहीं चलेगा। यह उसका भ्रम था। घंटा बजते ही काउंटर के पीछे दो आँखें उसे अनजाने में ही पकड़ लेती थीं—आँखें, जो नीली थीं और गीली भी। ऐनक के पीछे दो डबडबाए धब्बे उसे निहार रहे थे।

वह किताबों की अलमारियों के बीच रास्ता टटोलता हुआ काउंटर के सामने आ खड़ा था।

''क्या हाल है?'' उसने पूछा।

अधेड़ मैनेजर ने उसकी ओर देखा; फिर कंधे उचका दिए, जिससे कुछ पता नहीं चला कि वह कैसे मूड में है।

''सर्दी शुरू हो चली है।'' उसने कहा। मौसम का खयाल अचानक उसे मैनेजर की मूँछें देखने पर हो आया था, जो इतनी सफेद थीं, मानो अभी-अभी उन पर ताजा बर्फ गिरी हो।

''होगी ही।'' बूढ़े ने तटस्थ भाव से कहा, ''अक्तूबर का महीना है।''

''अभी हीटिंग शुरू नहीं हुई?''

''नवंबर से पहले नहीं, चाहे बर्फ ही क्यों न गिरने लगे।'' बूढ़ा बहुत ही

महीन भाव से सरकार पर कटाक्ष करता था। मुद्दत पहले वह दुकान का मालिक था, अब नए तंत्र के नीचे, सरकार उसकी मालिक थी, उन किताबों की भी, जो उसके बाप-दादाओं ने पहली लड़ाई के जमाने से जमा की थीं। दुकान वही थी, लेकिन रातोंरात कानून की लकीर उसके और बाप-दादा की विरासत के बीच एक खाई सी खोद गई थी। काउंटर पर वह अब भी बैठता था पहले की तरह, लेकिन अब किताबों से उसका रिश्ता कुछ वैसे ही था, जैसे कोई बाप जीते जी अपने बच्चों को अनाथालय में देखता है।

''आप सोचते हैं, क्या बर्फ गिरेगी?'' आदमी ने पूछा।

बूढ़े ने ऐनक उतारी, मैले रूमाल से शीशे साफ किए, फिर नाक सिनकी—''बर्फ और मौत घंटी बजाकर नहीं आती।''

उसे लगा, जैसे बूढ़े का इशारा उसकी तरफ है। पिछले दिनों जब कभी वह दुकान की घंटी बजाता था, बूढ़े के चेहरे पर एक बेचैन सी झुँझलाहट झलक आती थी। सीधे-सीधे कुछ नहीं कहता था, पर लगता था, जैसे उसे सामने देखकर पिछली जिंदगी की सारी शिकायतें खुल जाती थीं। पहले लड़ाई और हिटलर, फिर कम्युनिज्म, और अब···वह!

वह आगे चला आया, अलमारियों के बीच। किताबों पर दुपहर की ठंडी, म्लान रोशनी गिर रही थी। उसने चारों तरफ टटोलती हुई निगाह डाली, लेकिन वह कहीं दिखाई न दी। अचानक एक आशंका ने उसे पकड़ लिया—संभव है, वह आज दुकान नहीं आई। वह ठिठुरने लगा। अपने कोट की जेब में हाथ डाला, तार के कागज को छुआ, फिर उसे झटके से बाहर खींच लिया। गरमाई कहीं न थी, न कोट के अंदर, न बाहर।

वह अब भी झिझक रहा था। लेकिन दुकान के बीच, बूढ़े की आँखों के सामने खड़े रहना असंभव था। वह कुछ आगे बढ़कर एक लंबी शेल्फ की ओट में छिप गया। उसने जेब से रूमाल निकाला और माथे का पसीना पोंछने लगा, सर्दी का पसीना, जो भीतर की देह से नहीं, बाहर की दहशत से टपकता है।

वह फटाक से मुड़ गया। ट्राली के पहिए चूँ-चूँ करते हुए शेल्फ की दूसरी तरफ जा रहे थे। पीछे-पीछे वह आ रही थी, ट्रॉली के हैंडिल को दोनों हाथों से पकड़े हुए—जैसे वह कोई छोटी सी प्रैम हो, जिसमें बच्चे की जगह बहुत सी किताबें बैठी थीं।

लड़की का सिर ट्रॉली पर झुका था। वह एक-एक किताब उठाकर शेल्फ की दराज में रख रही थी। उसकी आँखें शायद बचपन से ही कमजोर रही होंगी।

वह हर किताब को उठाती, उसे अपनी ऐनक के बहुत पास ले आती, लेखक का नाम और किताब का टाइटल पढ़ती, फिर डस्टर से उसे झाड़-पोंछकर दूसरी किताबों के सिरहाने टिका देती। वह अपने काम में इतनी डूबी थी कि उसे गुमान भी न था कि शेल्फ की दूसरी तरफ कोई उसे देख रहा है।

वह उसे देख रहा था। छत पर लटकी बत्ती का प्रकाश सीधा उसके चेहरे पर गिर रहा था; वह एक ठिगने कद की लड़की थी, लेकिन शेल्फ के पीछे सिर्फ उसका धड़ दिखाई देता था, कमर से ऊपर, जो उसकी टाँगों से कहीं ज्यादा वयस्क दिखाई देता था। उसने एक लंबा नीले रंग का एप्रिन पहन रखा था, जो दुकान में काम करनेवाली लड़कियाँ पहनती थीं, लेकिन उसके ऊपर वह ज्यादा नहीं फबता था। शायद इसलिए कि वह उसमें पूरी ढँक जाती थी और तब कोई अनुमान भी नहीं लगा सकता था कि वह कितनी छोटी है कि अभी कुछ दिन पहले उसकी बीसवीं वर्षगाँठ पर वह उसके लिए फूल लाया था, जो शायद अब भी उसके कमरे में पड़े सूख रहे होंगे।

अब वह सरकते हुए उसके बिल्कुल पास चली आई थी—लगभग उसके सामने। शेल्फ की सँकरी दराजों के बीच उसका सिर दिखाई दे रहा था। उसने हमेशा की तरह अपने बाल कसकर बाँध रखे थे—भूरे चमकीले बाल, जिनके बीच एक हिचकिचाती सी माँग कुछ दूर चलकर उलझी हुई लटों में लोप हो गई थी।

इस बार वह अपने को नहीं रोक सका। जब लड़की ने अंतिम किताब शेल्फ पर रखने के लिए हाथ उठाया, तो उसने आगे बढ़कर उसके हाथ को पकड़ लिया, वहीं शेल्फ के ठंडे लोहे पर। लड़की के मुँह से हल्की सी चीख निकल गई और वह घबरा गया। उसने जल्दी से किताबों को ठेलकर शेल्फ के बीच अपना सिर अड़ा दिया—

"मैं हूँ।"

लड़की ने हकबकाकर आँखें ऊपर उठाईं; वह जैसे कोई जिन्न हो, किताबों के बीच मुस्कराता हुआ।

"तुम?"

"हाँ!"

"कब आए?"

"कुछ देर पहले···तुम डर गईं?"

"हाँ···!" लड़की ने सिर हिलाया। वह छोटी बातों में भी झूठ नहीं बोलती

थी। उसका हाथ अब भी आदमी की हथेली में भिंचा था। एप्रिन के पीछे छोटा सा वक्ष ऊपर-नीचे हो रहा था। वह सचमुच डर गई थी—वह कभी दुपहर के वक्त दुकान में नहीं आता था।

"तुम कुछ देर के लिए छुट्टी ले सकती हो?"

"अभी?" लड़की का हाथ ठंडा सा हो गया—उसके हाथ के भीतर।

"सिर्फ कुछ देर के लिए।" उसने कहा।

"कोई बात हुई है?" लड़की की आँखें उसपर फैल गईं।

"नहीं, ऐसे ही।" उसने उड़ते हुए स्वर में कहा। लड़की जिस तरह कभी झूठ नहीं बोलती थी, वह कभी सीधा सच नहीं बोल पाता था।

"तुम भीतर बैठो, मैं अभी आती हूँ।"

उसने अपना हाथ उसकी हथेली से बाहर निकाला; एक क्षण उसकी ओर देखा और फिर वह मुड़ गई, किताबों की शेल्फों के पीछे छिप गई।

दुकान के पिछवाड़े एक स्टोर-रूम था, जहाँ लोग पुरानी किताबें बेचने आते थे। लड़की वहीं एक स्टूल पर बैठती थी। पीछे एक परदा लगा था, जो दुकान के मुख्य, अगले भाग को भीतरी हिस्से से अलग कर देता था। परदे के पीछे एक छोटा सा कैबिन था, जहाँ लड़की लंच-टाइम में घड़ी-दो-घड़ी सुस्ताने आ बैठती थी।

वह यहाँ चला आया; कई बार यहाँ आया था; हर बार एक अजीब सा भ्रम पकड़ लेता, मानो यह दुकान नहीं, लड़की के घर का प्राइवेट कमरा हो। वहाँ बाहर की कोई आवाज नहीं आती थी : न आदमियों का शोर, न ट्रैफिक का कोलाहल, सिर्फ ट्राम की गड़गड़ाहट जरूर सुनाई देती थी—बहुत गूढ़ और धीमी—जैसे कहीं दूर शहर के किनारे पर बादल कड़क रहा हो।

वह बेंत की आरामकुरसी पर बैठ गया। कमरे में अँधेरा उतना नहीं था, जितना रोशनी का अभाव : न कोई खिड़की, न रोशनदान। सिर्फ किताबों की बासी बू और दीवार के पीछे चूहों की सरसराहट। एक छोटी सी मेज पर चाय-कॉफी का सामान रखा था—पुराने सिलाबी बिस्कुट और ब्राउन रोटी की स्लाइसें हमेशा तैयार रहती थीं। कभी लड़की को भूख लगती, वह जल्दी से भीतर आकर कुछ-न-कुछ पेट में डाल आती थी।

उसने पहली बार लड़की को इसी कैबिन में देखा था। वह अपनी कुछ पुरानी किताबें बेचने आया था। लड़की काउंटर के पीछे स्टूल पर बैठी डबल रोटी की एक स्लाइस कुतर रही थी। गोद में ब्राउन रंग का अधबुना स्वेटर पड़ा था, जिसकी ऊनी देह में दो सलाइयाँ घुपी थीं। उसकी आहट सुनकर लड़की हकबकाकर उठ

खड़ी हुई और तब पहले दिन, पहली बार उसने लड़की के चेहरे को देखा था।

वह मार्च का दिन रहा होगा और अब अक्तूबर खत्म हो रहा था। इन सात महीनों में वह तकरीबन अपनी सब किताबें बेच चुका था, जिन्हें वह अपने देश नहीं ले जाना चाहता था। पुराने शब्दकोश, टूरिस्ट गाइड्स और वे सब उपन्यास, जिन्हें लड़की दुकान के लिए खरीद लेती थी तथा खाली समय में खुद पढ़ती थी। उसे यह जानकर काफी हैरानी हुई थी कि वह अंग्रेजी पढ़ लेती थी और थोड़ी-बहुत बोल भी लेती थी।

दरअसल अंग्रेजी को लेकर ही उनके बीच बोलचाल का सिलसिला शुरू हुआ था। एक दिन जब वह कुछ किताबें बेचने आया, वह कुछ देर तक उन्हें उलट-पलटकर देखती रही। फिर अचानक बोली, "क्या आपके देश में सब लोग अंग्रेजी बोलते हैं?"

"नहीं, ऐसा नहीं है।" उसने कहा, "मैं भी ठीक से नहीं बोल पाता।"

"आप बहुत अच्छा बोलते हैं।" उसने बहुत उदासीन भाव से कहा। फिर उसकी ओर से आँखें मोड़कर किताबों को समेटने लगी। "मैं अभी आती हूँ।" उसने किताबों का बंडल उठाया और पार्टीशन के पीछे चली गई।

वह सोचने लगा—पता नहीं, आज कितनी किताबें चुनी जाएँगी। वहाँ कुछ ऐसा ही सिस्टम था। लड़की किताबों को मैनेजर के पास ले जाती, वह उनमें से उन्हें चुन लेता, जो खरीदने लायक होतीं, बाकी वापस लौटा देता। सारा व्यापार जुए के खेल सा होता था। किताबों को चुनने और ठुकराने का कोई ठोस आधार रहा हो, यह उसे कभी समझ में नहीं आया। जब कभी लड़की से वह इसके बारे में पूछताछ करता, तो वह अकसर टाल जाती थी। जब वह बहुत जोर डालता (बाद के दिनों में) तो वह झुँझलाकर कहती, "हम वही किताबें पढ़ते हैं, जो हमारे लिए ठीक है!"

सौभाग्य की बात कहिए, उस दिन सब किताबें 'ठीक' निकलीं, तकरीबन सब—सिवा एक किताब के, जो मैनेजर ने वापस भिजवा दी, (Reguiem) रिक्वाएम फॉर द नन। लड़की ने कुछ कौतूहल से उसकी ओर देखा, "क्या यह कोई धार्मिक किताब है?"

"नहीं," उसने कहा, "यह एक वेश्या के बारे में है।"

वह देखना चाहता था, उस पर क्या प्रतिक्रिया होती है। धर्म और रंडीबाजी दोनों ही वहाँ वर्जित थे; किंतु लड़की के चेहरे पर कोई भाव नहीं आया; उसने चीमड़ पेपरबैक को धीरे से काउंटर के नीचे सरका लिया, जिसे 'छिपाना' भी नहीं

कहा जा सकता; काउंटर के नीचेवाली दराज उसकी अपनी थी, जिसमें वह दिन का टिफिन, रूमाल-तौलिया और घर की चाभियाँ रखती थी।

पता नहीं, उसकी कितनी किताबें इस काउंटर के भीतर गायब हो गई थीं।

"आज आपको काफी पैसे मिलेंगे।"

उसने सरसरी निगाह से बिल को देखा, जो खट-खट करता हुआ कंप्यूटर मशीन के बाहर निकल आया था। उसका मन हुआ, एक बार झाँककर बिल को देखे—फिर वह अपने को रोके रहा। यदि कमरे का चौथाई किराया भी निकल सके, तो बाकी पैसे जुटाने में ज्यादा मुश्किल नहीं पड़ेगी।

"मालूम है, कितना है?" उसने बिल को मशीन से खींचकर उसके सामने रख दिया।

चालीस क्राउन! पहले क्षण विश्वास नहीं हो सका। पहले कभी उसे अपनी किताबों के लिए इतनी बड़ी रकम नहीं मिली थी। लड़की उसकी ओर विजयोल्लास से मुस्करा रही थी।

"इतना कैसे?" उसने पूछा।

"ऐसे ही!" लड़की ने कहा, "ये अच्छे दिन हैं!"

अच्छे दिन? दुकान के भीतर लड़की की भाषा मोहनजोदड़ो की लिपि जैसी होती थी—छिपे मतलब, बहुत कुछ और देखो तो कुछ भी नहीं। कभी-कभी रात को नींद न आने पर, बिस्तर पर पड़े-पड़े एक कंगला वाक्य, कोई लूला लफ्ज अँधेरे में चमक जाता—लड़की के साथ चिपका हुआ। अच्छे दिन, बुरे दिन, काफी बुरे दिन। सबसे बुरे दिन वे होते, जब लड़की उसकी सब किताबें वापस कर देती, खेद भरी निगाहों से उसकी ओर देखती, 'आज कुछ भी नहीं'...और वह सब किताबों को अपने डफल बैग में ठूँसकर बाहर सड़क पर आ जाता। दुकान की लंबी शीशेदार खिड़की पर एक छाया खड़ी हो जाती। वह देखती कि वह जा रहा है। वह सोचता, अगली बार कौन सी किताबें लाऊँगा, जो खरीदने लायक होंगी। लड़की सोचती, कैसा आदमी है, जो सिर्फ अंग्रेजी किताबों को बेचने आता है।

मैनेजर सबकुछ देखता, ऊँघने लगता। सोचता, वह किताबों के लिए नहीं, लड़की से मिलने आता है...लेकिन इस उम्र में?

लड़की भीतर आई। वह अपना लंच का टिफिन लेकर आई थी; वह देहरी पर ठिठक गई और उसे देखने लगी। आदमी कुरसी के सिरहाने सिर टिकाकर आँखें मूँदे बैठा था। उसके चेहरे पर एक महीन सी थकान थी, मानो उसकी नींद का फायदा उठाकर न केवल बीते हुए वर्ष, बल्कि आनेवाली उम्र भी उसके चेहरे

पर सरक आई हो। लड़की कुछ देर चुपचाप उसके चेहरे को देखती रही। कोई और दिन होता तो आदमी का इस तरह अचानक दुकान में प्रगट हो जाना उसे अच्छा लगता। लेकिन आज उसे यह अपशगुन सा जान पड़ा। उसे प्रेतों में विश्वास नहीं था, किंतु आज जब उसने आदमी को किताबों की शेल्फ के पीछे देखा—पुराने ओवरकोट के गर्द भरे कॉलर, जो काले डैनों से उसकी गरदन पर उठे थे, तो वह अवाक् सी उसे देखती रही थी, जैसे आदमी के वेश में कोई दूसरा आदमी उसे ताक रहा है; दूसरा आदमी? वह धीरे से आगे बढ़ी, उसे सहलाने को मन हुआ, किंतु फिर हाथ रोक लिया। सोने दो—उसने सोचा; अभी काफी समय है।

दुपहर के समय कोई गाहक नहीं आता था।

वह अपना टिफिनदान खोलने लगी, ब्राउन रोटी की सैंडविच, जिसके भीतर सलामी दबी थी, एक छोटी बोतल में योगुर्त, चीज के क्यूब, सिरके में भीगा खीरा—यही उसका लंच था, जो वह हर रोज अपने साथ लाती थी। अगर उसे मालूम होता कि वह भी आ रहा है, तो वह उसके लिए भी कुछ ले आती—उसने कितनी बार आदमी से कहा था कि उसे घर में खाना बनाने की जरूरत नहीं; दुपहर को खाना वे एक साथ दुकान में खा सकते हैं। लेकिन आदमी हर बार इनकार कर देता था, जैसे दिन की रोशनी में उससे मिलना खतरनाक हो। दिन के समय वह उससे तभी मिलता था, जब कोई ऐसी जरूरत हो, जिसे टाला न जा सके। लेकिन आज; आज क्या जरूरत है? वह कल रात ही तो उससे मिली थी!

वह कॉफी के लिए पानी गरम करने उठी तो देखा, आदमी की आँखें खुली हैं; पता नहीं, कितनी देर से वह उसकी हरकतों को देख रहा था।

''कुछ खाओगे?'' लड़की ने पूछा।

आदमी ने सिर हिलाया, फिर सीधा होकर बैठ गया। आँखें सुर्ख थीं और शेव के बाद भी गालों पर पिछली रात की परछाईं बिछी थी। उसने आँखें मलीं और बालों को पीछे समेट लिया। याद नहीं आया, वह सो गया था—सपने की एक चिंदी अब भी डोल रही थी, धीरे-धीरे वह गायब हो गई और उसकी जगह लड़की दिखाई देने लगी।

लड़की ने अपना एप्रिन उतार दिया था। अब वह हरे रंग की स्कर्ट पहने थी, जो हमेशा उसके घुटनों तक आकर रुक जाती थी। काली नॉयलन की जुराबों के पीछे उसकी टाँगों का भोलापन झाँक रहा था। कमर पर काले रंग की पेटी कसी थी—बिल्कुल स्कूली लड़कियों की तरह, जिसके ऊपर भूरे रंग का ढीला-ढाला कार्डीगन लटक रहा था। लड़की का चेहरा छिपा सा जान पड़ता था, लेकिन देह

हमेशा खुली और उजली दिखाई देती थी—दूसरी लड़कियों से बिल्कुल उलटी, जिनका चेहरा सार्वजनिक होता है, जबकि देह बहुत प्राइवेट जान पड़ती है।

पानी उबलने लगा था—अचानक भाप का झोंका उठा और लड़की झुक गई, दो मगों में कॉफी डाली और जब मुँह उठाया तो होंठ खुल से गए। पसीने की बूँदें माथे पर चमक रही थीं।

"घर से आ रहे हो?"

आदमी कुछ हिचका—वह घर से आ रहा था, लेकिन सीधे नहीं। उसका हाथ जेब में गया, फिर वहीं ठिठका रहा, टेलीग्राम पर।

"इंस्टीट्यूट गया था।" उसने कहा।

"पूरा कर लिया?" लड़की हमेशा यही एक प्रश्न पूछती थी।

"नहीं, एडवांस माँगने गया था।" उसने कहा।

"कितने पेज करने हैं?"

"आखिरी चैप्टर बचा है—बाकी सब टाइप करना है।"

"क्या, वे टाइप भी नहीं करवा सकते?" लड़की ने कुछ झुँझलाकर कहा।

"एक ही अंग्रेजी टाइपिस्ट है और वह छुट्टी पर गया है।"

आदमी धीरे-धीरे उसका हाथ सहलाने लगा। एक-दूसरे की चिंताओं को ढाँपने का यही एक तरीका बचा था। वे कहाँ-से-कहाँ चले जाते थे; लेकिन लड़की की देह स्थिर रहती थी—स्थिर और ठंडी। पैर सबसे ज्यादा। जब वह उसके कमरे में आती थी तो सबसे पहले अपने पैर आग के सामने फैला देती थी। उसे काफी हैरानी होती थी कि इतनी कम उम्र में लड़की के हाथ-पाँव इतने सुन्न रहते थे।

"कितने दिन में देना है?" लड़की ने पूछा।

"दस दिन···ज्यादा-से-ज्यादा पंद्रह दिन, क्यों?"

"क्या मैं कर सकती हूँ?"

"तुम?" आदमी के चेहरे पर थकी सी मुस्कराहट चली आई।

"क्यों नहीं···हर शाम किया करूँगी।"

लड़की ने हाल ही में टाइप करना सीखा था—अंग्रेजी टाइपराइटर पर। उसके लिए वह एक खेल जैसा था। आदमी जितना भी अनुवाद करता, उसे डिक्टेट करवाता और उसकी अंगुलियों के नीचे से फटाफट अंग्रेजी शब्द फिसलते जाते। फिर दोनों बैठकर गलतियाँ छाँटा करते। आदमी का कहना था, इस तरह वह अंग्रेजी और टाइपिंग दोनों एक साथ सीख जाएगी, लेकिन उसे सीखने की चाह

उतनी नहीं थी, जितना सुकून सा मिलता था; रात की वही एक घड़ी होती थी, जब वह आदमी के पास होती थी, खिड़की के बाहर तारे दिखाई देते, टाइपराइटर के अक्षरों से टिमटिमाते हुए···खट-खट, वह उन्हें दबाती जाती और वे आकाश से उतरकर सफेद, फुल-स्केप कागज पर उतरते जाते।

केतली का पानी गुनगुना रहा था। लड़की ने स्विच बंद कर दिया और ऊपर का रोशनदान खोल दिया, ताकि इस बार पानी की भाप बाहर जा सके।

"यह गरम है···" लड़की ने दूसरा कप बनाने के लिए सिर झुकाया तो गले के पिछवाड़े का जूड़ा कंधे की तरफ लुढ़क आया। लड़की की देह पर ऐसी अनेक छोटी-छोटी घटनाएँ घटती थीं और वह उनसे बेखबर रहती थी, जैसे जब वह कोई पुरानी किताब बेचने आता था, तो वह अपने थूक से अंगुली गीली करके पन्ने पलटती थी और होंठ हिलाकर पढ़ती थी। ऐसे मौकों पर वह उसे बहुत गौर से देखता था। क्या यह वही लड़की है, जिसकी देह को वह पिछली रातों छूता रहा था और जो दिन में इतनी अछूती दिखाई देती थी? ऐसे क्षणों में उसे लगता, वह कहीं नीचे है, गढ़हे में, एक जानवर की तरह दुबका हुआ, बार-बार एक ही इच्छा में मथता हुआ कि जब तक लड़की उसकी ओर से बेखबर कॉफी बना रही है, वह उछलकर गढ़हे से निकल सकता है, उसकी सफेद और कुँवारी गरदन को दबोचकर एक छलाँग में दुकान से बाहर हो सकता है—दुकान से, पछतावे से, पाप से—सबसे बाहर। लेकिन जब वह आँखें ऊपर उठाती, तो उसके सब इरादे बुहर जाते। वह टकटकी लगाए उसे देखता रहता। लड़की पता नहीं, किस खयाल में मुस्कराने लगती। वह बँधा रहता—अपने गुस्से, संताप और दिल की दलदल में।

वह नीचे झुक आया, तिपाई पर, जहाँ लड़की का हाथ केतली पर टिका था और ऐसे कहा, जैसे अभी-अभी कुछ याद आया हो, "कल रात टेलीग्राम आया था।"

"टेलीग्राम?" लड़की के हाथ में कॉफी का मग हवा में ठिठक गया।

"वह बीमार है।" आदमी ने कहा, "मुझे बुलाया है।"

उसने तार जेब से बाहर निकाला, लाल कागज की मुड़ी हुई दयनीय चिंदियाँ, जिसे लड़की ने देखते ही आँखें मोड़ लीं।

"क्या बीमारी है?" उसने लापरवाही से पूछा।

"जाकर पता चलेगा।" आदमी ने कहा।

"कब?"

वह चुप बैठा रहा, मेज पर पड़े तार को देखता रहा।

"कब जा रहे हो?" लड़की ने दुबारा पूछा, किंतु अब उसके स्वर में लापरवाही के बदले एक अजीब सी कोमलता भर आई थी।

"मैं पत्र की राह देखूँगा।" उसने कहा।

"लेकिन अगर वह सचमुच बीमार है?" लड़की ने कहा।

"सचमुच का मतलब? तुम सोचती हो, यह बहाना है?"

"मैंने यह नहीं कहा।" लड़की ने कहा, "अगर वह बीमार है, तो तुम्हें जाना चाहिए।"

"तुम्हें बहुत जल्दी है।"

"जल्दी कैसी?"

"मेरे जाने की!"

लड़की ने विस्मय से उसकी ओर देखा।

"मैं समझी नहीं।" उसने कहा।

"मुझसे ज्यादा तुम उसकी फिक्र करती हो।"

यह कटाक्ष था। वह कटाक्ष से भी आगे जाना चाहता था, जहाँ क्रूरता शुरू होती है, किंतु वहाँ सिर्फ कमीनापन था और वह रुक गया। आगे कुछ भी न था—सिर्फ एक गँदली सी थकान और जलन थी। वह रात भर नहीं सोया था।

"मैं अब चलता हूँ।" उसने कहा।

"नहीं, ठहरो!" लड़की ने उसके घुटनों पर अपने हाथ रख दिए, "तुमने अभी क्या कहा? मैं बहुत जल्दी में हूँ?" लड़की की आँखें चुँधिया गई थीं, जैसे वह उसकी क्रूरता को ठीक से नहीं देख पा रही हो।

"मैं हँसी कर रहा था!" आदमी ने धीरे से अपना हाथ उसकी बाँह पर रखा। लड़की की समूची बाँह थरथरा रही थी।

"अगर मैं कहूँ, तुम रुक जाओगे?"

"तुमने कभी कुछ नहीं कहा।"

"क्योंकि…" कोई फायदा नहीं। वह जब-जब आदमी की परीक्षा लेती, आदमी का चेहरा दूर होने लगता। उसकी जगह अपना पाप दिखाई देने लगता, जो उससे वैसे ही प्रश्न पूछने लगता, जिन्हें वह आदमी से पूछती थी। यह चक्कर था; पाप का चक्कर, जिसका कोई अंत नहीं था।

"क्या वह अकसर बीमार रहती है?" उसने पूछा। वह कभी उसकी पत्नी का नाम नहीं लेती थी, सिर्फ 'वह' कहा करती थी, मानो इतनी बड़ी दुनिया में सिर्फ एक 'वह' उसकी पत्नी हो सकती है। उसे खुशी थी, उसने उसे कभी नहीं

देखा था—वह दूसरे शहर में थी और उसने वह शहर भी कभी नहीं देखा था।

आदमी चुपचाप लड़की को देखता रहा; लड़की के पीछे खिड़की थी और खिड़की के परे छतें, जहाँ उगती धूप की सफेद थिगलियाँ निकल आई थीं।

''कल रात मुझे एक सपना आया।'' उसने कहा।

''कैसा सपना?''

''मैंने देखा, तुम नीचे खड़ी हो, तुम ऊपर मेरे कमरे को देख रही हो। मैं तुम्हें आवाज देकर बुलाना चाहता था, और तुम जाने लगीं और मैं जोर-जोर से दरवाजा भड़भड़ाने लगा नीचे आने के लिए।''

लड़की हँसने लगी, ''सच?''

''फिर मेरी आँख खुल गई और मैंने सुना, कोई सचमुच दरवाजा खटखटा रहा है। मैंने सोचा, शायद तुम हो, लेकिन बाहर तारवाला खड़ा था।''

आदमी के चेहरे पर हँसी थी, लेकिन लड़की की हँसी बुझ गई। उसे सपने में अपशगुन सा दिखाई दिया। वह अपशगुनों के बीच रहती थी, इसलिए गिरजे में घड़ी-दो-घड़ी बैठना उसे अच्छा लगता था। उसने यह बात कभी आदमी को नहीं बताई थी, गिरजेवाली बात। यह नहीं, वह आदमी से कुछ छिपाती थी, किंतु ईश्वर में विश्वास करना, यह उसे एक प्राइवेट किस्म की बीमारी जान पड़ती थी, जिससे वह आदमी को दूर रखना चाहती थी। ईश्वर के इर्द-गिर्द वैसा ही अँधेरा था, जैसा उसकी पत्नी के आसपास और वह उसकी पत्नी के बारे में उतना ही कम जानती थी, जितना आदमी उसके ईश्वर के बारे में…उन दोनों को अकेले छोड़ देना ही अच्छा था।

दरवाजे पर घंटी खनखनाई और वे दोनों चौंक गए। एक-दूसरे से अलग हो गए। वह भागती हुई दरवाजे के पास गई, साँकल खोलकर बाहर झाँका—कोई ग्राहक आया था। ''अभी लंच-टाइम है,'' उसने कहा और जल्दी से दरवाजा भेड़ दिया। लेकिन वह मुड़ी नहीं; चौखट पर खड़ी रही, बंद दरवाजे के शीशे से खुलता हुआ दिन देखने लगी। अक्तूबर का दिन धुंध की परत से निकल रहा था; उसे बहुत पहले के दिन याद आए, जब वह आदमी से नहीं मिली थी; दुकान से घर अकेली जाती थी और शहर खाली सा लगता था।

जब वह आदमी की तरफ मुड़ी, तो मुस्करा रही थी।

''कितनी दूर है?'' उसने पूछा।

''क्या?'' आदमी जाने के लिए तैयार खड़ा था।

''तुम्हारी पत्नी का शहर?'' इस बार उसने सचमुच 'पत्नी' कहा, जैसे वह

उसकी दूर शहर की कोई सहेली हो।

आदमी व्यस्त सा हो उठा—"एक घंटा लगता है।" उसने कहा।

"कैसे जाओगे?"

"बस से, हर घंटे बाद बस चलती है।"

लड़की आदमी के पास आई; ऊपर देखा, जहाँ उसकी आँखें थीं, "मैं भी चलूँ?"

"तुम?"

"बस-स्टेशन तक चलूँगी।"

आदमी एक क्षण उसे देखता रहा; वह सुन्न सन्नाटे के बीच खड़ी थी—जहाँ टेलीग्राम पड़ा था और पीछे किताबों की कतार थी, जिनके भीतर जीने-मरने का ज्ञान भरा था, लेकिन जो उस क्षण न उसकी मदद कर सकता था, न लड़की की।

उसने बैग उठाया और लड़की के पास चला आया, उसके छोटे से सिर पर अपना मुँह रख दिया। वह उससे बहुत छोटी थी और एक स्कूली लड़की की तरह सुनसान खड़ी थी; और तब उसे लगा जैसे उसकी उम्र के चालीस साल एक गँदले नाले की तरह दुकान के बीचोबीच बह रहे हैं और बीच का पानी इतना उथला है कि वह उसमें डूबकर मर भी नहीं सकता—केवल लड़की को उसमें घसीटकर गँदला कर सकता है।

वह बाहर चला आया।

वह जल्दी से भागकर खिड़की के पास आई; आदमी दुकान से निकलकर सड़क पार कर रहा था। वह खिड़की के लंबे शीशे से उसे छोटा होते हुए देखती रही।

दूसरे दिन लड़की उसके फ्लैट पर गई, यों ही टहलते हुए, हालाँकि उसे मालूम था कि वह शहर से बाहर है और मकान खाली है। वह पिछली रात को ही चला गया। फ्लैट की डुप्लीकेट चाभी उसके पास थी, जो हमेशा उसके पास रहती थी और वह किसी भी समय उसके अपार्टमेंट में जा सकती थी।

किंतु उस शाम वहाँ कोई न था। सीढ़ियाँ अँधेरे में डूबी थीं और चौकीदार का कैबिन खाली पड़ा था। भीतर जाने के बजाय वह पीछे चलती गई, ताकि दूर फासले से वह आदमी का कमरा देख सके, जो तीसरी मंजिल पर था और जिसकी एक खिड़की पार्क की तरफ खुलती थी।

पार्क में बच्चे खेल रहे थे।

खिड़की बंद थी। वह जाने से पहले परदा गिराना भूल गया था। शाम की धूप

खिड़की के शीशों पर चमक रही थी, जिसके भीतर सबकुछ दिखाई देता है—मेज पर रखा टाइपराइटर, दीवार पर टँगी कमीज और खिड़की के आले पर रखा गमला, जो वह बहुत दिन पहले उसके लिए लाई थी। एक बार मन भीतर जाने को हुआ, अंगुलियाँ पर्स में गईं और भीतर रखी चाभी से खेलने लगीं, लेकिन यह खयाल कि कमरा खाली पड़ा होगा, जैसे अंगुलियों को भी छू गया। वह मुड़ गई और धीमे कदमों से घास पर चलने लगी।

पार्क के बीच पौंड था, अंग्रेजी ढंग का तालाब। जिस पर बतखें तैर रही थीं।

वह तालाब के साथ-साथ चलने लगी। वह सोचने लगी, लेकिन सोच का कोई ऐसा सिरा नहीं था, जिसे पकड़कर वह भीतर की गाँठ खोल सके। सारा सोच आदमी से शुरू होता था, जब वह पहली बार दुकान में आया था। वह एक साधारण सा दिन था, लेकिन तब उसे नहीं मालूम था कि उसके साथ रिश्ता इतना असाधारण हो जाएगा कि वह दिन-रात उसके बारे में सोचा करेगी। जब वह अपनी किताबें काउंटर पर छोड़कर चला जाता, तो वह उनके पन्ने पलटने लगती; पुरानी, भुरभुरी, अंग्रेजी की किताबें, जिन पर उसका नाम, उसके शहर का नाम और नीचे वह तारीख लिखी होती, जब उसने वे किताबें खरीदी होंगी। उन तारीखों को देखकर उसे अजब सी हैरानी होती कि जब वह दुनिया में नहीं आई थी, वह अपने शहर में घूमता होगा, पढ़ता होगा और जब उसका विवाह हुआ होगा, वह स्कूल में पढ़ती थी···वह मुस्कराने लगी, लोग मुझे उसकी बेटी समझते हैं, उसने सोचा। शायद इसीलिए वह दिन के उजाले में मेरे साथ चलने में कतराता है। मुझे कभी उम्र याद नहीं आती। वह जब मेरे साथ होता है, तो मुझे पता भी नहीं चलता कि वह मुझसे कितना बड़ा है। उम्र के बारे में क्या सोचना? वह रात की बर्फ है। सोते हुए पता भी नहीं चलता, सुबह उठो तो फाटक पर ढेर सी जमा हो जाती है।

बर्फ की बात से उसे मार्च का महीना याद आया; उस शाम वह पहली बार आदमी के साथ सोई थी; साल की आखिरी बर्फ गिरी थी और बाहर आई, तो सारी देह सुन्न; सारा शहर बर्फ में ठिठुर रहा था। आदमी ने उसे बहुत रोका, किंतु उसके भीतर कुछ बल रहा था, जो सारे शहर को सोख सकता था। वह चलती गई और जब उससे बरदाश्त नहीं हुआ, तो उस गिरजे में चली आई, जो बहुत पुराना था और खाली रहता था और जिसमें वह अकसर जाती थी और जिसके बारे में आदमी को कुछ भी नहीं मालूम था।

वह भीतर चली आई और सबसे आगे की बेंच पर बैठ गई। कुछ देर पहले वह आदमी के बिस्तर पर थी और अब यहाँ? वह वहाँ क्या कर रही थी? यह उसे

बहुत देर तक नहीं मालूम हो सका। सामने ऑल्टर पर एक आदमी टँगा था, पैरों, हाथों, छाती पर कीलों से बिंधा हुआ और बहुत देर तक उसे यह भी पता नहीं चला कि वह आदमी वहाँ क्या कर रहा है? तब उसे अचानक लगा कि वह अकेली नहीं है; कोई उसके पास है, कोई बिल्कुल पास बैठा है, जिसे उसने अँधेरे में नहीं देखा था। एक बूढ़ी औरत, जो उसके साथ बेंच पर बैठी थी, गुनगुनाती हुई, प्रार्थना करती हुई, हवा में मोमबत्ती की लौ की तरह डोलती हुई; क्या वह कुछ माँग रही थी? वह ईश्वर से कुछ माँग रही थी और तब उसे हैरानी हुई कि इतनी लंबी जिंदगी गुजार देने के बाद—जब कुछ भी बचा नहीं रहता—ईश्वर से कुछ माँगा जा सकता है? वह बूढ़ी के पास सरक आई, ''सुनो, क्या यह पाप है?'' उसने धीरे से बूढ़ी औरत के कान में फुसफुसाया, ''एक आदमी के साथ सोना, जिसकी पत्नी जीवित है?''

''कौन?'' बूढ़ी ने उसके चेहरे को देखा, ''कौन जीवित है?''

वह हँस रही थी। उसके सारे दाँत टूटे थे और खुले, पोपले मुँह से शराब का भभका छूट रहा था; शराब और बुढ़ापे और आँसुओं से सना उसका चेहरा ऊपर-नीचे हिल रहा था।

वह भागकर बाहर चली आई। बहुत देर तक बूढ़ी का चेहरा उसके पीछे-पीछे भागता रहा। फिर वह अचानक गायब हो गया और बर्फ गिरनी बंद हो गई। वह मार्च का महीना था, जब वह पहली बार आदमी के साथ सोई थी।

अब वह उसके घर के सामने बैठी थी। बच्चे अपने घरों को चले गए थे और बतखें? वे पता नहीं कहाँ डूब गई थीं! तालाब अँधेरे में सोया था। न छप, न कुछ, न कोई आवाज। आसपास मकानों की बत्तियाँ जल रही थीं। सिर्फ आदमी का कमरा तीसरे तल्ले पर एक अँधेरे खोखल सा खाली पड़ा था। अब वहाँ न गमला था, न मेज, न दीवार पर लटकती कमीज।

वह कहीं दूसरे शहर में था। वह अपनी पत्नी के साथ लेटा था। वह न जाग रहा था, न सो रहा था। वह सोच रहा था, जब वह सात महीने पहले लड़की की दुकान में आया था और बगल में उसकी पत्नी साँस ले रही थी।

वह तीन दिनों बाद लौटा था। तीन छोटे दिन और दो लंबी रातें, जिनके बीच लड़की घर से दुकान गई थी, वापस घर लौटी थी; फिर दुकान, फिर घर। एक शाम वह बस-स्टेशन गई थी, हालाँकि उसके आने का समय उसे नहीं मालूम था, दूसरी शाम उसके घर गई थी और पार्क में खेलते हुए बच्चों और तैरती हुई बतखों को देखती रही थी। आदमी अपनी पत्नी से मिलने पहले भी जाता था, लेकिन लड़की

की जिंदगी में यह पहला मौका था, जब उसने उस अजीब चीज को देखा था, जो कुछ भी नहीं थी, किसी का न होना, यह भी कोई चीज है? लेकिन जहाँ वह जाती, वह चीज भी उसके साथ-साथ चलती; जब रात को लेटती, तो वह चीज भी उसके साथ लेट जाती है और जब वह सोने लगती, तो वह जागते हुए उसका सोना देखती रहती—और तब उसे समझ में आया था कि क्यों अकेले लोग गिरजों में जाते हैं, शराबखानों में, ऐसे घरों में जहाँ औरतें पेशा करती हैं और ऐसे लोग भी, जो अपनी पत्नियों के साथ रहते हैं; हालाँकि साथ का सुख कब का सूख चुका होता है।

लेकिन सुख लड़की को नहीं सताता था। वह उसके बारे में सोचती भी न थी। वह सिर्फ यह जानना चाहती थी कि क्या वह उस चीज के बारे में जानता है? जो वह जाने के बाद उसके पास छोड़ जाता था? क्या वह उस चीज को जानता था? कभी-कभी उसे लगता था; उसे जानता है, इसीलिए उससे अलग होना चाहता था; किंतु वह अलग होता नहीं था, एक अजीब गुस्से में तना रहता था, जैसे उसकी आवाज फोन में सुनाई दी थी—भर्राई हुई, तनी हुई।

वह फोन तीसरे दिन आया था, लंच की घड़ी में, जब मैनेजर बाहर था। वह अपने कैबिन में थी और टिफिनदान खोल रही थी। घंटी सुनाई दी तो उसके हाथ डिब्बे पर पड़े रहे। यह उसका फोन है, उसने सोचा; हालाँकि फोन की घंटी हमेशा एक जैसी ही बजती थी। वह किताबों की अलमारियों के बीच भागती हुई काउंटर पर आई, फोन उठाया, आदमी की आवाज सुनी और जब वापस अपने कैबिन में आई तो उसे खिड़की के बाहर पेड़ दिखाई दिया, सड़क दिखाई दी, सामने की दीवार पर पोस्टर दिखाई दिया, जिसका एक सिरा उखड़कर हवा में फड़फड़ा रहा था। तीन दिनों बाद वह अपने शहर को नए सिरे से देख रही थी।

फोन की आवाज अब भी उसके भीतर थी—एक उदास नाराजगी में दबी हुई। पता नहीं, वह क्यों तना था? उसने यह भी नहीं पूछा कि उसके ये दिन कैसे बीते? तीन दिन अपनी पत्नी के साथ रहकर उसपर गुस्सा जताना—क्या वह पागल था?

उसने जल्दी-जल्दी वे किताबें बैग में डालीं, जो वह उसके लिए जमा करती थी, अंडरग्राउंड किताबें, जिन्हें न दिखाया जा सकता था, न बेचा जा सकता था, जो गोदाम में पड़ी सड़ा करती थीं। वह अपने पैसों से उन्हें खरीदा करती थी और गोदाम के अँधेरे कोनों में जमा करती जाती थी।

वह उन्हें एक-एक करके अपने बैग में रखने लगी। फिर उसके हाथ ठिठक

गए; उसे लगा, वह आदमी को देख सकती है। वह अकेला अपने कमरे में बैठा होगा। सर्दी का धुँधला दिन, टाइपराइटर और खाली, कोरे पन्ने, जिन्हें वह जाने से पहले ज्यों-का-त्यों मेज पर छोड़ गया था।

वह उकड़ूँ बैठा था। वह आग जला रहा था। वह अखबार के कागजों को अँगीठी में झोंक रहा था, जिसका धुआँ ऊपर उठता था, चिमनी में जाता था, खाँसने लगता था, फिर लौटकर पानी बन जाता था। आदमी बार-बार अपनी कुहनी से आँखें पोंछने लगता था।

लड़की काउच पर लेटी थी। सिरहाने पर कुशन था, कुशन के नीचे किताबों का बैग, बैग के ऊपर टिफिनदान, जिसके भीतर से सलामी और खट्टे दही की गंध आ रही थी। उसकी आँखें खुली थीं; सिर मुड़ा था; वह आदमी की पीठ देख रही थी, जहाँ उसकी कमीज पैंट से बाहर निकल आई थी, नीचे झूल रही थी।

आदमी ने सिर मोड़ा तो आग की लपटें भी उठने लगीं; धुएँ के पीछे लड़की का चेहरा दिखाई दिया; डबडबाती आँखों में आग और लड़की एक-दूसरे की बाँहों में तैर रहे थे। वह उठ खड़ा हुआ। वह काउच के सिरे पर आकर बैठ गया, जहाँ लड़की का सिर कुशन पर टिका था और पाँव नीचे लटक रहे थे। और तब उसे ध्यान आया कि लड़की के पाँव बहुत ठंडे रहते थे, नॉयलन जुराबों के बीच सिकुड़े हुए; लड़की इतनी स्थिर थी कि पैरों का हिलना उसे धोखा सा जान पड़ा; "ठंड तो नहीं लग रही?" उसने कहा।

लड़की के पैर हवा में ठिठक गए, "नहीं" उसने सिर हिलाया।

"बस में बहुत ठंड थी," उसने कहा, "सड़कों पर पानी जम गया था।"

"कब पहुँचे?" लड़की ने पूछा।

"दुपहर को; तभी तुम्हें फोन किया था।"

"क्या बीमारी थी?" लड़की ने पूछा।

"खास कुछ नहीं।" आदमी ने कहा।

"कुछ भी नहीं?"

"वह मुझे देखना चाहती थी।" आदमी ने अपने चेहरे पर हाथ फेरा, मानो खाल की सलवटों को सीधा कर रहा हो।

"तीन दिन तक?" लड़की ने कहा।

"क्या?"

"वह तीन दिनों तक तुम्हें देखती रही?"

आदमी ने सिर उठाया, हैरत में लड़की को देखा। उसका चेहरा आग की

शुष्क गरमाई में तप रहा था। वह अजीब आँखों से उसे निहार रही थी—जैसे कुछ पूछ रही हो। आदमी ने उसका हाथ अपने हाथ में सरका लिया, सहलाने लगा; सफेद कुँवारा हाथ, जिसने अभी तक केवल सेकंड-हैंड किताबों को छुआ था, लेकिन उनके भीतर के भुरभुरे पन्नों को नहीं पढ़ा था, जिनमें लोग विवाह करते हैं, एक-दूसरे से अलग हो जाते हैं, बूढ़े हो जाते हैं, अकेले कमरों में मर जाते हैं। आदमी के भीतर एक अंधी सी वासना उठी, जिसका उस समय लड़की की देह से कोई रिश्ता नहीं था; उसने उसे अपने पास घसीट लिया, उसकी देह को अपने चालीस सालों के भीतर दबोच लेने के लिए और वह खिंच भी आई—बिल्कुल एक कबूतर की तरह उसके सीने से सट गई।

"क्या तुम उसके साथ सोए थे?" लड़की की आवाज इतनी धीमी थी कि आदमी को भ्रम हुआ कि जो उसने सुना है, क्या वह भी भ्रम है।

"तुमने कुछ कहा?"

"क्या तुम उसके साथ…"

आदमी ने सिर उठाया; धीरे से उसके सिर को अपने सीने से अलग कर दिया।

लड़की ने ऊपर देखा, जहाँ आदमी का चेहरा था, थकान, नींद और बीती हुई उम्र से लदा हुआ और तब उसे हैरानी हुई कि वह उससे प्यार करती है; वह जो कुछ कहेगा, उसका कोई मतलब नहीं था।

अँगीठी के कोयले अब खिलखिला रहे थे।

कुछ देर बाद लड़की काउच से उठी और कुरसी पर बैठ गई। टाइपराइटर में फँसे कोरे पन्ने को देखा और फिर आँखें खिड़की से बाहर ठहर गईं। पार्क अँधेरे में डूबा था और तालाब की जगह सिर्फ एक सफेद शीट दिखाई दे रही थी; सड़क की बत्तियाँ एक लंबी झालर सी शहर के आर-पार लटक रही थीं। उसने कुरसी मेज के पास सरका ली और टाइप करने लगी, जिसे आदमी ने अनुवाद किया था। टाइप करते हुए उसे अजीब सा सकून मिलता था, जैसे वह दो भाषाओं के बीच फैले जंगल में अकेली, निर्लिप्त और सब खतरों से मुक्त घूम रही है, जबकि पीछे काउच पर लेटा आदमी उसे देख रहा था।

वह उसके झुके सिर को देख रहा था—जिस पर भूरे बालों का जुड़ा शिथिल सा होकर गरदन पर लुढ़क आया था। वह उसके अनुवाद को पढ़ती, तो होंठ हिलने लगते, फिर उन्हीं फड़फड़ाते शब्दों को जल्दी-जल्दी कागज पर टीपने लगती। वह उसकी पत्नी को भूल गई थी। वह अब उससे अलग हो गई थी। सिर्फ

कभी-कभी सिर उठाकर किसी शब्द का मतलब पूछ लेती थी। और वह सोचने लगता। पिछली रात वह पत्नी के साथ था और अब यहाँ; कल दुपहर के समय वह किताबों की दुकान में आएगा, लड़की से झूठ बोलेगा, पत्नी के पास जाकर लौट आएगा—इसी तरह दिन बीतेंगे। इसका कोई मतलब है?

आदमी ने हाथ आगे बढ़ाया—धीरे से लड़की की पीठ को छुआ और वह चौंक गई, पीछे मुड़कर आदमी को देखा, पीले चेहरे पर दुबली सी मुस्कराहट चली आई।

"कुछ चाहिए?"

"अब रहने दो; बाकी कल कर लेना।" आदमी ने कहा।

"बस थोड़ा सा बचा है; तुम सो क्यों नहीं जाते?"

क्या इतनी उम्र में लड़कियाँ माँ बन जाती हैं, पत्नी होने से पहले? उसने आँखें मूँद लीं। पलकों के भीतर अँधेरे पर टाइपराइटर सिर्फ एक शब्द गोद रहा था, नींद, नींद, नींद, और नींद कहीं न थी।

बहुत गई रात तक लड़की टाइप करती रही; वह धीरे-धीरे चैप्टर के अंतिम अंश तक पहुँच गई थी। कहानी के काले जंगल में जब कभी वह बीच में अटक जाती तो कभी आदमी, कभी शब्दकोश उसका हाथ पकड़कर अँधेरी खाई पार करवा देते और वह अर्थ की खुली रोशनी में आ जाती, दुबारा चलने लगती। इस तरह रेंगते हुए जब वह अंतिम पंक्ति पर पहुँची तो कुछ देर तक फुलस्टॉप की काली बिंदी पर ठिठकी रही, कागज के बाकी हिस्से को देखती रही, जो खाली पड़ा था उन तीन दिनों की तरह खाली, जब वह अपनी पत्नी के साथ था और वह अकेली शहर की सड़कों पर घूमती थी और तब उसे अजीब लगा कि खालीपन का मतलब न वह आदमी से पूछ सकती है, न शब्दकोश उठाकर देख सकती है।

उसने खट से कागज बाहर निकाला, टाइपराइटर को बंद किया, कुरसी को पीछे धकेला और बीच कमरे में आकर खड़ी हो गई। फर्श पर किताबों की पोटली रखी थी और आदमी उससे बेखबर काउच के सिरहाने लेटा था। अचानक उसे लगा कि अगर वह जीना उतरकर नीचे चली आए तो किसी को पता भी नहीं चलेगा।

फिर ध्यान भटक गया। खिड़की के शीशे पर रात का पतिंगा फँस गया था, कभी ऊपर जाता था, कभी नीचे, फ्रेम से बार-बार टकराकर एक अजीब बदहवासी में छटपटा रहा था। लड़की ने झपाट से खिड़की खोल दी, पतिंगा ऊपर उठा और एक हल्की सी जान उसके गालों को छूती हुई बाहर अँधेरे में उड़ गई। वह कुछ

देर तक खुली खिड़की से नीचे देखती रही।

अक्तूबर की धुंध पर बार की नियोन-लाइट एक लाल चिंदी सी चमक रही थी। अचानक एक आदमी बाहर निकला और लड़खड़ाते कदमों से सड़क पार करने लगा। वह डोलता हुआ कभी एक तरफ जाता, कभी दूसरी तरफ—शीशे पर पतिंगे की तरह डगमगाता हुआ—फिर न जाने क्या सोचकर फ्लैट की दीवार से सटकर खड़ा हो गया, बिल्कुल खिड़की के नीचे, अपने पैंट के बटन खोलने लगा। लड़की ने झट से खिड़की बंद कर दी और वापस कमरे में लौट आई। उसने बालों को खोला, क्लिपों को उतारकर मेज पर रख दिया; फिर अपने बैग से वेसलीन की ट्यूब निकाली, अंगुली पर रखकर उसे दबाया और उसे अपने चेहरे पर, कानों से पीछे, बाँहों पर मलने लगी। अचानक उसके हाथ ठिठक गए। उसकी पत्नी भी यह करती होगी, उसके पास जाने से पहले? उसके भीतर कुछ हिला, सारी देह को मरोड़ता हुआ; उसने उसे पहले कभी नहीं देखा था—एक मैली सी पीड़ा, जो देह में कीड़े सी उलट जाती है, उठने को तिलमिलाती है, नीचे धँसती जाती है। एक क्षण के लिए वह आतंकित हो गई—हलक में राख अटकने लगी; वह मुँह पर हथेली दबाकर बाथरूम में भाग गई, बेसिनी पर दोहरी होकर झुक गई, देह में जो कुछ उलट गया था, वह एक ही उलटी में बाहर निकल आया, पानी में एक पीले चकत्ते सा तैरता हुआ।

उलटी करने के बाद उसने मुँह धोया, आँखों पर पानी छिड़का, चेहरा पोंछने के लिए जब उसने तौलिया उठाया, तो उसकी आँखें बेसिनी के शीशे पर ठिठक गईं। वहाँ उसी बूढ़ी का पोपला चेहरा झाँक रहा था—जैसा उसने गिरजे में देखा था; लेकिन अब वह हँस नहीं रही थी; कुछ अफसोस के साथ उसे देख रही थी। वह उससे कुछ कहना चाह रही थी; लेकिन अब लड़की कुछ नहीं सुनना चाहती थी, न बीते हुए अपने पाप के बारे में, न आनेवाली जिंदगी के बारे में···इससे पहले कि बूढ़ी अपना मुँह खोलती, लड़की उसे आईने में अकेला छोड़कर कमरे में चली आई।

वह लौट आई। वह काउच के पास चली आई, जिस पर आदमी लेटा था। उसने कमरे की बत्ती बुझा दी; किंतु अँधेरा नहीं हुआ। आग की पीली, बुझती हुई रोशनी सब चीजों पर पड़ रही थी—टाइपराइटर, किताबों का बैग, कुशन पर टिका आदमी का सिर। उसने कपड़े उतारे, अलमारी से कबल निकाला, धीरे से उसे आदमी पर डाल दिया और फिर कंबल का एक सिरा उठाकर खुद भी उसके नीचे लेट गई।

वह इतना निश्चल लेटा था कि कुछ देर तक उसे पता भी न चला कि वह जाग रहा है या सो रहा है। सिर्फ उसकी साँस सुनाई दे रही थी—छाती के भीतर घुरघुराती हुई। उसने टटोलते हुए उसे छुआ, खुली हुई कमीज के बीच नंगी छाती को, जहाँ कुछ सफेद बाल उग आए थे और फिर अपना सिर वहाँ टिका दिया। आदमी सिहरने लगा; एक गरम सी आहट उसके लहू को खटखटाने लगी; नहीं, नहीं, नहीं, उसके भीतर कोई कह रहा था, लेकिन जब उसने आँखें खोलीं, तो लड़की का सिर उसके ऊपर था, उसके बाल एक दूसरा अँधेरा थे, कमरे के अँधेरे पर बिखरे हुए; वह हिल रही थी और कुछ देर तक आदमी को पता भी न चला कि वह रो रही है—उसकी छाती के बालों के बीच एक गरम सी लकीर बह रही थी।

"सुनो," आदमी ने बहुत धीरे से कहा, "मैं मरना चाहता हूँ।"

"क्या?" लड़की ने सिर उठाया; उसकी ओर देखा। आदमी कभी-कभी उससे अपनी भाषा में बोलने लगता था, जिसे वह बिल्कुल नहीं समझ पाती थी।

"तुमने कुछ कहा?"

वह धीरे-धीरे उसके सिर को सहलाने लगा; वह माँ से बच्ची बन गई थी और आदमी उससे ऐसा सच बोल सकता था, जिसका अनुवाद वह कभी नहीं कर सकेगी।

□

दूसरी दुनिया

बहुत पहले मैं एक लड़की को जानता था, वह दिन भर पार्क में खेलती थी, उस पार्क में बहुत से पेड़ थे, जिनमें मैं बहुत कम को पहचानता था। मैं सारा दिन लाइब्रेरी में रहता था। और ज़ब शाम को लौटता था, तो वह उन पेड़ों के बीच बैठी दिखाई देती थी। बहुत दिनों तक हम एक-दूसरे से नहीं बोले। मैं लंदन के उस इलाके में सिर्फ कुछ दिनों के लिए ठहरा था। उन दिनों मैं एक जगह से दूसरी जगह बदलता रहता था। सस्ती जगह की तलाश में।

वे काफी गरीबी के दिन थे।

वह लड़की भी काफी गरीब रही होगी, यह मैं आज सोचता हूँ। वह एक आधा उधड़ा स्वेटर पहने रहती, सिर पर कत्थई रंग का टोप, जिसके दोनों तरफ उसके बाल निकले रहते। कान हमेशा लाल रहते और नाक का ऊपरी सिरा भी, क्योंकि वे अक्तूबर के अंतिम दिन थे—सर्दियाँ शुरू होने से पहले के दिन और ये शुरू के दिन कभी-कभी असली सर्दियों से भी ज्यादा क्रूर होते थे।

सच कहूँ तो ठंड से बचने के लिए ही मैं लाइब्रेरी आता था। उन दिनों मेरा कमरा बर्फ हो जाता था। रात को सोने से पहले मैं अपने सब स्वेटर और जुराबें पहन लेता था, रजाई पर अपने कोट और ओवर कोट जमा कर लेता था, लेकिन ठंड फिर भी नहीं जाती थी। यह नहीं कि कमरे में हीटर नहीं था, किंतु उसे जलाने के लिए उसके भीतर एक शिलिंग डालना पड़ता था। पहली रात जब मैं उस कमरे में सोया था तो रात भर उस हीटर को पैसे खिलाता रहा—हर आधे घंटे बाद उसकी जठराग्नि शांत करनी पड़ती थी। दूसरे दिन मेरे पास नाश्ते के पैसे भी नहीं बचे थे। उसके बाद मैंने हीटर को अलग छोड़ दिया। रात भर ठंड से काँपता रहता, लेकिन यह तसल्ली रहती कि वह भी भूखा पड़ा है। वह मेज़ पर

ठंडा पड़ा रहता--मैं बिस्तर पर और इस तरह हम दोनों के बीच शीतयुद्ध जारी रहता।

सुबह होते ही मैं जल्दी-से-जल्दी लाइब्रेरी चला आता। पता नहीं, कितने लोग मेरी तरह वहाँ आते थे—लाइब्रेरी खुलने से पहले ही दरवाजे पर लाइन बनाकर खड़े हो जाते थे। उनमें से ज्यादातर बूढ़े लोग होते थे, जिन्हें पेंशन बहुत कम मिलती थी, किंतु सर्दी सबसे ज्यादा लगती थी। मेजों पर एक-दो किताबें खोलकर वे बैठ जाते। कुछ ही देर बाद मैं देखता, मेरे दाएँ-बाएँ सब लोग सो रहे हैं। कोई उन्हें टोकता नहीं था। एक-आध घंटे बाद लाइब्रेरी का कोई कर्मचारी वहाँ चक्कर लगाने को आ जाता, खुली किताबों को बंद कर देता और उन लोगों को धीरे से हिला देता, जिनके खर्राटे दूसरों की नींद या पढ़ाई में खलल डालने लगे हों।

ऐसी ही एक ऊँघती दोपहर में मैंने उस लड़की को देखा था—लाइब्रेरी की लंबी खिड़की से। उसने अपना बस्ता एक बेंच पर रख दिया था और खुद पेड़ों के पीछे छिप गई थी। वह कोई धूप का दिन न था, इसीलिए मुझे कुछ हैरानी हुई थी कि इतनी ठंड में वह लड़की बाहर खेल रही है। वह बिल्कुल अकेली थी। बाकी बेंचें खाली पड़ी थीं। और उस दिन पहली बार मुझे यह जानने की तीव्र उत्सुकता हुई थी कि वे कौन से खेल हैं, जिन्हें कुछ बच्चे अकेले में खेलते हैं।

दोपहर होते ही वह पार्क में आती, बेंच पर अपना बैग रख देती और फिर पेड़ों के पीछे भाग जाती। मैं कभी-कभी किताब से सिर उठाकर उसकी ओर देख लेता। पाँच बजने पर सरकारी अस्पताल का गजर सुनाई देता। घंटे बजते ही वह लड़की जहाँ भी होती, दौड़ते हुए अपनी बेंच पर आ बैठती। वह बस्ते को गोद में रखकर चुपचाप बैठी रहती, जब तक दूसरी तरफ से एक महिला न दिखाई दे जाती। मैं कभी उस महिला का चेहरा ठीक से न देख सका। वह हमेशा नर्स की सफेद पोशाक में आती थी। और इससे पहले कि बेंच तक पहुँच पाती, वह लड़की अपना धीरज खोकर भागने लगती और उन्हें बीच में ही रोक लेती। वे दोनों गेट की तरफ मुड़ जाते और मैं उन्हें उस समय तक देखता रहता, जब तक वे आँखों से ओझल न हो जाते।

मैं यह सब देखता था हिचकॉक के हीरो की तरह, खिड़की से बाहर, जहाँ यह पैंटोमिम रोज दुहराया जाता था। यह सिलसिला शायद सर्दियों तक चलता रहता, यदि एक दिन अचानक मौसम ने करवट न ली होती।

एक रात सोते हुए मुझे सहसा अपनी रजाई और उसपर रखे हुए कोट बोझ जान पड़े। मेरी देह पसीने से लथपथ थी, जैसे बहुत दिनों बाद बुखार से उठ रहा हूँ। खिड़की खोलकर बाहर झाँका, तो न धुंध, न कोहरा; लंदन का आकाश नीली मखमली डिबिया सा खुला था, जिसमें किसी ने ढेर से तारे भर दिए। मुझे लगा, जैसे यह गर्मियों की रात है और मैं विदेश में न होकर अपने घर की छत पर लेटा हूँ।

अगले दिन खुलकर धूप निकली थी, मैं अधिक देर तक लाइब्रेरी में नहीं बैठ सका। दोपहर होते ही मैं बाहर निकल पड़ा और घूमता हुआ उस रेस्तराँ में चला आया, जहाँ मैं रोज खाना खाने जाया करता था। वह एक सस्ता यहूदी रेस्तराँ था। वहाँ सिर्फ डेढ़ शिलिंग में कोशर गोस्त, दो रोटियाँ और बियर का एक छोटा गिलास मिल जाता था। रेस्तराँ की यहूदी मालकिन, जो युद्ध से पहले लिथुआनिया से आई थी, एक ऊँचे स्टूल पर बैठी रहती। काउंटर पर एक कैश-बॉक्स रखा रहता और उसके नीचे एक सफेद सियामी बिल्ली ग्राहकों को घूरती रहती। मुझे शायद वह थोड़ा-बहुत पहचानने लगी थी, क्योंकि जितनी देर मैं खाता रहता, उतनी देर वह अपनी हरी आँखों से मेरी तरफ टुकुर-टुकुर ताकती रहती। गरीबी, ठंड और अकेलेपन के दिनों में बिल्ली का सहारा भी बहुत होता है, यह मैं उन दिनों सोचा करता था। मैं यह भी सोचता था कि किसी दिन मैं भी ऐसा ही हिंदुस्तानी रेस्तराँ खोलूँगा और एक साथ तीन बिल्लियाँ पालूँगा।

रेस्तराँ से बाहर आया, तो दोबारा लाइब्रेरी जाने की इच्छा मर गई। लंबी मुद्दत बाद उस दिन घर से चिट्ठियाँ और अखबार आए थे। मैं उन्हें पार्क की खुली धूप में पढ़ना चाहता था। मुझे हल्का सा आश्चर्य हुआ, जब मेरी नजर पार्क के फूलों पर गई! वे बहुत छोटे फूल थे, जो घास के बीच अपना सिर उठाकर खड़े थे। इन्हीं फूलों के बारे में शायद जीसस ने कहा था, लिलीज ऑफ द फील्ड, ऐसे फूल, जो आनेवाले दिनों के बारे में नहीं सोचते।

वे गुजरी हुई गर्मियों की याद दिलाते थे।

मैं घास के बीच उन फूलों पर चलने लगा।

बहुत अच्छा लगा। आनेवाले दिनों की दुश्चिंताएँ झरने लगीं। मैं हल्का सा हो गया। मैंने अपने जूते उतार दिए और घास पर नंगे पाँव चलने लगा, मैं बेंच के पास पहुँचा ही था कि मुझे अपने पीछे एक चीख सुनाई दी। कोई तेजी से भागता हुआ मेरी तरफ आ रहा था। पीछे मुड़कर देखा, तो वही लड़की दिखाई दी। वह पेड़ों से निकलकर बाहर आई और मेरा रास्ता रोककर खड़ी हो गई।

"यू आर कॉट," उसने हँसते हुए कहा, "अब आप जा नहीं सकते।"

मैं समझा नहीं। जहाँ खड़ा था, वहीं खड़ा रहा।

"आप पकड़े गए···" उसने दोबारा कहा, "आप मेरी जमीन पर खड़े हैं।"

मैंने चारों तरफ देखा, घास पर फूल थे, किनारे पर खाली बेंचें थीं, बीच में तीन एवरग्रीन पेड़ और एक मोटे तनेवाला ओक खड़ा था। उसकी जमीन कहीं दिखाई न दी।

"मुझे मालूम नहीं था।" मैंने कहा और मुड़कर वापस जाने लगा।

"नहीं, नहीं, आप जा नहीं सकते," बच्ची एकदम मेरे सामने आकर खड़ी हो गई। उसकी आँखें चमक रही थीं, "वे आपको जाने नहीं देंगे।"

"कौन नहीं जाने देंगे?" मैंने पूछा।

उसने पेड़ों की तरफ इशारा किया, जो अब सचमुच सिपाही से दिखाई दे रहे थे, हट्टे-कट्टे पहरेदार। मैं बिना जाने उनके अदृश्य फंदे में चला गया था।

कुछ देर तक हम चुपचाप आमने-सामने खड़े रहे। उसकी आँखें बराबर मुझ पर टिकी थीं—उत्तेजित और सतर्क। जब उसने देखा, मेरा भागने का कोई इरादा नहीं है, तो वह कुछ ढीली पड़ी।

"आप छूटना चाहते हैं?" उसने कहा।

"कैसे?" मैंने उसकी ओर देखा।

"आपको इन्हें खाना देना होगा। ये बहुत दिन से भूखे हैं।" उसने पेड़ों की ओर संकेत किया। वे हवा में सिर हिला रहे थे।

"खाना मेरे पास नहीं है।" मैंने कहा।

"आप चाहें तो ला सकते हैं।" उसने आशा बँधाई, "ये सिर्फ फूल-पत्ते खाते हैं।"

मेरे लिए यह मुश्किल नहीं था। वे अक्तूबर के दिन थे और पार्क में फूलों के अलावा ढेरों पत्ते बिखरे रहा करते थे। मैं नीचे झुका ही था कि उसने लपककर मेरा हाथ रोक लिया।

"नहीं, नहीं—यहाँ से नहीं, यह मेरी जमीन है, आपको वहाँ जाना होगा।" उसने पार्क में फेंस की ओर देखा। वहाँ मुरझाए फूलों और पत्तों का ढेर लगा था। मैं वहाँ जाने लगा कि उसकी आवाज सुनाई दी।

"ठहरिए—मैं आपके साथ आती हूँ, लेकिन अगर आप बचकर भागेंगे तो···यहीं मर जाएँगे।" वह रुकी, मेरी तरफ देखा, "आप मरना चाहते हैं?"

मैंने जल्दी से सिर हिलाया। वह इतना गरम और उजला दिन था, मरने की

मेरी कोई इच्छा नहीं थी।

हम फेंस तक गए। मैंने रूमाल निकाला और फूल-पत्तियों को बटोरने लगा। मुक्ति पाने के लिए आदमी क्या कुछ नहीं करता!

वापस लौटते हुए वह चुप रही। मैं कनखियों से उसकी ओर देख लेता था। वह काफी बीमार सी बच्ची जान पड़ती थी, उन बच्चों की तरह गंभीर, जो हमेशा अकेले में अपने साथ खेलते हैं। जब वह चुप रहती थी, तो होंठ बिचक जाते थे, नीचे का होंठ थोड़ा सा बाहर निकल जाता, जिसके ऊपर दबी हुई नाक बेसहारा सी दिखाई देती थी। बाल बहुत छोटे थे और बहुत काले—गोल छल्लों में धुली हुई रुई की तरह बँटे हुए, जिन्हें छूने को अनायास हाथ आगे बढ़ जाता था। लेकिन वह अपनी दूरी में हर तरह की छुअन से परे जान पड़ती थी।

"अब आप इन्हें खाना दे सकते हैं।" उसने कहा। वह पेड़ों के पास आकर रुक गई थी।

"क्या वे मुझे छोड़ देंगे?" मैं कोई गारंटी, कोई आश्वासन पाना चाहता था।

इस बार वह मुस्कराई और मैंने पहली बार उसके दाँत देखे—एकदम सफेद और चमकीले—जैसे अकसर नीग्रो लड़कियों के होते हैं।

मैंने वे पत्तियाँ रूमाल से बाहर निकालीं, चार हिस्सों में बाँटीं और बराबर-बराबर से पेड़ों के नीचे डाल दीं।

मैं स्वतंत्र हो गया था—कुछ खाली सा भी।

मैंने जेब से चिट्ठियाँ और अखबार निकाले और उस बेंच पर बैठ गया, जहाँ उसका बैग रखा था। वह काले चमड़े का बैग था, भीतर किताबें ठुसी थीं, ऊपर की जेब में आधा कुतरा हुआ सेब बाहर झाँक रहा था।

वह ओझल हो गई थी। मैंने चारों तरफ से देखा, तो उसकी फ्रॉक का एक कोना झाड़ियों से बाहर दिखाई दिया। वह एक खरगोश की तरह दुबककर बैठी थी—मेरे ही जैसे, किसी भूले-भटके यात्री पर झपटने के लिए। किंतु बहुत देर तक पार्क से कोई आदमी नहीं गुजरा। हवा चली तो पेड़ों के नीचे जमा की हुई पत्तियाँ घूमने लगतीं—एक भँवर की तरह और वह अपने शिकार को भूलकर उनके पीछे भागने लगती।

कुछ देर बाद वह बेंच के पास आई, एक क्षण मुझे देखा, फिर बस्ते की जेब से सेब निकाला। मैं अखबार पढ़ता रहा और उसके दाँतों के बीच सेब की कुतरन सुनता रहा।

अचानक उसकी नजर मेरी चिट्ठियों पर पड़ी, जो बेंच पर रखी थीं। उसके

हिलते हुए जबड़े रुक गए।

''ये आपकी हैं?''

''हाँ।'' मैंने उसकी ओर देखा।

''और यह?''

उसने लिफाफे पर लगे टिकट की ओर उँगली उठाई। टिकट पर हाथी की तसवीर थी; जिसकी सूँड़ ऊपर हवा में उठी थी। वह अपने दाँतों के बीच हँसता सा दिखाई दे रहा था।

''तुम कभी जू गई हो?'' मैंने पूछा।

''एक बार पापा के साथ गई थी। उन्होंने मुझे एक पेनी दी थी और हाथी ने अपनी सूँड़ से उस पेनी को मेरे हाथ से उठाया था।''

''तुम डरी नहीं?''

''नहीं, क्यों?'' उसने सेब कुतरते हुए मेरी ओर देखा।

''पापा तुम्हारे साथ यहाँ नहीं आते?''

''एक बार आए थे। तीन बार पकड़े गए।''

वह धीमे से हँसी—जैसे मैं वहाँ न हूँ, जैसे कोई अकेले में हँसता है, जहाँ एक स्मृति पचास तहें खोलती है।

अस्पताल की घड़ी का गजर सुनाई दिया तो हम दोनों चौंक गए। लड़की ने बेंच से बस्ता उठाया और उन पेड़ों के पास गई, जो चुप खड़े थे। बच्ची हर पेड़ के पास जाती थी, छूती थी, कुछ कहती थी, जिसे सिर्फ पेड़ सुन पाते थे, आखिर में वह मेरे पास आई और मुझसे हाथ मिलाया, जैसे मैं भी उन पेड़ों में से एक हूँ।

उसकी निगाहें पीछे मुड़ गईं। मैंने देखा, कौन है। वह महिला दिखाई दीं। वही नर्सों वाली सफेद पोशाक हरी घास पर चमक रही थी। बच्ची उन्हें देखते ही भागने लगी। मैंने ध्यान से देखा—यह वह महिला थीं, जिन्हें मैं लाइब्रेरी की खिड़की से देखता था। छोटा कद, कंधे पर थैला और बच्ची जैसे ही काले घुँघराले बाल। वे मुझसे काफी दूर थे, लेकिन उनकी आवाज सुनाई दे जाती थी—अलग-अलग शब्द नहीं, सिर्फ दो स्वरों की एक आहट। वे घास पर बैठ गई थीं। बच्ची मुझे भूल गई थी।

मैंने जूते पहने। अखबार और चिट्ठियाँ जेब में रख लीं। अभी समय काफी है, मैंने सोचा। एक-दो घंटे लाइब्रेरी में बिता सकता हूँ। पार्क के जादू से अलग अपने अकेले कोने में।

मैं बीच पार्क में चला आया। पेड़ों की फुनगियों पर आग सुलगने लगी थी। समूचा पार्क सोने में गल रहा था। बीच में पत्तों का दरिया था। हवा में हिलता हुआ।

कौन? कौन है? कोई मुझे बुला रहा था। किंतु मैं चलता गया, रुका नहीं। कभी-कभी आदमी खुद अपने को बुलाने लगता है, बाहर से भीतर और भीतर कुछ भी नहीं होता, लेकिन यह बुलावा और दिनों की तरह नहीं था। यह रुका नहीं, इसलिए अंत में मुझे ही रुकना पड़ा। इस बार कोई शक नहीं हुआ। सचमुच कोई चीख रहा था—"स्टॉप, स्टॉप…!" मैंने पीछे मुड़कर देखा, लड़की खड़ी होकर दोनों हाथ हवा में हिला रही थी।

सच! मैं फिर पकड़ा गया था—दोबारा से बेवकूफों की तरह मैं उसकी जमीन पर चला आया था, चार पेड़ों से घिरा हुआ। इस बार माँ और बेटी दोनों हँस रही थीं।

वे झूठी गर्मियों के दिन थे। ये दिन ज्यादा देर तक नहीं टिकेंगे, इसे सब जानते थे। लाइब्रेरी उजाड़ रहने लगी। मेरे पड़ोसी, बूढ़े पेंशनयाफ्ता लोग, अब बाहर धूप में बैठने लगे। आकाश इतना नीला दिखाई देता कि लंदन की धुंध भी उसे मैला न कर पाती। उसके नीचे पार्क एक हरे टापू-सा लेटा रहता था।

ग्रेता (यह उसका नाम था) हमेशा वहाँ दिखाई देती थी। कभी दिखाई न देती, तो भी बेंच पर उसका बस्ता देखकर पता चल जाता कि वह यहीं कहीं है, किसी कोने में दुबकी है। मैं बचता हुआ आता, पेड़ों से, झाड़ियों से, घास के फूलों से। हर रोज वह कहीं-न-कहीं, एक अदृश्य भयानक फंदा छोड़ जाती और जब पूरी सतर्कता के बावजूद मेरा पाँव उसमें फँस जाता, तो वह बदहवास चीखती हुई मेरे सामने आ खड़ी होती। मैं पकड़ लिया जाता। छोड़ दिया जाता। फिर पकड़ लिया जाता…

यह खेल नहीं था। वह एक पूरी दुनिया थी। उस दुनिया से मेरा कोई वास्ता नहीं था; हालाँकि मैं कभी-कभी उसमें बुला लिया जाता था। ड्रामे में एक ऐक्स्ट्रा की तरह। मुझे हमेशा तैयार रहना पड़ता था, क्योंकि वह मुझे किसी भी समय बुला सकती थी। एक दोपहर हम दोनों बेंच पर बैठे थे, अचानक वह उठ खड़ी हुई।

"हलो मिसेज टामस…" उसने मुस्कराते हुए कहा, "आज आप बहुत दिन बाद दिखाई दीं, यह मेरे इंडियन दोस्त हैं, इनसे मिलिए।"

मैं अवाक् उसे देखता रहा। वहाँ कोई न था।

"आप बैठे हैं? इनसे हाथ मिलाइए।" उसने मुझे कुछ झिड़कते हुए कहा।

मैं खड़ा हो गया, खाली हवा से हाथ मिलाया। ग्रेता खिसककर मेरे पास बैठ गई, ताकि कोने में मिसेज टामस बैठ सकें।

"आप बाजार जा रही थीं?" उसने खाली जगह को देखते हुए कहा। "मैं आपका थैला देखकर समझ गई। नहीं, माफ कीजिए, मैं आपके साथ नहीं आ सकती, मुझे बहुत काम करना है। इन्हें देखिए (उसने पेड़ों की तरफ इशारा किया), ये सुबह से भूखे हैं, मैंने अभी तक इनके लिए खाना नहीं बनाया। आप चाय पिएँगी या कॉफी? ओह! आप घर से पीकर आई हैं। क्या कहा, मैं आपके घर क्यों नहीं आती? आजकल वक्त कहाँ मिलता है! सुबह अस्पताल जाना पड़ता है। दोपहर को बच्चों के साथ, आप तो जानती हैं। मैं इतवार को आऊँगी। आप जा रही हैं!"

उसने खड़े होकर दोबारा हाथ मिलाया। मिसेज टामस शायद जल्दी में थीं। विदा लेते समय उन्होंने मुझे देखा नहीं। बदले में मैं बेंच पर ही बैठा रहा।

कुछ देर तक हम चुपचाप बैठे रहे। फिर सहसा वह चौंक पड़ी।

"आप कुछ सुन रहे हैं?" उसने मेरी कुहनी को झिंझोड़ा।

"कुछ भी नहीं।" मैंने कहा।

"फोन की घंटी कितनी देर से बज रही है। जरा देखिए, कौन है?"

मैं उठकर बेंच के पीछे गया, नीचे घास से एक टूटी टहनी उठाई और जोर से कहा, "हलो!"

"कौन है?" उसने कुछ अधीरता से पूछा।

"मिसेज टामस।" मैंने कहा।

"ओह, फिर मिसेज टामस!" उसने एक थकी सी जम्हाई ली, धीमे कदमों से पास आई, मेरे हाथ से टहनी खींचकर कहा, "हलो, मिसेज टामस, आप बाजार से लौट आईं? क्या-क्या लाईं? मीट-बॉल्स, फिश-फिंगर्स और आलू के चिप्स?" उसकी आँखें आश्चर्य से फैलती जा रही थीं। वह शायद चुन-चुनकर उन सब चीजों का नाम ले रही थी, जो उसे सबसे अधिक अच्छी लगती थीं।

फिर वह चुप हो गई, जैसे मिसेज टामस ने कोई अप्रत्याशित प्रस्ताव उसके सामने रखा हो। "ठीक है, मिसेज टामस, मैं अभी आती हूँ—नहीं, मुझे देर नहीं लगेगी। मैं अभी बस-स्टेशन की तरफ जा रही हूँ, गुड बाई, मिसेज टामस!"

उसने चमकती आँखों से मेरी ओर देखा।

"मिसेज टामस ने मुझे डिनर पर बुलाया है। आप क्या करेंगे?"

"मैं सोऊँगा।"

"पहले इन्हें कुछ खिला देना, नहीं तो ये रोएँगे।" उसने पेड़ों की ओर इशारा किया, जो ठहरी हवा में निस्पंद खड़े थे।

वह तैयार होने लगी। अपने बिखरे बालों को सँवारा, पाउडर लगाने का बहाना किया, हथेली का शीशा बनाकर उसमें झाँका—धूप और पेड़ों की छाया के बीच वह सुंदर जान पड़ रही थी।

जाते समय उसने मेरी तरफ हाथ हिलाया। मैं उसे देखता रहा, जब तक वह पेड़ों और झाड़ियों के घने झुरमुट में गायब नहीं हो गई।

ऐसा हर रोज होने लगा। वह मिसेज टामस से मिलने चली जाती और मैं बेंच पर लेटा रहता। मुझे अकेला नहीं लगता था। पार्क की अजीब, अदृश्य आवाजें मुझे हरदम घेरे रहतीं। मैं एक दुनिया से निकलकर दूसरी दुनिया में चला आता। वह पार्क के सुदूर कोनों में भटकती फिरती। मैं लाइब्रेरी की किताबों का सिरहाना बनाकर बेंच पर लेट जाता। लंदन के बादलों को देखता, वे घूमते रहते और जब कभी कोई सफेद टुकड़ा सूरज पर अटक जाता, तब पार्क में अँधेरा सा घिर जाता।

ऐसे ही एक दिन जब मैं बेंच पर लेटा था, मुझे अपने नजदीक एक अजीब सी खड़खड़ाहट सुनाई दी। मुझे लगा, मैं सपने में मिसेज टामस को देख रहा हूँ। वे मेरे पास, बिल्कुल पास आकर खड़ी हो गई हैं, मुझे बुला रही हैं।

मैं हड़बड़ाकर उठ बैठा।

सामने बच्ची की माँ खड़ी थीं। उन्होंने ग्रेता का हाथ पकड़ रखा था और कुछ असमंजस में मुझे निहार रही थीं।

"माफ कीजिए…" उन्होंने सकुचाते हुए कहा, "आप सो तो नहीं रहे थे?"

मैं कपड़े झाड़ता हुआ उठ खड़ा हुआ।

"आज आप जल्दी आ गईं?" मैंने कहा। उनकी सफेद पोशाक, काली बेल्ट और बालों पर बँधे स्कार्फ को देखकर मेरी आँखें चुँधिया सी गईं। लगता था, वे अस्पताल से सीधी यहाँ चली आ रही थीं।

"हाँ, मैं जल्दी आ गई," वे मुस्कराने लगीं, "शनिवार को काम ज्यादा नहीं रहता, मैं दोपहर को ही आ जाती हूँ।"

वे वेस्ट इंडीज के चौड़े उच्चारण के साथ बोल रही थीं, जिसमें हर शब्द का अंतिम हिस्सा गुब्बारे सा उड़ता दिखाई देता था।

"मैं आपसे कहने आई थी, आज आप हमारे साथ चाय पीने चलिएगा? हम लोग पास में ही रहते हैं।"

उनके स्वर में कोई संकोच या दिखावा नहीं था, जैसे वे मुझे मुद्दत से जानती हों।

मैं तैयार हो गया। मैं अरसे से किसी के घर नहीं गया था। अपने बेड-सिटर से लाइब्रेरी और पार्क तक परिक्रमा लगाता था। मैं लगभग भूल गया था कि उसके परे एक और दुनिया है, जहाँ ग्रेता रहती होगी, खाती होगी, सोती होगी।

वह आगे-आगे चल रही थीं। कभी-कभी पीछे मुड़कर देख लेती थीं कि कहीं हम बहुत दूर तो नहीं छूट गए। उसे शायद कुछ अनोखा सा लग रहा था कि मैं उसके घर आ रहा हूँ। अजीब मुझे भी लग रहा था—उसके घर आना नहीं, बल्कि उसकी माँ के साथ चलना। वे उम्र में काफी छोटी जान पड़ती थीं, शायद अपने कद के कारण। मेरे साथ चलते हुए वे कुछ इतनी छोटी दिखाई दे रही थीं कि भ्रम होता था कि मैं किसी दूसरी ग्रेता के साथ चल रहा हूँ।

रास्ते भर वे चुप रहीं। सिर्फ जब उनका घर सामने आया, तो वे ठिठक गईं।

"आप भी तो कहीं पास रहते हैं?" उन्होंने पूछा।

"ब्राइड स्ट्रीट में," मैंने कहा, "ट्यूब स्टेशन के बिल्कुल सामने।"

"आप शायद हाल में ही आए हैं?" उन्होंने मुस्कराते हुए कहा, "इस इलाके में बहुत कम इंडियन रहते हैं।"

वे नीचे उतरने लगीं। उनका घर बेसमेंट में था और हमें सीढ़ियाँ उतरकर नीचे जाना पड़ा था। बच्ची दरवाजा खोलकर खड़ी थी। कमरे में दिन के समय भी अँधेरा था। बत्ती जलाई, तो तीन-चार कुरसियाँ दिखाई दीं। बीच में एक मेज थी। जरूरत से ज्यादा लंबी और नंगी—जैसे उस पर पिंग-पांग खेली जाती हो। दीवार से सटा सोफा था, जिसके सिरहाने एक रजाई लिपटी रखी थी। लगता था, वह कमरा बहुत से कामों के काम आता था, जिसमें खाना, सोना और मौका पड़ने पर अतिथि-सत्कार भी शामिल था।

"आप बैठिए, मैं अभी चाय बनाकर लाती हूँ।"

वे परदा उठाकर भीतर चली गईं। मैं और ग्रेता कमरे में अकेले बैठे रहे। हम दोनों पार्क के पतझड़ी उजाले में एक-दूसरे को पहचानने लगे थे। पर कमरे के भीतर न कोई मौसम था, न कोई माया। वह अचानक एक बहुत कम उम्र वाली बच्ची बन गई थी, जिसका जादू और आतंक दोनों झर गए थे।

"तुम यहाँ सोती हो?" मैंने सोफे की ओर देखा।

"नहीं, यहाँ नहीं," उसने सिर हिलाया, "मेरा कमरा भीतर है—आप देखेंगे?"

किचन से आगे एक कोठरी थी, जो शायद बहुत पहले गोदाम रहा होगा। वहाँ एक नीली चिक लटक रही थी। उसने चिक उठाई और दबे कदमों से भीतर चली आई।

"धीरे से आइए—वह सो रहा है।"

"कौन?"

"हिश!" उसने अपना हाथ मुँह पर रख दिया।

मैंने सोचा, कोई भीतर है। पर भीतर बिल्कुल सूना था। कमरे की हरी दीवारें थीं, जिन पर जानवरों की तसवीरें चिपकी थीं। कोने में उसकी खाट थी, जो खटोला सी दिखाई देती थी। तकिए पर थिगलियों में लिपटा एक भालू लेटा था, गुदड़ी के लाल जैसा।

"वह सो रहा है।" उसने फुसफुसाते हुए कहा।

"और तुम?" मैंने कहा, "तुम यहाँ नहीं सोतीं?"

"यहीं सोती हूँ जब पापा यहाँ थे, तो वे दूसरे पलंग पर सोते थे। माँ ने अब उस पलंग को बाहर रखवा दिया है।"

"कहाँ रहते हैं वे?" इस बार मेरा स्वर भी धीमा हो गया, भालू के डर से नहीं, अपने उस डर से, जो कई दिनों से मेरे भीतर पल रहा था।

"अपने घर रहते हैं—और कहाँ!"

उसने तनिक विस्मय से मुझे देखा। उसे लगा, मैं पूरी तरह आश्वस्त नहीं हुआ हूँ। वह अपनी मेज के पास गई, जहाँ उसकी स्कूल की किताबें रखी थीं। दराज खोला और उसके भीतर से चिट्ठियों का पुलिंदा बाहर निकाला। पुलिंदे पर रेशम का लाल फीता बँधा था, मानो वह क्रिसमस का कोई उपहार हो। वह उन्हें उठाकर मेरे पास ले आई—सबसे ऊपर वाले लिफाफे पर लगा टिकट दिखाया।

"वे यहाँ रहते हैं।" उसने कहा।

मुझे याद आया, वह मेरी नकल कर रही है—बहुत पहले पार्क में मैंने उसे अपने देश की चिट्ठी दिखाई थी।

बैठक में उसकी माँ हमें बुला रही थीं। आवाज सुनते ही वह कमरे से बाहर चली गई।

मैं एक क्षण वहीं ठिठका रहा। खटोले पर भालू सो रहा था। दीवारों पर जानवरों की आँखें मुझे घूर रही थीं। बिस्तर के पास ही एक छोटी सी बेसिनी थी, जिस पर उसका टूथ-ब्रश, साबुन और कंघा रखे थे।

बिल्कुल मेरे बेड-सिटर की तरह—मैंने सोचा किंतु मुझसे बहुत अलग। मैं अपना कमरा छोड़कर कहीं भी जा सकता था, उसका कमरा अपनी चीजों में शाश्वत सा जान पड़ता था।

मेज पर चिट्ठियों का पुलिंदा पड़ा था, रेशमी डोर में बँधा हुआ, जिसे जल्दी में वह अकेला छोड़ गई थी।

"कमरा देख लिया आपने?" उन्होंने मुस्कराते हुए कहा।

"यहाँ जो भी आता है, सबसे पहले उसे अपना कमरा दिखाती है," वे कपड़े बदलकर आई थीं। लाल छींट की स्कर्ट और खुला-खुला भूरे रंग का कार्डीगन। कमरे में सस्ती सेंट की गंध फैली थी।

"आप चाय नहीं—दावत दे रही हैं।"

मैंने मेज पर रखे सामान को देखकर कहा। टोस्ट, जैम, मक्खन, चीज—पता नहीं, इतनी सारी चीजें मैंने पहले कब देखी थीं।

"अस्पताल की कैंटीन से ले आती हूँ, वहाँ सस्ते में मिल जाता है।"

वे परेशान लगती थीं। हँसती थीं, लेकिन परेशानी अपनी जगह कायम रहती थी। पता नहीं, बच्ची कहाँ थी? वे उसे चीखते हुए बुला रही थीं और चाय ठंडी हो रही थी।

वे सिर पकड़कर बैठी रहीं। फिर याद आया, मैं भी हूँ। "आप शुरू कीजिए, वह बाग में बैठी होगी।"

"आपका अपना बाग है?" मैंने पूछा।

"बहुत छोटा सा, किचेन के पीछे। जब हम यहाँ आए थे, उजाड़ पड़ा था। मेरे पति ने उसे साफ किया। अब तो थोड़ी-बहुत सब्जी भी निकल आती है।"

"आपके पति यहाँ नहीं रहते?"

"उन्हें यहाँ काम नहीं मिला, दिन भर पार्क में घूमते रहते थे। वही आदत ग्रेता को पड़ी है।"

उनके स्वर में हल्की सी थकान थी। खीज से खाली, लेकिन ऐसी थकान, जो पीली धूल सी हर चीज पर बैठ जाती है।

"पार्क में तो मैं भी घूमता हूँ।" मैंने उन्हें हल्का करना चाहा। वे हो भी गईं। हँसने लगीं।

"आपकी बात अलग है," उन्होंने डूबे स्वर में कहा, "आप अकेले हैं। लेकिन लंदन में अगर परिवार साथ हो, तो बिना नौकरी के नहीं रहा जा सकता।"

वे मेज की चीजें साफ करने लगीं। बरतनों को जमा करके मैं किचेन में ले

गया। सिंक के आगे खिड़की थी, जहाँ से उनका बाग दिखाई देता था। बीच में एक वीपिंग-विलो खड़ा था, जिसकी शाखाएँ एक उलटी छतरी की सलाखों की तरह झूल रही थीं।

पीछे मुड़ा तो वे दिखाई दीं। दरवाजे पर तौलिया लेकर खड़ी थीं।

"क्या देख रहे हैं?"

"आपके बाग को⋯यह तो कोई बहुत छोटा नहीं है।"

"है नहीं, पर इस पेड़ ने सारी जगह घेर रखी है। मैं इसे कटवाना चाहती थी, लेकिन वह अपनी जिद पर अड़ गई—जिस दिन पेड़ कटना था, वह रात भर रोती रही।"

वे चुप हो गईं—जैसे उस रात को याद करना अपने में एक नया रोना हो।

"क्या कहती थी?"

"कहती क्या थी—अपनी जिद पर अड़ी थी। बहुत पहले कभी इसके पापा ने कहा होगा कि पेड़ के नीचे समर-हाउस बनाएँगे—अब आप बताइए, यहाँ खुद रहने की जगह है नहीं, बाग में गुड़ियों का समर-हाउस बनेगा?"

"समर-हाउस?"

"हाँ, समर-हाउस—जहाँ ग्रेता अपने भालू के साथ रहेगी।"

वे हँसने लगीं—एक उदास सी हँसी, जो एक खाली जगह से उठकर दूसरी खाली जगह पर खत्म हो जाती है और बीच की जगह को भी खाली छोड़ जाती है।

मेरे जाने का समय हो गया था—लेकिन ग्रेता कहीं दिखाई नहीं दी। हम सीढ़ियों चढ़कर ऊपर चले आए। लंदन की मैली धूप पड़ोस की चिमनियों पर रेंग रही थी।

जब विदा लेने के लिए मैंने हाथ आगे बढ़ाया, तो उन्होंने कुछ सकुचाते हुए कहा, "आप कल खाली हैं?"

"कहिए, मैं तकरीबन हर रोज खाली रहता हूँ।"

"कल इतवार है⋯" उन्होंने कहा, "ग्रेता की छुट्टी है, पर मेरी अस्पताल में ड्यूटी है। क्या मैं उसे आपके पास छोड़ सकती हूँ?"

"कितने बजे आना होगा?"

"नहीं, आप आने की तकलीफ न करें, अस्पताल जाते हुए मैं इसे लाइब्रेरी के सामने छोड़ दूँगी, शाम को लौटते हुए ले लूँगी।"

मैंने हामी भरी और सड़क पर चला आया। कुछ दूर चलकर जेब से पैसे

निकाले और उन्हें गिनने लगा। आज खाने के पैसे बच जाएँगे, यह सोचकर खुशी हुई। मैंने बची हुई रेजगारी को मुट्ठी में दबाया और घर की तरफ चलने लगा।

मैं लाइब्रेरी के दरवाजे पर खड़ा था।

उन्हें देर हो गई थी—शायद सर्दी के कारण। धूप कहीं न थी। लंदन की इमारतों पर अवसन्न सा आलोक फैला था—पीला और जर्द, जिसमें वे और भी दरिद्र और दुखी दिखाई देती थीं।

मुझे उनकी सफेद पोशाक दिखाई दी। दोनों पार्क से गुजरते हुए आ रही थीं, आगे-आगे वे और पीछे भागती हुई ग्रेता। जब उन्होंने मुझे देख लिया तो हवा में हाथ हिलाया, बच्ची को जल्दी से चूमा और तेज कदमों से अस्पताल की तरफ मुड़ गईं।

किंतु बच्ची को कोई जल्दी न थी, वह धीमे कदमों से मेरे पास आई। सर्दी में नाक लाल-सुर्ख हो गई थी। उसने पूरी बाँहों वाला ब्राउन स्वेटर पहन रखा था, सिर पर वही पुरानी कैप थी, जिसे मैं पार्क में देखा करता था।

वह निढाल सी खड़ी थी।

"चलोगी?" मैंने उसका हाथ पकड़ा।

उसने चुपचाप सिर हिला दिया, मुझे हल्की सी निराशा हुई। मैंने सोचा था, वह पूछेगी, कहाँ और तब मैं उसे आश्चर्य में डाल दूँगा, पर उसने पूछा कुछ भी नहीं और हम सड़क पार करने लगे।

जब हम पार्क को छोड़कर आगे बढ़े तो एक बार उसने प्रश्न भरी निगाहों से मेरी ओर देखा—जैसे वह अपने किसी सुरक्षित घेरे से बाहर जा रही हो, पर मैं चुप रहा और उसने कुछ पूछा नहीं। तब मुझे पहली बार लगा कि जब बच्चे माँ-बाप के साथ नहीं होते तो सब प्रश्नों की पुड़िया बनाकर किसी अँधेरे गड्ढे में फेंक देते हैं।

ट्यूब में बैठकर वह कुछ निश्चित नजर आई। उसने मेरा हाथ छोड़ दिया और खिड़की के बाहर देखने लगी।

"क्या अभी से रात हो गई?" उसने पूछा।

"रात कैसी?"

"देखो—बाहर कितना अँधेरा है!"

"हम जमीन के नीचे हैं।" मैंने कहा।

वह कुछ सोचने लगी, फिर धीरे से कहा, "नीचे रात है, ऊपर दिन।"

हम दोनों हँसने लगे। मैंने पहले कभी ऐसा नहीं सोचा था।

धीरे-धीरे रोशनी नजर आने लगी। ऊपर आकाश का एक टुकड़ा दिखाई दिया—और फिर अथाह सफेदी में डूबा दिन सुरंग से बाहर निकल आया।

ट्यूब स्टेशन की सीढ़ियाँ चढ़ते हुए वह रुक गई। मैंने आश्चर्य से उसकी ओर देखा।

''रुक क्यों गई?''

''मुझे बाथरूम जाना है।''

मुझे दहशत हुई, टॉयलेट नीचे था और वह इस तरह अपने को रोके बहुत दूर तक नहीं जा सकती थी। मैंने उसे गोद में उठा लिया और उलटे पाँव सीढ़ियों पर भागने लगा। गलियारे के दूसरे सिरे पर टॉयलेट दिखाई दिया—पुरुषों के लिए। मैं जल्दी से भीतर ले गया। दरवाजा बंद करके बाहर आया, तो लगा जैसे वह नहीं, मैं मुक्त हो रहा हूँ।

वह बाहर आई तो परेशान सी नजर आई। ''अब क्या बात है?''

''चेन बहुत ऊँची है।'' उसने कहा।

''तुम ठहरो, मैं खींच आता हूँ।''

उसने मेरा कोट पकड़ लिया, वह ख़ुद खींचना चाहती थी। उसके साथ मैं भीतर गया, उसे दुबारा गोद में उठाया और तब तक उठाता गया, जब तक उसका हाथ चेन तक नहीं पहुँच गया। हम दोनों विस्मय से टॉयलेट में पानी को बहता देखते रहे, जैसे यह चमत्कार जिंदगी में पहली बार देख रहे हों।

हम दोबारा सीढ़ियाँ चढ़ने लगे। ऊपर आए तो उसने कसकर मेरा हाथ भींच लिया। ट्रिफाल्गर स्कैयर आगे था, चारों तरफ भीड़, उजाला, शोर। मैं उसे आश्चर्य में डालना चाहता था, किंतु वह डर गई थी। वह इतना डर गई थी कि मेरी इच्छा हुई कि मैं उसे दोबारा नीचे ले जाऊँ—ट्यूब-स्टेशन में, जहाँ जमीन का अपना सुरक्षित अँधेरा था।

लेकिन जल्दी ही वह डर बह गया और कुछ देर बाद उसने मेरा हाथ छोड़ दिया। वह स्कैयर के अनोखे उजाले में खो गई थी। वह उन शेरों के नीचे चली आई थी, जो काले पत्थरों पर अपने पंजे खोलकर भीड़ को निहार रहे थे। बहुत से बच्चे कबूतरों को दाना डाल रहे थे।

पंखों की छाया एक बादल सा दिखाई देती थी, जो हवा में कभी इधर जाती थी, कभी उधर; सिर के ऊपर से निकल जाती थी और कानों में सिर्फ एक गरम, सनसनाती फडफड़ाहट बाकी रह जाती थी।

वह सुन रही थी, वह मुझे भूल गई थी।

मैं उसकी आँख बचाकर स्कैयर के बीच चला आया। वहाँ एक लाल लकड़ी का कैबिन था, जहाँ दाने बिकते थे, एक कप दाने के दाम चार पेंस। मैंने एक कप खरीदा और भीड़ में उसे ढूँढ़ने लगा।

बच्चे बहुत थे—कबूतरों से घिरे हुए, किंतु वह जहाँ थी, वहाँ खड़ी थी। अपनी जगह से एक इंच भी न हिली थी। मैं उसके पीछे गया और दानों का कप उसके आगे कर दिया।

वह मुड़ी और हकबकाकर मेरी ओर देखा। बच्चे कृतज्ञ नहीं होते, सिर्फ अपना लेते हैं। एक तीसरी आँख खुल जाती है, जो सब चुप्पियों को पाट देती है। उसने कप को लगभग मेरे हाथों से खींचते हुए कहा, ''क्या वे आएँगे?''

''जरूर आएँगे···पहले तुम्हें एक-एक दाना डालना होगा—उन्हें पास बुलाने के लिए, फिर···''

उसने मेरी बात नहीं सुनी, वह उस तरफ भागती गई, जहाँ इक्के-दुक्के कबूतर भटक रहे थे। शुरू-शुरू में उसने डरते हुए हथेली आगे बढ़ाई। कबूतर उसके पास आते हुए झिझक रहे थे, जैसे उसके डर ने उन्हें भी छू लिया हो। किंतु ज्यादा देर वे अपना लालच नहीं रोक सके। नखरे छोड़कर पास आए—इधर-उधर देखने का बहाना किया और फिर खटाखट उसकी हथेली से दाने चुगने लगे। वह अब अपनी फ्राक फैलाकर बैठ गई थी। एक हाथ में दोना दूसरे हाथ में दाने। मैं अब उसे देख भी नहीं सकता था। पंखों की सलेटी, फड़फड़ाती छत ने उसे अपने में ढँक लिया था।

मैं बेंच पर बैठ गया। फव्वारों को देखने लगा, जिनके छींटे उड़ते हुए घुटनों तक आ जाते थे। बादल इतने नीचे झुक आए थे कि नेल्सन का सिर सिर्फ एक काले धब्बे सा दिखाई देता था।

दिन बीत रहा था।

कुछ ही देर में मैंने देखा, वह सामने खड़ी है।

''मैं एक कप और लूँगी।'' उसने कहा।

''अब नहीं···'' मैंने कुछ हिचकिचाते हुए कहा, ''काफी देर हो गई है। अब चाय पिएँगे और तुम आइसक्रीम लोगी।''

उसने सिर हिलाया।

''मैं एक कप और लूँगी।''

उस स्वर में जिद नहीं थी। कुछ क्षण पहले जो पहचान आई थी, वह मानो मुझसे नहीं, उससे आग्रह कर रही हो।

मैंने उसके हाथ से खाली कप लिया और दुकान की तरफ बढ़ गया। पीछे मुड़कर देखा, वह मुझे देख रही थी। मैं दुकान के पीछे मुड़ गया, वहाँ भीड़ थी और उसकी आँखें मुझ तक नहीं पहुँच सकती थीं। कोने में सिमटकर मैंने जेब से पैसे निकाले। चाय और आइसक्रीम के पैसे एक तरफ किए, ट्यूब के किराए के पैसे दूसरी तरफ, बाकी सिर्फ दो पेंस बचे थे। मैंने चाय के कुछ पेंस उसमें मिलाए और दुकान के आगे लगी क्यू में शामिल हो गया।

इस बार जब मैंने उसे कप दिया, तो उसने मुझे देखा ही नहीं। वह तुरंत भागती हुई उस जगह चली गई, जहाँ सबसे ज्यादा कबूतर इकट्ठा थे। अब उसका हौसला बढ़ गया था, और कबूतर भी उसे पहचानने लगे थे। वे आसपास उड़ते हुए कभी उसके हाथों, उसके कंधों, उसके सिर पर बैठ जाते थे। वह हँसती जा रही थी, पीला चेहरा एक ज्वरग्रस्त खिंचाव में विकृत सा हो गया था और हाथ—वे हाथ जो मुझे हमेशा इतने निरीह जान पड़ते थे, अब एक अजीब बेचैनी में कभी खुलते थे, कभी बंद होते थे, जैसे वे किसी भी क्षण कबूतरों की फड़फड़ाती मांसल धड़कनों को दबोच लेंगे। उसे पता भी न चला, कब दानों की कटोरी खाली हो गई। वह कुछ देर तक हवा में हथेली खोले बैठी रही। सहसा उसे आभास हुआ, कबूतर उसे छोड़कर दूसरे बच्चों के आसपास मँडराने लगे हैं। वह खड़ी हो गई और बिना कहीं देखे चुपचाप मेरे पास चली आई।

वह एकटक मुझे देख रही थी। मुझे शक हुआ, वह मुझ पर शक कर रही है। मैं बेंच से उठ खड़ा हुआ।

''अब चलेंगे।'' मैंने कहा।

''मैं एक कप और लूँगी।''

''अब और नहीं, तुम दो ले चुकी हो।''

मैंने गुस्से में कहा, ''तुम्हें मालूम है, हमारे पास कितने पैसे बचे हैं?''

''सिर्फ एक और, उसके बाद हम लौट जाएँगे।''

लोग हमें देखने लगे थे। मैं बहस कर रहा था—दानों की एक कटोरी के लिए। मैंने उसे उठाकर बेंच पर बिठा दिया, ''ग्रेता, तुम बहुत जिद्दी हो, अब तुम्हें कुछ नहीं मिलेगा।''

उसने ठंडी आँखों से मुझे देखा।

''आप बुरे आदमी हैं। मैं आपके साथ कभी नहीं खेलूँगी।'' मुझे लगा, जैसे उसने मेरी तुलना किसी अदृश्य व्यक्ति से की हो। मैं खाली सा बैठा रहा, कभी-कभी ऐसा होता है कि अपने लिए कोई उम्मीद नहीं रहती। सिर्फ घोर हैरानी होने

लगती है, अपने होने पर, अपने होने पर ही हैरानी होने लगती है। फिर मुझे वह आवाज सुनाई दी, जो आज भी अकेले में सुनाई दे जाती है। और मैं मुँह मोड़ लेता हूँ।

वह रो रही थी, हाथ में दानों का खाली कप था। और उसकी कैप खिसककर माथे पर चली आई थी। वह चुप्पी का रोना था। अलग-अलग साँसों के बीच बिंधा हुआ। मुझसे वह नहीं सहा गया। मैंने उसके हाथ से कप लिया और लाइन में जाकर खड़ा हो गया। इस बार पैसों को गिनना भी याद नहीं आया। मैं सिर्फ उसका रोना सुन रहा था; हालाँकि वह मुझसे बहुत दूर थी और बीच में कबूतरों की फड़फड़ाहट और बच्चों की चीखों के कारण कुछ भी सुनाई नहीं देता था, पर इन सबके परे मेरे भीतर का सन्नाटा था, जिसके बीच उसकी रुँधी साँसें थीं और उन्हें मैं अंतहीन दूरी से सुन सकता था।

किंतु इस बार पहले जैसा नहीं हुआ, बहुत देर तक कोई कबूतर उसके पास नहीं आया। उसकी अपनी घबराहट के कारण या घिरते अँधेरे के कारण—वे पास तक आते थे, लेकिन उसकी खुली हथेली की अवहेलना करके दूसरे बच्चों के पास चले जाते थे। हताश होकर उसने दानों की कटोरी जमीन पर रख दी और स्वयं मेरे पास बेंच पर आकर बैठ गई।

उसके जाते ही कबूतरों का जमघट कटोरी के इर्द-गिर्द जमा होने लगा। कुछ देर बाद हमने देखा, दानों की कटोरी औंधी पड़ी है और उसमें एक भी दाना नहीं है।

"अब चलोगी?" मैंने कहा।

वह तुरंत बेंच से उठ खड़ी हुई, जैसे वह इतनी देर से सिर्फ इसकी ही प्रतीक्षा कर रही हो। उसकी आँखें चमक रही थीं—एक भीगी हुई चमक, जो आँसुओं के बाद चली आती है।

उन दिनों ट्रिफाल्गर स्कैयर के सामने लायंस का रेस्तराँ होता था। गंदा और सस्ता दोनों ही। सड़क पार करके हम वहीं चले आए।

इस बीच मैंने जेब में हाथ डालकर पैसों को गिन लिया था—मैंने उसके लिए दो टोस्ट मँगवाए, अपने लिए चाय। आइसक्रीम को भुला देना ही बेहतर था।

वह पहली बार किसी रेस्तराँ में आई थी। गहरी उत्सुकता से चारों तरफ देख रही थी। मुझे लगा, कुछ देर पहले का संताप घुलने लगा है। हम करीब-करीब दोबारा एक-दूसरे के करीब आ गए थे। लेकिन पहले जैसे नहीं—कबूतरों की छाया अब हम दोनों के बीच फड़फड़ा रही थी।

"मैं क्या बहुत बुरा आदमी हूँ?" मैंने पूछा।

उसने आँखें उठाईं, एक क्षण मुझे देखती रही, फिर बहुत अधीर स्वर में कहा, "मैंने आपको नहीं कहा था।"

"मुझे नहीं कहा था?" मैंने आश्चर्य से उसकी ओर देखा, "फिर किसको कहा?"

"मिस्टर टामस को—वे बुरे आदमी हैं। एक दिन जब मैं उनके घर गई, वे डाँट रहे थे और मिसेज टामस बेचारी रो रही थीं।"

"ओह!" मैंने कहा।

"आप समझे—मैंने आपको कहा था?"

वह हँसने लगी, जैसे मैंने सचमुच बड़ी मूर्खता की भूल की है और उसकी हँसी देखकर, न जाने क्यों, मेरा दिल बैठने लगा।

हम यहाँ फिर कभी आएँगे?" उसने कहा।

"गर्मियों में," मैंने कहा, "गर्मियों में टेम्स पर चलेंगे। वह यहाँ से बहुत पास है।"

"क्या वहाँ कबूतर होंगे?" उसने पूछा।

मुझे बुरा लगा, जैसे कोई लड़की अपने प्रेमी की चर्चा बार-बार छेड़ दे। किंतु मैं उसे दोबारा निराश नहीं करना चाहता था। गर्मियाँ काफी दूर थीं, बीच में पतझड़ और बर्फ के दिन आएँगे—तब तक मेरा झूठ भी पिघल जाएगा, मैंने सोचा।

हम बाहर आए, तो पीला सा अँधेरा घिर आया था, हालाँकि दोपहर अभी बाकी थी। उसने खोई हुई आँखों से स्कैयर की तरफ देखा, जहाँ कबूतर अब भी उड़ रहे थे। मेरी जेब में अब उतने ही पैसे थे, जिनसे ट्यूब का किराया दिया जा सके। इस बार उसने कोई आग्रह नहीं किया। मुझे लगता है, बच्चे एक सीमा के बाद, बड़ों की गरीबी न सही, मजबूरी सूँघ लेते हैं।

मैंने सोचा था, ट्रेन में बैठेंगे, तो मैं उससे समर-हाउस के बारे में पूछूँगा, उस विलो के बारे में भी, जो अकेला उसके बाग में खड़ा था। मैं उसे दोबारा उसकी अपनी दुनिया में लाना चाहता था—जहाँ पहली बार हम दोनों एक-दूसरे से मिले थे। पर ऐसा हुआ नहीं। सीट पर बैठते ही उसकी आँखें मुँदने लगीं। ट्रिफाल्गर स्कैयर से इसलिंग्टन तक काफी लंबा फासला था। कुछ देर बाद उसने मेरे कंधों पर अपना सिर टिका लिया और सोने लगी।

इस बीच मैंने एक-आध बार उसके चेहरे को देखा था—मुझे हैरानी हुई कि

सोते हुए वह हू-ब-हू वैसी ही लग रही है, जैसे पहली बार मैंने उसे देखा था, पार्क में पेड़ों के बीच तल्लीन और साबूत। कबूतरों के लिए जो भटकाव आया था, वह अब कहीं न था। आँसू कब के सूख चले थे। नींद में वह उतनी ही मुकम्मिल जान पड़ती थी, जितनी झाड़ियों के बीच। और तब मुझे अजीब सा विचार आया। पार्क में उसने कई बार मुझे पकड़ा था, किंतु उसके सोते हुए तल्लीन चेहरे को देखकर मुझे लगा कि वह हमेशा से पकड़ी हुई लड़की है, जबकि मेरे जैसे लोग सिर्फ कभी-कभी पकड़ में आते हैं और उसे इसका कोई पता नहीं है तथा यह एक तरह का वरदान था, क्योंकि दूसरों को हमेशा छूटने का, मुक्त होने का भ्रम रहता है, जबकि बच्ची को इस तरह की कोई आशा नहीं थी। तब पहली बार मैंने उसे छूने का साहस किया। मैं धीरे-धीरे उसके गालों को छूने लगा, जो आँसुओं के बाद गरम हो आए थे, कुछ वैसे ही, जैसे बारिश के बाद घास की पत्तियाँ हो जाती हैं।

वह जगी नहीं। ट्यूब-स्टेशन आने तक आराम से सोती रही।

उस रात बारिश हुई, सो हफ्ते भर चलती रही। झूठी गर्मियों के दिन खत्म हो गए। सारे शहर पर पीली धुंध की परतें जमी रहतीं। सड़क पर चलते हुए कुछ भी दिखाई न देता—न पेड़, न लैंप-पोस्ट, न दूसरे आदमी।

मुझे वे दिन याद हैं, क्योंकि उन्हीं दिनों मुझे काम मिला था। लंदन में वह मेरी पहली नौकरी थी। काम ज्यादा था लेकिन मुश्किल नहीं। एक पब में काउंटर के पीछे सात घंटे खड़े रहना पड़ता था। बियर और लिकर के गिलास धोने पड़ते थे। ग्यारह बजे घंटी बजानी पड़ती थी और पियक्कड़ लोगों को बाहर खदेड़ना पड़ता था। कुछ दिन तक मैं कहीं बाहर न जा सका। घर लौटता और बिस्तर पकड़ लेता, मानो पिछले महीनों की नींद कोई पुराना बदला निकाल रही हो। नींद खुलती तो बारिश दिखाई देती, जो घड़ी की टिक-टिक की तरह बराबर चलती रहती। कभी-कभी भ्रम होता कि मैं मर गया हूँ और अपनी कब्र की दूसरी तरफ से बारिश की टप-टप सुन रहा हूँ।

लेकिन एक दिन आकाश दिखाई दिया—पूरा नहीं, सिर्फ एक नीली, डूबी सी फाँक, और उसे देखकर मुझे अकस्मात् पार्क के दिन याद हो आए, यहूदी रेस्तराँ की बिल्ली और बाजार जाती हुई मिसेज टामस। वह मेरी छुट्टी का दिन था। उस दिन मैंने सबसे बढ़िया कपड़े पहने और कमरे से बाहर निकल आया।

लाइब्रेरी खुली थी, सब पुराने चेहरे वहाँ दिखाई देते थे। पार्क खाली पड़ा था। पेड़ों पर पिछले दिनों की बारिश चमक रही थी। वे सिकुड़े से दिखाई देते

थे, जैसे आनेवाली सर्दियों की अफवाहें उन्हें छू गई हों।

मैं दोपहर तक प्रतीक्षा करता रहा। ग्रेता कहीं दिखाई न दी, न बेंच पर, न पेड़ों के पीछे। धीरे-धीरे पार्क का पीला, पतझड़ी आलोक मंद पड़ने लगा। पाँच बजे अस्पताल में गजर सुनाई दिया और मेरी आँखें अनायास फाटक की ओर उठ गईं।

कुछ देर तक कोई दिखाई नहीं दिया। फाटक के ऊपर लोहे का हैंडिल शाम की आखिरी धूप में चमक रहा था। उसके पीछे अस्पताल की लाल ईंटों वाली इमारत दिखाई दे रही थी। मुझे मालूम था, उन्हें घर जाने के लिए पार्क के बीच से निकलना होगा, किंतु फिर भी मैं अनिश्चित निगाहों से कभी फाटक को देखता था, कभी सड़क को। यह खयाल भी आता था कि शायद आज उनकी ड्यूटी अस्पताल में न हो और वे दोनों घर में ही बैठे हों।

सड़क पर बत्तियाँ जलने लगीं। मुझे अजीब सी घबराहट हुई, जैसे प्रतीक्षा का अंत आ पहुँचा है और मैं उसे टालता जा रहा हूँ। मैं बेंच से उठ खड़ा हुआ, खड़े होकर प्रतीक्षा करना ज्यादा आसान जान पड़ा। किंतु तभी मुझे फाटक के निकट सरसराहट सुनाई दी। उनके चेहरे को बाद में देखा, उनकी सफेद पोशाक पहले दिखाई दी। वे तेज कदमों से पार्क के बीच पगडंडी पर चल रही थीं। उन्होंने मुझे नहीं देखा था। यदि वे मेरी दिशा में आ रही होतीं, तो भी शायद धुँधलके में मुझे नहीं पहचान पातीं।

मैं भागता हुआ उनके पीछे चला गया।

''मिसेज पार्कर!'' पहली बार मैंने उन्हें उनके नाम से बुलाया था।

वे ठहर गईं और भौंचक सी मेरी ओर देखने लगीं। ''आप यहाँ कैसे?'' अब भी वे अपने को नहीं सँभाल पाई थीं।

''मैं यहाँ दोपहर से बैठा हूँ।'' मैंने मुस्कराते हुए कहा।

वे हकबकाई सी मुझे देख रही थीं। उन्होंने मुझे पहचान लिया था, लेकिन जैसे उस पहचान का मतलब नहीं टोह पा रही थीं। मैं कुछ असमंजस में पड़ गया और सहज स्वर में पूछा, ''आज आप इतनी देर से लौट रही हैं? पाँच का गजर तो कब का बज चुका?''

''पाँच का गजर?'' उन्होंने विस्मय से पूछा।

''आप हमेशा पाँच बजे लौटती थीं।'' मैंने कहा।

''ओह!'' उन्हें याद आया, जैसे मैं किसी प्रागैतिहासिक घटना का उल्लेख कर रहा हूँ।

''आप लंदन में ही थे?'' उन्होंने पूछा।

''मुझे काम मिल गया। इतने दिनों से इसीलिए नहीं आ सका। ग्रेता कैसी है?''

वे हिचकिचाईं—एक छोटे क्षण की हिचकिचाहट, जो कुछ भी मानी नहीं रखती—लेकिन शाम के धुँधलके में मुझे वह अपशकुन सा जान पड़ी।

''मैं आपको बताना चाहती थी, लेकिन मुझे आपका घर नहीं मालूम था।''

''वह ठीक है?''

''हाँ, ठीक है,'' उन्होंने जल्दी से कहा, ''लेकिन वह अब यहाँ नहीं है। कुछ दिन पहले उसके पिता आए थे, वे उसे अपने साथ ले गए…।''

मैं उन्हें देखता रहा। मेरे भीतर जो कुछ था, वह ठहर गया—मैं उसके भीतर था उस ठहराव के और वहाँ से दुनिया बिल्कुल बाहर दिखाई देती थी। मैंने कभी इतनी सफाई से बाहर को नहीं देखा था।

''कब की बात है?''

''जिस दिन आप उसके साथ ट्रिफाल्गर स्कैयर गए थे। उसके दूसरे दिन ही वे आए थे…आप जानते हैं, उन्हें वहाँ काम मिल गया है।''

''और आप?'' मैंने कहा, ''आप यहाँ अकेली रहेंगी?''

''मैंने अभी कुछ सोचा नहीं है।'' उन्होंने धीरे से सिर उठाया, आवाज हल्के से काँपी थी और एक क्षण के लिए मुझे उनके चेहरे पर बच्ची दिखाई दी, ऊपर उठा हुआ होंठ और भीगी आँखें, हवा में उड़ते हुए कबूतरों को निहारती हुई।

''आप कभी घर जरूर आइएगा!'' उन्होंने विदा माँगी और मैंने हाथ आगे बढ़ा दिया।

मैं बहुत दूर तक उन्हें देखता रहा। फिर काफी देर तक बेंच पर बैठा रहा। मुझे कहीं नहीं जाना था, न ही प्रतीक्षा करनी थी! धीरे-धीरे पेड़ों के ऊपर तारे निकलने लगे। मैंने पहली बार लंदन के आकाश में इतने तारे देखे थे, साफ और चमकीले, जैसे बारिश ने उन्हें भी धो डाला हो।

''इट इज टाइम डियर!''

पार्क के चौकीदार ने दूर से ही आवाज लगाई। वह गेट की चाबियाँ खनखनाता हुआ पार्क का चक्कर लगा रहा था। टॉर्च की रोशनी में वह हर बेंच, झाड़ी और पेड़ के नीचे देख लेता था कि कहीं कोई छूट तो नहीं गया—कोई खोया हुआ बच्चा, कोई शराबी, कोई घरेलू बिल्ली।

वहाँ कोई नहीं था। कोई भी चीज नहीं छूटी थी। मैं उठ खड़ा हुआ और गेट की तरफ चलने लगा। सहसा हवा उठी थी। हल्का सा झोंका अँधेरे में चला

आया और पेड़ सरसराने लगे। और तब मुझे धीमी सी आवाज सुनाई दी, एक असीम आग्रह में लिपटी हुई—'स्टॉप स्टॉप···' मेरे पाँव बीच पार्क में ठिठक गए। चारों ओर देखा। कोई न था। न कोई आवाज, न खटका—सिर्फ पेड़ों की शाखाएँ हवा में डोल रही थीं। उस समय एक पगली-उत्कट, नंगी सी आकांक्षा मेरे भीतर जागने लगी कि यहीं बैठ जाऊँ। इन पेड़ों के बीच, जहाँ मैं पहली बार पकड़ा गया था। मेरी अब और आगे जाने की इच्छा नहीं थी। मैं इस बार अंतिम और अनिवार्य रूप में पकड़ लिया जाना चाहता था।

''इट इज क्लोजिंग टाइम!'' चौकीदार ने इस बार बहुत पास आकर कहा। मेरी तरफ जिज्ञासा से देखा कि क्या मैं वही आदमी हूँ, जो अभी कुछ देर पहले बेंच पर बैठा था।

इस बार मैं नहीं मुड़ा। पार्क से बाहर आकर ही साँस ली। मेरा गला सूख गया था। पार्क में सामने पब की लालटेन झूलती दिखाई दी। मैंने जेब से पर्स निकाला, पैसे गिनने के लिए। पुरानी गरीबी की यह आदत अभी भी बची थी। मैंने हैरानी से देखा कि मेरे पास पूरे दो पौंड हैं और तब मुझे याद आया कि मैं उन्हें कबूतरों के दानों के लिए लाया था।

□

जाले

गुन्नो चाय का गिलास लेकर बाहर बरामदे में आई तो देखा, वह भैया की ईजी चेयर पर सिर टिकाकर सो रही हैं। स्टेशन से जो होल्डाल और संदूकची लाई थीं, वे धूल में लदे-फँदे क्लांत से पड़े थे। शॉल के पास उनका एक हैंडबैग पड़ा था, जिसके मुँह से तौलिए का मैला सिरा झाँक रहा था। उनका मुँह भी थोड़ा सा खुल आया था, हल्की सी हूक लिये साँस बाहर आता, भीतर चला जाता। वह कुछ देर चुपचाप अपनी बहन को देखती रही, फिर धीरे से उनका कंधा झिंझोड़ा, ''जीजी उठो, चाय पी लो, फिर आराम से सोना।''

उन्होंने आँख खोली और सूने में गुन्नो को देखती रहीं, जैसे समझ न पा रही हों, वह इतनी लंबी यात्रा के बाद कहाँ आ पहुँची हैं।

''भैया कहाँ गए?''

''बाहर गए हैं, आते होंगे।'' उसने तिपाई खींचकर बहन के आगे कर दी और उस पर चाय का गिलास रख दिया। ''रेल में तो तुम्हें क्या नींद आई होगी।''

जीजी ने कुछ नहीं कहा, सिर्फ दोनों हाथ चाय के गिलास पर रख दिए, जैसे सर्दी में ठिठुरते हाथों को सेंक रही हों।

''छोटी अभी नहीं आई?'' उन्होंने धीरे से पूछा। गुन्नो का चेहरा म्लान सा पड़ गया। जब से स्कूटर से उतरी हैं, तीसरी बार उन्होंने छोटी के बारे में पूछा था।

''गाड़ी लेट है, भैया ने फोन करके पूछा था।''

दोनों बहनें अलग-अलग शहरों से आई थीं। तीन साल पहले जब एक-दूसरे से मिली थीं तो सबकुछ समाप्त हो चुका था। भाभी की अरथी बरामदे में रखी थी। जब वे उन्हें श्मशान ले गए तो वह आखिरी धागा भी टूट गया, जिसने

उन्हें इस बँगले से बाँध रखा था। छोटी उन दिनों अमेरिका में थी, उसे सिर्फ टेलीग्राम से खबर दी जा सकती थी।

"तुम कब आ गई थीं?" चाय से आँख उठाकर जीजी ने गुन्नो को देखा, वह अपनी काली शॉल में गुड़मुड़ी सी होकर बैठी थी।

"भैया की चिट्ठी मिली तो उसी रात का रिजर्वेशन करवा लिया···। मैं तो बिल्कुल डर गई थी, यहाँ आकर पता चला कि उन्होंने तुम्हें और छोटी को भी लिख दिया है। तुम्हें क्या लिखा था?"

"सलाह करना चाहते हैं—मकान के बारे में।"

जीजी ने कहा, "क्या बेचना चाहते हैं?" गुन्नो ने कुछ इतने ऊँचे स्वर में कहा कि जीजी का मन दहल सा गया। आँखें अनायास बँगले के खाली कमरों की ओर मुड़ गईं कि कहीं उनकी आवाजें भीतर न पहुँच जाएँ, जैसे उन्हें डर हो कि कहीं बचपन के माँ-बाप अब भी कहीं बैठे हों। वे कभी भी आकर पूछ सकते थे—तुम दोनों बैठे क्या बातें कर रहे हो?

यह सिर्फ उनका डर था, और कुछ नहीं। भीतर कोई नहीं था। घर के कमरे साँय-साँय कर रहे थे। सिर्फ पिछवाड़े का दरवाजा हवा चलने से कराहने लगता था। वह एक बहुत पुराने किस्म का मकान था। अंग्रेजों के जमाने में सिविल लाइंस के बँगलों की याद दिलाता हुआ—एक छोटा सा लॉन, बीच में बजरी की सड़क, जो फाटक तक जाती थी। दोनों तरफ झाड़ियों की फेंस, जहाँ अब जगह-जगह खाली सुराख दिखाई देते थे। उनके भीतर से आती हुई हवा से दिसंबर की महीन कमजोर धूप कुछ और ठिठुरी सी दिखाई देती थी।

"अच्छा हुआ, तुम आ गईं···" गुन्नो ने कहा, "कल रात मैं देर तक लॉन में बैठी रही···खाने के बाद भैया तो अपने कमरे में चले गए, मुझे कुछ समझ में नहीं आया, मैं किस कमरे में अपना बिस्तर लगाऊँ।"

जीजी ने सिर उठाया, खोई आँखों से अपनी छोटी बहन को देखती रहीं, "क्यों, इतने तो कमरे थे।"

उन्होंने 'थे' कुछ ऐसे स्वर में कहा, जैसे वह किसी बीते हुए मकान की बात कर रही हों, उस घर की नहीं, जिसमें वे बैठे थे।

"सबके ताले बंद थे," भैया ने मुझे चाभियों का गुच्छा पकड़ाकर कहा, "मैं जिस कमरे में चाहूँ वहाँ सो सकती हूँ···किसी भी कमरे में। एक बार तो मन हुआ, मैं आउट हाउस में जाकर महाराजिन के क्वार्टर में सो जाऊँ।" वह हँस रही थी। जीजी को हमेशा गुन्नो की बातें कुछ अजीब सी लगती थीं। घर में एक

वही थी, जिसने जीजी के ब्याह के बाद सारे घर को सँभाल लिया था। पढ़ाई भी बीच में छोड़ दी थी···वह जब कभी ससुराल से आती थीं तो स्टेशन पर अकेली गुन्नो ही उसे लेने आती थी—सिवा उस दिन के जब मुन्नू की खबर मिली थी, तब स्टेशन पर कोई नहीं था।

"कहाँ सोईं तुम?"

"माँजी के कमरे में···" वही एक कमरा था, जो चौके के दरवाजे से खुलता था। अँधेरे में कौन सी चाभी कौन से ताले में लगती है, इस चक्कर में मैं नहीं पड़ना चाहती थी।" एक हल्की सी हँसी सुनाई दी, तो जीजी चौंक गईं, "क्या बात है गुन्नो!"

"तुम्हें मालूम है—माँजी का पानदान वहाँ उसी आले में रखा है, जहाँ वह अपने ठाकुरजी रखती थीं। सिंहासन तो वहाँ देखा, लेकिन ठाकुरजी कहीं दिखाई नहीं दिए।"

"मौसी उन्हें साथ ले गईं···" जीजी ने कहा, "आखिरी दिनों वही तो पूजा-पाठ करती थीं—माँजी से तो बिस्तर से उठा भी नहीं जाता था।"

वह असली मौसी भी नहीं थीं—बालविधवा थीं, जिन्हें बाबू की मृत्यु के बाद माँ नील के कटरे से ले आई थीं, जहाँ उनका ननिहाल था। माँ जहाँ भी जातीं, वह छाया की तरह उनके साथ जातीं—अंतिम दिनों में माँ ने सात तीर्थयात्राएँ उन्हीं के साथ की थीं। सबने सोचा था माँजी की मृत्यु के बाद वे भैया के साथ रहेंगी···लेकिन वे एक दिन भी नहीं रुकीं, कहती थीं, "जो उन्हें इस घर में लाया था, अगर वह ही इस घर से चला गया तो वे पीछे रहकर क्या करेंगी!"

जबसे वह गईं, भैया बिल्कुल अकेले रह गए। किसी को कुछ भी नहीं मालूम, वे कैसे रहते हैं, दिन भर क्या करते हैं; कभी कोई बहन आती, तो कमरों के दरवाजे खुलते, भाभी का ड्रेसिंग-रूम, माँजी का पूजाघर, बाबू का स्टडी रूम और वह कमरा, जहाँ मुन्नू रहता था जब कभी वह छुट्टी पर आता था। भैया कभी चिट्ठी नहीं लिखते थे, सिर्फ महाराजिन के उल्टे-सीधे अक्षरों से उनकी खबर मिलती रहती···इसीलिए जब वह पत्र भैया के हाथ का लिखा मिला, तो वे सब इतना हैरान हो गए थे, जैसे उनके साथ कोई दुर्घटना घटी हो।

अचानक एक झटका सा लगा था। भैया ने सहसा बँगले को छोड़ने का फैसला लिया था—किसी को नहीं मालूम, वे कहाँ जाएँगे, अपनी जिंदगी के बाकी दिन कहाँ बिताएँगे? शायद इसीलिए उन्होंने अपनी तीनों बहनों को बुलाया था—वे नहीं चाहते थे कि इस उम्र में कोई ऐसा काम हो, जिससे किसी को ठेस

पहुँचे। जीजी को लगा, जैसे कहीं वह भी इसके लिए उत्तरदायी हैं—सबसे बड़ी बहन होने के नाते उन्हें क्या घर इस तरह भैया पर छोड़ देना चाहिए था, जबकि भाभी की मृत्यु के बाद वे इतना अकेले रह गए थे?

जीजी कुछ देर उनींदी आँखों से बरामदे के सफेद खंभों को देखती रही, बुगुनबेलिया की लतरें बजरी पर झुक आई थीं। आँखें सरकती गईं; कुछ दूर जाकर जामुन के पेड़ पर रुक गईं, जो लॉन के किनारे खड़ा था। अचानक जीजी को कुछ याद आया। वह अपनी चादर सँभालते हुए बरामदे की सीढ़ियाँ उतरीं और धीरे- धीरे चलते हुए लॉन के फेंस और जामुन के पेड़ के बीच घास के एक छोटे से टुकड़े को देखने लगीं, जहाँ एक छोटा सा गोमड़ निकल आया था। क्या यह वही जगह थी, जहाँ उन्होंने पिया को दफनाया था। रात भर छोटी उसे अपनी छाती से चिपकाए लेटी रही थी, जरा सी हिलती तो पिया के मुँह से चीख निकल जाती। कितनी पीड़ा थी उस छोटी सी जान में, रात भर बिलखने के बाद उसे सुबह मुक्ति मिली थी···पहली बार उसने देखा था, कुत्ते की मौत कैसी होती है, जैसे परिवार में होनेवाली वह पहली मृत्यु—आनेवाली वंचनाओं की शुरुआत हो। वे भाई-बहन उसकी पथराई लाश को बाग के इसी कोने में ले आए थे, मुन्नू ने कब्र खोदी थी, जिसमें पिया के साथ उसकी चेन, दूध की प्लेट और गले के पट्टे को भी दफनाया गया था—छोटी का रोना रुकता नहीं था। एक छोटी सी कुतिया के लिए इतना संताप?

क्या यह वही संताप था, जो बाद के वर्षों में छोटी के चेहरे पर छाया की तरह चिपका रहता था?

तभी उनकी नजर बगीचे के परे फेंस पर पड़ी। वहाँ एक बंगाली सी दिखनेवाली महिला खड़ी थी—उत्सुकता से जीजी को देख रही थीं। उन्होंने प्रणाम किया तो जीजी ने भी हाथ जोड़ दिए।

"हम पासवाली कोठी में रहते हैं।" महिला ने कहा।

जीजी ने मुस्कराकर सिर हिलाया। इतनी उम्र बीत गई लेकिन अब भी उन्हें अजनबियों से बात करने में तकलीफ होती थ्री।

"क्या आपने यह बँगला खरीदा है?" महिला ने पूछा।

जीजी ने सकपकाते हुए सिर हिलाया, "जी नहीं, यहाँ हमारे भाई रहते हैं, मैं उन्हीं से मिलने आई हूँ।"

"आपको कभी देखा नहीं?"

"मेरा बहुत कम आना होता है।" फिर अचानक जीजी के भीतर एक सूखा

सा उबाल उठने लगा, "यह हमारे फादर ने खरीदा था, जब वे रिटायर हुए थे···हमारा बचपन यहीं गुजरा था।" वह एक साँस में सबकुछ कह गईं, फिर रुक गईं, जैसे उन्होंने कोई झूठी बात कह दी हो, जिस पर कोई विश्वास नहीं करेगा।

और शायद उस महिला ने किया भी नहीं। वह सिर्फ उन्हें कुछ आश्चर्य से घूरती रहीं, "वह आदमी जो यहाँ अकेले रहते हैं, आपके भाई हैं?"

"जी···" जीजी से आगे कुछ नहीं कहा गया; उन्हें सहसा अपने भीतर एक गहरी थकान सी महसूस हुई, बिना कुछ कहे मुड़ गईं, धीमे कदमों से बरामदे की तरफ जाने लगीं, जहाँ अब भी उनके संदूकची, थैला और होल्डाल रखे थे।

महाराजिन ने चौका धो दिया। बरतन माँज लिये, चूल्हे पर सब्जी चढ़ाकर देखा तो गुन्नो बीबी खिड़की के पास खड़ी दिखाई दीं।

"मैं कुछ देर क्वार्टर हो आती हूँ, आप जरा सब्जी देख लीजिएगा।"

गुन्नो का ध्यान भटक गया, व्यस्त होकर बोली, "बस, तुम जाओ। मैं सब देख लूँगी। भैया कहाँ गए हैं?"

"वकील साहब के घर होंगे—बुला दूँ?"

"नहीं···" वह कुछ हिचकिचाई, फिर पूछा, "क्या दिन भर वहाँ रहते हैं?"

"यहाँ और है कौन?" महाराजिन ने कुछ शिकायत भरे लहजे में कहा। "कभी तो खाना भी वहीं खा लेते हैं। मैं कब तक उनके पीछे भागती फिरूँ···बहूजी थीं तो ठीक टाइम पर आ जाते थे, अब तो उनका पता नहीं चलता।"

"ठीक है, तुम जाओ—जरूरत पड़ी तो मैं बुला भेजूँगी।"

महाराजिन से बात करते हुए डर लगता था। घर का कौन सा भेद था, जो उससे छिपा था। कितनों का बचपन उसकी गोद में बीता था, कितनों की मौतें उसकी आँखों से गुजरी थीं···समय के अनवरत यातायात में एक वही थी, जो पुराने स्टेशन सी एक जगह ठहरी थी। माँ भी उससे डरती थीं—हँसी-हँसी में कहती थीं, भगवान् ने मुझे सास से तो बचा लिया, लेकिन महराजिन से ऐसा फँसा दिया कि उससे छुटकारा पाना आसान नहीं है। शादी से पहले वह कितना उसकी गोद में सिर छिपाकर रोई थी, लेकिन बाबू कहाँ माननेवाले थे। तब महाराजिन ने एक रात चिल्लाते हुए कहा था—तुम्हारी कोई लड़की कभी सुखी नहीं रहेगी, तुम लोगों के खून में जो पागलपन है, वह सबको डुबोकर रखेगा।

खून में पागलपन? आज भी उसकी बात याद आती है तो उसे आश्चर्य होता

है कि वह कौन सा जादुई आईना था, जिसके भीतर से उसने हम सब लोगों का भविष्य देख लिया था? बाद के वर्षों में जब वह कोई ग्रीक नाटक पढ़ती थी, तो उसे लगता था कि वहाँ जैसे कोरस का रोल होता था, वैसे महाराजिन का रोल हमारे परिवार में रहा होगा—बुड़बुड़ाते हुए अनर्गल शब्दों में अँधेरी भविष्यवाणियाँ करना, जिन पर कोई ध्यान नहीं देता था, लेकिन जो अनजाने मौकों पर ताश के पत्तों सी खुल जाती थीं···उसने जल्दी से सब्जी के पतीले को गैस से उतारा और चौके की खिड़की के पास आकर खड़ी हो गई।

दिसंबर की धूप लॉन की पीली घास पर गिर रही थी। एक अजीब सा ऊँघता हुआ सन्नाटा घिर आया था। इमली का पेड़, फेंस की झाड़ियाँ, बजरी की सड़क पर पत्तों का ढेर···कहीं कुछ हिलता दिखाई नहीं देता था। अचानक उसकी आँखें घास पर भागती गिलहरी पर ठिठक गईं—पता नहीं, पिछले कितने वर्षों से उसने गिलहरी नहीं देखी थी। लखनऊ के जिस हिस्से में उसकी ससुराल थी, वहाँ दूर-दूर तक कुछ भी हरा नहीं दिखाई देता था। सिर्फ नालियों में बहता पानी, पुराने घरों के चबूतरे एक-दूसरे की पीठ छीलती हुई हवेलियाँ—जब पहली बार ब्याह के बाद गई थी, तो भाग जाने को मन होता था। भाग तो नहीं सकी, लेकिन कभी वहाँ ज्यादा दिन टिककर भी नहीं रही। जब कभी मौका मिलता, अपनी घर-गृहस्थी छोड़कर यहाँ चली आती थी। उसके पति को हमेशा हैरानी होती थी कि इतने वर्षों बाद भी उनकी पत्नी अपने माँ-बाप के घर के प्रति ऐसा बचकाना लगाव रख सकती है, जैसे वह कभी उससे छूटा न हो। कोई भरा-पूरा मायका होता, तो भी बात थी, लेकिन जिस घर में जीवित लोगों की संख्या घटती जाए और खाली कमरे में मृतात्माएँ डेरा लगाती जाएँ, उस घर में आखिर क्या चीज थी, जो उसे बार-बार खींच लाती थी?

गुन्नो की आँखें गिलहरी का पीछा करते हुए फेंस पर ठिठक गईं, उसने देखा, जीजी वहाँ खड़ी किसी अनजान औरत से बात कर रही हैं। एक स्वप्न सी मुस्कराहट गुन्नो के चेहरे पर चली आई—कैसी लगती हैं जीजी? दूर से देखो तो माँ जैसी दिखाई देती हैं, बिल्कुल गुड़िया सी। दोनों ही दुबली-पतली, कद में नाटी, लेकिन रंग बुर्राक सा सफेद, बिल्कुल नील के कटरे की खत्रानियों जैसा; जब दोनों साथ चलतीं तो माँ-बेटी नहीं, छोटी-बड़ी बहन दिखाई देती थीं। बाबू क्लब में जाते तो उसे अपने साथ ले जाते थे, कौन कह सकता था कि जिस बिटिया पर इतना लाड़-प्यार न्योछावर किया था, उस पर इतनी विपदाएँ टूटेंगी, अपनी आँखों के सामने, जिसने जवान लड़के की मृत्यु देखी हो, वह इस दुनिया

में इतने धीर-गंभीर भाव में रह सकती हो, यह उसे आश्चर्य में डाल देता था। उन्हें कभी पति का सुख नसीब नहीं हुआ, लेकिन चेहरे पर क्लेश की छाया तक नहीं···शायद ही मन की बात उन्होंने किसी से कही हो। कभी-कभी बाबू पर बेहद गुस्सा आता था, जिस बेटी से इतना प्यार, उसका ब्याह ऐसे घर में किया?

बरामदे में पैरों की आहट सुनाई दी—एक क्षण के लिए भ्रम हुआ, जैसे छोटी स्टेशन से आ गई हो—भागते हुए बाहर आई तो पैर ठिठक गए, भैया बाहर से आए थे और चुप खड़े घर की आवाजों को सुन रहे थे।

"यह बरामदे में सामान किसका है?"

"जीजी आई हैं···" गुन्नो ने कहा, "तब से तुम्हें पूछ रही हैं—कहाँ गए थे तुम?"

"जीजी आ गईं।" उनके चेहरे पर रोशनी चली आई, "कहाँ हैं?"

"नहाने गई होंगी, उन्हें देर लगेगी। तुम खाना खा लो।"

"महाराजिन से कह दो, वह भेज देगी। गुन्नो···" वह एक क्षण हिचकिचाते से खड़े रहे, जैसे वह कोई बात सोचकर आए हों और ऐन मौके पर भूल गए हों।

"क्या बात है, भैया?"

"उनसे अभी मकान की बात मत करना—रात को बैठेंगे, तभी सब तय कर लेंगे। तब तक छोटी भी आ जाएगी।"

वे मुड़ गए, तेजी से अपने कमरे की ओर चलने लगे, जो गलियारे के अंतिम छोर पर था। जब से वह आई है, पता नहीं क्यों, उसे भैया को देखकर लगता है, जैसे मुन्नू ने जो जवानी में किया, वह ठीक था और यह विचार आते ही मन आतंकित हो उठता है।

हाँ, उसने भी देखा था—बरामदे में सरकती छाया को, जो धीरे-धीरे भैया के कमरे की ओर बढ़ रही थी। भैया की छाया और भैया में जैसे कोई अंतर न हो, जैसे जो कदम गुन्नो को इतनी तेजी से बढ़ते जान पड़े थे, वही जीजी की आँखों में सहमे से दिखाई दिए थे। एक बहन और दूसरी बहन की आँखों में इतना अंतर? क्या इसीलिए कि जीजी ने भैया को गोद में खिलाया था और सात वर्ष का अंतर जो बचपन में इतना बड़ा लगता था, वह ढलती उम्र में सिर्फ छोटी-छोटी बातों में पता चलता था?

बचपन में भैया उनके सबसे निकट थे, जो बात माँजी से नहीं कह पाते थे, वह जीजी से कहते थे। पता नहीं, जीजी के कितने रहस्य उनके पास जमा थे, कुछ समझते थे, कुछ को सुनकर हतप्रभ से रह जाते थे, कुछ अँधेरी खोखल में

डाल देते थे। ब्याह के एक रात पहले वह उसे छाती से चिपकाकर रोती रही थीं, समझ में नहीं आता था कोई अपने स्कूल, अपने घर, अपनी रसी-बसी दुनिया को छोड़कर कैसे अनजाने शहर में जा सकती है?

क्या वह शुरुआत थी अलग होने की, घर के बिखरने की? जीजी ने एक साँस ली, फिर दूसरी साँस—गले में कुछ अटकने लगा। इच्छा हुई, एक बार भैया के कमरे में जाकर कहें, देख, मैं वही हूँ, जिससे मिलने तुम जबलपुर आए थे···बाबूजी ने भेजा था, जानने के लिए, जीजी कैसे रहती हैं, जैसे उन्हें संदेह था कि कुछ गलत हुआ है। रात को सोने से पहले तुमने पूछा—जीजी, ये तुम्हारी दीवारों पर किस औरत की तसवीरें लगी हैं—किस औरत की? और तब तुम्हें पहली बार पता चला था, कि यह तुम्हारे जीजाजी की पहली पत्नी थी, उनका दूसरा ब्याह हुआ था। सुनते हैं, बहुत सुंदर थी। बहुत सुंदर बच्चा जना था, लेकिन न ही वह बच सका, न वह ही जीवित रह सकी···भैया, मुझे कभी-कभी रात को सोते हुए उसकी सूरत दिखाई देती है, कहती है—तुम कौन हो, जो मेरे कमरे में रहती हो, मेरे पलंग पर सोती हो···कौन हो तुम?

कितने बरस बीत गए और जीजी आज तक उस औरत का जवाब नहीं दे सकीं, जिसे उन्होंने कभी नहीं देखा था। कितना अजीब था, जीजी जो उठती हुई जवानी में अपने ससुराल गई थीं, धीरे-धीरे बूढ़ी होती गईं और वह औरत जो बरसों पहले मरी थी, दीवार की फोटो में वैसी ही मस्त और हँसमुख दिखाई देती है, जैसे अभी-अभी उसका ब्याह हुआ है।

"बीबी, चलिए, खाना तैयार है।"

महाराजिन की आवाज सुनकर जीजी होश में आईं। एक छोटी सी मुस्कान में चेहरा चमक उठा, जैसे किसी सपने से जागी हैं। "तू अब तक कहाँ छिपी थी?"

"अपने क्वार्टर गई थी—गुन्नो बीबी ने बताया कि आप यहाँ हैं, कितने सालों बाद आप आई हैं!"

महाराजिन के होंठों पर हरी बुंदकी अब भी वैसे ही कँपकँपाती है, जब वह हँसती है। बचपन में उसके साथ लॉन में गुल्ली-डंडा खेलते थे। वह, मुन्नू और गुन्नो—उसके क्वार्टर में सबकी आँखों से छिपकर इमली की चटनी चाटते थे···बाप शराब पीकर जब उसकी माँ को पीटता था, तो माँजी उसे अपने साथ ले आतीं और वह उनके कपड़े पहनकर उन्हीं के कमरे में सोती थी। चेहरे पर झुर्रियाँ चली आई थीं। लेकिन आँखों की चमक में कोई मैल नहीं आया था।

"माँजी होतीं तो आप लोगों को देखकर बहुत खुश होतीं—उनकी हमेशा

यह शिकायत रहती थी कि तीनों बहनें अलग-अलग आती हैं···साथ कभी नहीं।'' महाराजिन ने मुस्कराते हुए कहा।

''तुम तो हमेशा उनके साथ रहीं, यह छोटी बात है?''

महाराजिन के चेहरे पर एक छाया सी चली आई, ''आखिरी दिनों में आपको बहुत याद करती थीं—आपसे जो मन की बात कहती थीं, वह किसी से नहीं।''

''ऐसा था, तो मुझसे इतनी जल्दी छुटकारा क्यों पा लिया?'' जीजी का स्वर धीरे से काँपा था, जैसे बरसों से कहीं भीतर जमा गुस्सा, नाराजगी, शोक एक साथ उमड़ आया हो—फिर उन्होंने मुँह मोड़ लिया, एक सूखी सी किरक आँखों में चुभने लगी, ''तुम जाओ, मैं अभी आती हूँ।''

लेकिन महाराजिन गई नहीं, ड्योढ़ी पर खड़ी रही। कुछ देर सिर्फ सन्नाटे की आवाज सुनाई देती रही। ''बीबी, एक बात पूछनी थी।''

''क्या है?''

''मुन्नू भाई साहब का कमरा साफ करवा दूँ, कितने दिनों से ताला पड़ा है।''

जीजी कुछ देर तक लॉन पर उतरती धूप को देखती रहीं। क्यारियों पर एक साँवली सी छाँह गिर रही थी, एक पीली सी उछास। कहीं दूर झाड़ियों में हवा की सरसराहट गूँज रही थी।

''नहीं महाराजिन, उसे छोड़ दे—छोटी आएगी, तो वही खोलेगी।''

पता नहीं क्यों, महाराजिन के सामने उसके मुँह से मुन्नू का नाम नहीं निकल सका, जैसे मुँह से बाहर निकलते ही वह किसी अज्ञात, अजाने खतरे में पड़ जाएगी। वह उसे बचाना चाहती थीं, जबकि वह हमेशा के लिए उन सबसे बचकर निकल गया था। खतरों की कोई कमी है? एक कमरे से दूसरे कमरे में जाओ तो बीच में कितने जोखिम, कितने जाल, कितने गड्ढे दिखाई दे जाते हैं।

तभी आँखें भैया पर पड़ीं, तो मन धक सा रह गया। उसे पता भी नहीं चला था कि कुछ लोग उनसे मिलने आए थे—बिल्कुल अजनबी चेहरे, जिन्हें कभी आस-पड़ोस में नहीं देखा था। भैया बगीचे की फेंस के सामने खड़े थे और उन्हें कुछ दिखा रहे थे, बँगले की ढलुआँ छत या पलस्तर झरती दीवारें या चिमनियाँ, जहाँ से सर्दियों में आग में जलती लकड़ियों का धुआँ निकलता था। वे मकान के हर हिस्से को कुछ वैसा ही लोलुप आँखों से परख रहे हैं, जैसे कसाई किसी बूढ़े जानवर को। भैया जो कुछ उन्हें बताते जाते हैं, एक आदमी उसे अपनी नोटबुक में दर्ज किए जाता है—कितने बाग-बगीचे हैं, आउट हाउस की कितनी

कोठरियाँ, कितनी एकड़ जमीन, जामुन, इमली और सेमल के कितने पेड़? याद आया, जब वह स्कूल से लौटती थी, तो बरामदे में बस्ता पटककर इन्हीं पेड़ों के पीछे छिप जाती थी। माँ खाने के लिए बुलातीं तो खोई सी खड़ी रहती, बस्ता तो यहीं का यहीं पड़ा है, आप पता नहीं कहाँ कुदक्कड़े मार रही हैं—माँ उसे बुलातीं और उनकी आवाज हवा में तैरती हुई उसके पास आती तथा वह उससे बचती हुई कभी एक पेड़, कभी दूसरे पेड़ के पीछे छिपती जाती। फ्रॉक के नीचे उसकी नंगी टाँगों पर काटे बिंध जाते, मांस छिल जाता, खून की खरोंचें खिंच जाती। माँ के साथ आँख-मिचौनी खेलते हुए वह भूल जाती कि माँ उसे खोज रही हैं या वह माँ को। उसे क्या मालूम था कि एक दिन हँसते हुए वह झाड़ी के पीछे से आएगी और माँ उसे कहीं दिखाई नहीं देंगी। सारी दुनिया खाली पड़ी होगी और वह हर जगह, हर मोड़, हर मुकाम पर खड़े होकर चिल्लाएगी—मैं यहाँ हूँ, मैं यहाँ हूँ और उसे पकड़ने कोई नहीं आएगा, सिर्फ उसकी आवाज खाली बँगले की दीवारों, खंभों, गलियारों से गुजरते हुए उसके पास उल्टे पाँव लौट आएगी—मैं यहाँ हूँ। मैं यहाँ···

कौन है, कौन? जीजी भागते हुए बरामदे में गई और उसने देखा, बरामदे की सबसे निचली सीढ़ी पर अपना बैग उठाए कोई लड़की खड़ी है, हँसती हुई···

छोटी तू? वह नीचे उतरी और उसे अपने में भींचकर रोने लगीं।

□

चौका धोकर महाराजिन बाहर निकली तो अचानक पैर ठिठक गए। देखा, मुन्नू का कमरा खुला है। भीतर झाँककर देखा तो वहाँ कोई नहीं था। सिर्फ एक बासी, भुरभुरी सी गंध हवा में ठहरी थी। खिड़की के परदों से सर्दी की महीन धूप भीतर आ रही थी। एक शहतीर सी खिंच आई थी, जिस पर धूल की बुंदकियाँ नाच रही थीं। वह कमरा, जो इतने अरसे से बंद पड़ा था, वह जैसे हैरानी से मुँह खोले सारे मकान को ताक रहा था।

सहसा कमरे के भीतर से एक अजीब खड़खड़ाहट सुनाई दी और महाराजिन के मुँह से एक दबी चीख निकल गई···एक मटियाली रंग की बिल्ली बाहर निकली, सिर मोड़कर चमकीली आँखों से महाराजिन को देखा और खुली खिड़की फाँदकर लोप हो गई। लगा, जैसे कोई प्रेतात्मा उसे छूकर सरसराती हुई बाहर निकल गई हो।

वह जल्दी से पीछे मुड़ी तो भैया दिखाई दिए, "कमरा किसने खोला है?"

"आपको नहीं मालूम···छोटी आई है?"

"कब आई?"

"आप कमरे में थे। बुलाऊँ?"

"नहीं, नहीं, अभी नहीं!" भैया कुछ सहम से गए···छोटी के नाम से जो खुशी का ज्वार उठा था, वह उसमें उसे नहीं देखना चाहते थे। "अभी नहीं," उन्होंने कहा, "इतने लंबे सफर से आई है, थोड़ा आराम कर लेने दो।" चलते-चलते एक उड़ती सी निगाह मुन्नू के कमरे में पड़ गई···वह अजीब सा नंगा दिखाई दे रहा था। क्या पुराने घर के कुछ कमरे भी अपंग अंगों से हो जाते हैं, दिखाई तो देते हैं, लेकिन हिलना-डुलना बंद कर देते हैं, जैसे नाड़ियों में बहता खून उन्हें छोड़कर कहीं और बहता है, और वे अपाहिज ढूह से खड़े रहते हैं···वही मेज, जिस पर पुरानी पत्रिकाओं का अंबार लगा था और उसपर धूल की परतें जमा थीं। किसी ने किताबों का बंडल पुरानी धोती में बाँधकर कोने में रख दिया था। दूसरे कोने में फोल्डिंग बेड रखा था और उसके पास एक तिपाई थी, जिस पर एक ऐश-ट्रे दिखाई दे रही थी। जब बाबू भीतर आते थे तो मुन्नू जलती सिगरेट को ऐश-ट्रे पर रख देते थे, उसे बुझाते नहीं थे। बाबू जल्दी-से-जल्दी अपनी बात खत्म करके चले जाते थे और सिगरेट तब भी सुलगती रहती थी।

भैया कुछ देर तक सुन्न से वहाँ खड़े रहे। उन्हें विश्वास नहीं हुआ कि बरसों से बंद कमरे में दबी हुई यह सिगरेट की गंध है, जो वहाँ बँधी रह गई है या उस चिट्ठी के जले हुए अक्षरों की गंध, जिसे उन्होंने सबसे छिपकर मुन्नू के कमरे में जलाया था। विचित्र बात यह थी कि मुन्नू की यह चिट्ठी उन्हें अपनी पत्नी की अलमारी से मिली थी, उनकी मृत्यु के कई महीनों बाद जब वे उसकी साड़ियों को बाहर निकाल रहे थे। यह चिट्ठी उसने मद्रास से भेजी थी, अपने विवाह से एक सप्ताह पूर्व···न किसी बहन को, न भाई को···माँ और बाबू को तो उसकी खबर ही नहीं थी, घर के किसी संबधी को कुछ भी नहीं मालूम कि मुन्नू के साथ क्या हो रहा है। सिवा उनकी पत्नी के, जो बाहर से आई थी, जिसका इस घर के अतीत से वास्ता नहीं था···मृत्यु से पहले लिखा हुआ भाई का पत्र, जो उन्हें पत्नी से मृत्यु के बाद उनकी अलमारी के कपड़ों के बीच मिला था···खुली अलमारी के पीछे से एक पुरानी स्मृति उघड़ आई, उनकी पत्नी की त्रस्त सी आँखें, जब उन्होंने उससे विवाह के कुछ महीनों बाद हँसी में पूछा था, कैसे लगते हैं मेरे घर के लोग? उनकी पत्नी ने सहसा मुँह मोड़ लिया, जब उससे उन्होंने कई बार पूछा तो उसने धीरे से कहा···और तो सब ठीक हैं, लेकिन छोटे लाला? वह हँसने लगे। वह कभी सोच भी नहीं सकते थे कि मुन्नू कभी लाला

के नाम से पुकारे जाएँगे। तुम्हारा मतलब मुन्नू से है, क्यों उसे क्या हुआ? जब वह कुछ नहीं बोली तो हँसी की जगह एक आतंक सा भर आया—बोली, बोलती क्यों नहीं, मुन्नू में ऐसा क्या है, जो तुम्हें समझ में नहीं आता? और तब पत्नी ने अपने सारे आवेश और आक्रोश को दबाकर कहा था—सच पूछो, तो तुम्हारे परिवार में मुझे कुछ समझ में नहीं आता···लेकिन मुन्नू? तुम्हारे घर का सबसे लाड़ला लड़का, तुम भाई-बहन क्या इतने अंधे हो कि तुम्हें अब तक कुछ पता नहीं चला कि उसके साथ क्या हो रहा है! क्या हो रहा था मुन्नू के साथ—तुम्हें तब पता चलेगा जब बहुत देर हो चुकी होगी···

विवाह के दो दिन पहले तार मिला था···किसी को मालूम नहीं, उसने ऐसा क्यों किया? अगर विवाह करने की इच्छा नहीं थी तो कह सकता था, बाबू को लिखते हुए डरता था तो अपनी किसी बहन को लिख सकता था। कहा कुछ नहीं, आखिर तक मुन्नू का भेद जैसे दाह-संस्कार की लकड़ियों के साथ ही राख होना था। शायद उसने ठीक ही किया। उसे मालूम था, हमारे परिवार के लोग जिस दुनिया में रहते हैं, वहाँ धोखे ने इतनी जगह घेर रखी है कि बेचारे सच के लिए बित्ते भर की थाह नहीं···मुन्नू ने शायद अपने किसी गोपनीय सच का चेहरा देखा था और वह इतना स्तंभित हो गया था कि उसने आखिरी मौके पर घर लौटने से इनकार कर दिया था···वह नहीं, उसकी लाश लौटी थी। इसीलिए तो भैया चाहते थे, उसके बंद कमरे को बँगले के साथ ही बेच दिया जाए। किसी को पता भी नहीं चलेगा कि कीचड़, खून, मिट्टी में सना एक सच भी चला गया है।

तभी उन्हें आवाजें सुनाई दीं, दूर लॉन की हवा और धूप में छनती हुई···क्या यह छोटी है या गुन्नो···? बरसों बाद क्यों बचपन की पहचानी आवाजें, भुतैली सी जान पड़ती हैं, जैसे उम्र के साथ उन्होंने पुरानी पहचान खो दी है या शायद इसलिए कि बड़े भाई होने के नाते मैंने हमेशा उन्हें दरवाजे के पीछे से सुना है, मुझे देखते ही वे चुप हो जाती थीं, जैसे मरे हुए माँ-बाप का मैं आखिरी प्रतिनिधि हूँ, जिससे बचकर निकल जाना ही बेहतर है···आज रात जब हम मिलेंगे, मैं इनसे कहूँगा, अब की मेरी बारी है, इसीलिए मैंने तुम्हें बुलाया है, मैं जिंदगी के आखिरी प्रहर में इस घर का प्रहरी बनकर नहीं रहना चाहता···मैं जाना चाहता हूँ···मैं कभी इसका केयरटेकर था, रखवाला, चौकीदार, जो परिवार के भेदों पर ताला लगाकर खाली कमरों के चक्कर लगाता था, सोते रहो, सोते रहो, जब तक मैं यहाँ हूँ, जागने का कोई कारण नहीं, लेकिन मेरे जाने का कोई कारण? यही मैं नहीं समझ पाता, यही पूछने के लिए मैंने तुम्हें बुलाया है, तुम जो अपने-अपने सुदूर सुरक्षित

कोनों से यहाँ आते हो, कभी तुमने सोचा है, कि जो घर छोड़कर नहीं जाता, वह मुड़कर कहीं नहीं जा सकता, हर दरवाजा खोलते ही हवा में झूलते जाले चेहरे से टकराते हैं, हर आहट कराहती सी जान पड़ती है, यह मैं हूँ, यह मैं हूँ···और मैं झपटकर दुबारा दरवाजा बंद कर देता हूँ···लेकिन उनसे छुटकारा नहीं पा सकता, जो कभी यहाँ रहते थे, तुम सोचते हो, वे मर गए?

वे मुझसे कहीं ज्यादा जीवंत हैं।

उन्होंने जल्दी से मुन्नू के कमरे के खुले दरवाजे को फटाक से बंद कर दिया और तेज कदमों से अपने कमरे की ओर जाने लगे···तभी पैर सहसा ठिठक गए।

कोई हँस रहा था—मिसरानी की लड़की जमना चाय के बरतन लेकर बाहर जा रही थी—उससे छोटी हँसते हुए कुछ कह रही थी···दोनों लॉन के उस कोने की तरफ जा रही थीं, जहाँ जीजी पीपल के नीचे किताब लेकर बैठी थीं और तब भैया को लगा कि यह दिन वैसा ही शांत ऊँघता सा है, जैसा बरसों पहले होता था, जब माँ-बाप जीवित थे और बीच में कुछ भी घटा-बढ़ा नहीं था। सर्दी का एक साधारण उज्ज्वल दिन।

जीजी की आँखें किताब से उठकर बँगले की ओर मुड़ गईं···वे कुछ भी नहीं देख रही थीं, जो कहानी पढ़ रही थीं, उसकी एक तसवीर ढलती दुपहर की रोशनी में एक धब्बे सी जम गई थी, जब वह हवा में घुल जाता, तो आँखें फिर छूटी पंक्ति पर लौट आतीं, कहानी फिर चलने लगती। बँगले की आवाजों के बीच होते हुए भी उनसे अलग अकेली पगडंडी पर चलती हुई। वे याद करतीं, फिर भूल जातीं, कहानी के अक्षर उन्हें अपनी दुनिया में बुलाने लगते, वे आगे बढ़तीं, फिर कोई उनका पल्लू खींच अपनी दुनिया में ले आता, जहाँ उनकी ससुराल थी, फिर याद आता, वहाँ से तो गाड़ी में बैठकर वह अपने पिता के घर में आ गई हैं, वह दुपहर है, वह कहानी के बीच सोचतीं, कल मैं चली जाऊँगी, नींद का एक झोंका आता, जिसमें हँसी की आवाज सुनाई देती—वही आवाज, जिसे भैया ने मुन्नू के खुले दरवाजे के आगे सुना था, हँसी को वहीं देहरी पर छोड़कर वे फिर कहानी के साथ हो जातीं, बस दो पन्ने ही तो बचे हैं, खत्म करके सोऊँगी। सोने लगतीं, कहानी अपनी पुस्तक छोड़कर उनके सपने में आ जाती, लॉन की धूप और हँसी और बँगले के सन्नाटे तथा झाड़ियों के बीच पुरानी कहानियों को उघाड़ती हुई आँखें दुबारा खुल जातीं, देखतीं, किताब उनके हाथ से लुढ़ककर घास पर पड़ी है। पढ़ते-पढ़ते पता नहीं चला था, अँधेरा कितनी जल्दी नीचे उतर आया था। अँधेरा भी नहीं, सिर्फ एक पीली मुरझाई सी तलछट, जो जनवरी की

शामों पर देर तक रेंगती रहती है, रोशनी की पतली तह पर एक दुखी चिथड़ा टँगा रहता है, हिलाओ तो हवा की घंटी बजने लगती है, दिल की एकएक धड़कन पर हथौड़ा चलाती हुई। उन्होंने नीचे झुककर किताब उठाई···क्या यह छोटी की आवाज है? और यह हँसी? क्या यह किताब से बाहर आई है?

मिसरानी की लड़की जमना चाय के प्याले लेकर आ रही थी—उसके पीछे छोटी, जो हँसते हुए न जाने उससे क्या कह रही है। छोटी के छोटे बाल, लेकिन पीछे गरदन पर बहुत घने, काले स्वेटर के ऊँचे गोल घेरे पर गिरते हुए, दोनों पतली बाँहें, स्वेटर की ढीली-ढाली बाँहों के बाहर झाँकती हुई, बाँहों के पूरे रोएँ चमकते हुए, कपड़ों की अगर कोई निस्संगता होती है तो वह सिर्फ छोटी की छरहरी देह पर ही दिखाई देती है, सलेटी रंग की जींस और लंबी बाँहों वाले स्वेटर के बीच एक लड़की, जिससे न जाने सब क्यों इतना डरते हैं, जबकि वह घर में सबसे छोटी थी, सबसे कमजोर, सबसे ज्यादा अरक्षित, अकेली, क्या इसलिए कि एक दिन वह अपने पिता का घर छोड़कर अपने प्रेमी के साथ चली गई थी और फिर से उसे छोड़कर बाहर दुनिया में आ गई थी, उस दुनिया में जहाँ न मैं, न गुन्नो जाने का साहस बटोर पाए थे···सिवा मुन्नू के।

लेकिन वह तो बहुत दूर चला गया, न केवल घर की दीवारों को फाँदकर, बल्कि जहाँ इस दुनिया की हद भी खत्म हो जाती है···एंड ही वेंट टू फार, टू फार···कहाँ पढ़ी थी उसने अंग्रेजी कविता की यह लाइन इतना आगे, इतना दूर, इतना परे, जैसे बचपन के खेल में कोई गेंद अँधेरे में जाकर हमेशा के लिए लोप हो जाती है और उसे घर लाने का साहस किसी को नहीं होता।···टू फॉर, टू फॉर···उसने किताब उठाई, और ऐनक आँखों पर सीधी की, लेकिन कहानी के अक्षर कागज से उठकर कहीं आँख के पानी पर तैर रहे थे···इतने पास, कि उन्हें पढ़ पाना असंभव था।

उन्होंने धीरे से किताब बंद कर दी। पलकें धीरे-धीरे मुँदने लगती, फिर हठात् झटके से खुल जातीं। ससुराल में थी, तो समय का पता नहीं चलता था, नौकर-चाकर, ड्राइवर, पति, बड़े होते हुए बच्चे, तीन-मंजिला पुरानी हवेली में वह कभी ऊपर जाती थी, कभी नीचे। लगता था जैसे सारी उम्र सीढ़ियाँ चढ़ते-उतरते ही गुजर गई हो। किंतु यहाँ आते ही लगता था जैसे माँ-बाप का घर जिस दिन मायका बना था, उस दिन से समय एक जगह इकट्ठा होता गया था, कटी हुई उम्र के कुँवारे जंगल में एक शांत नीली झील जैसा, मायके का मायावी समय, जिन्हें तीनों बहनें घर छोड़ने के बाद पीछे छोड़ गई थीं···क्या बँगले के बिकने

के साथ वह समय हमेशा के लिए सूख जाएगा और जो नए लोग आएँगे, उन्हें पता भी नहीं चलेगा कि जिन पत्थरों पर वे चल रहे हैं, उनके बीच कहीं पानी बहता था?

एक ठंडी सी झुरझुरी सारी देह में फैल गई···कंधे पर हल्का सा स्पर्श पाकर सिर उठाया तो सामने छोटी दिखाई दी, "जीजी, तुम ठंड में ठिठुर रही हो, भीतर नहीं चलोगी?"

"पढ़ते-पढ़ते आँख लग गई थी।" वह खिसियानी सी होकर हँस दी।

"भैया नहीं आए···उन्हें चाय के लिए बुलाया था।"

"वे अपने कमरे में है।"

"तुम उनसे मिल ली थीं?"

"हाँ, उन्होंने सबको अपने कमरे में ही बुलाया है।"

"अभी?" जीजी ने कुछ घबराकर छोटी को देखा।

"जब भी फुरसत हो···"

छोटी कुरसी खिसकाकर सामने बैठ गई। शाम के पीले धुँधलके में उसका चेहरा बहुत सफेद, कुँवारा, चमकीला जान पड़ता था, जैसे बहुत से आदमियों की छुअन पाकर वह अब भी अनछुआ पड़ा था। न जाने उसे देखकर हमेशा उसे लगता था, जैसे वह किसी रूसी उपन्यास से बाहर आई हो, जिसके पीछे सत्य के सामने अपने घरेलू दुःख-सुख बहुत बौने से जान पड़ते हैं; हालाँकि वह उसके परिवार में सबसे छोटी थी और शायद सबसे अंतिम भी।

अंतिम? क्या किसी घर का कोई प्राणी अंतिम हो सकता है, जिसके आगे कुछ भी नहीं?

शाम की अवसन्न कुहासिका में दोनों चुप अपने में बैठे रहे। दिन में, यह पहला मौका था, जब उन्हें कुछ देर के लिए अकेलापन मिला था, अब उन्हें समझ में नहीं आ रहा था कि वे कहाँ से शुरू करें? बीच में इतना कुछ बीत गया था कि लगता था, कोई भी सिरा पकड़ेंगे तो अपना ही भोगा हुआ हाथ में आएगा, दूसरे का नहीं, जो उसने अलग, अकेले में भोगा था।

"छोटी?" जीजी ने कुछ झिझकते हुए पूछा, जैसे वह किसी अँधेरे गड्ढे में पाँव रख रही हों, "क्या कभी नवीन से मिलना होता है?"

"नहीं, अब नहीं···"

"क्या तूने सचमुच अलग रहने का फैसला ले लिया?"

छोटी के चेहरे पर एक रूखी सी मुस्कराहट चली आई। "फैसला साथ रहने

के लिए होता है जीजी, अलग होने का क्या फैसला?''

बड़ी के भीतर गुस्से का उबाल उठने लगा, इस जिद्दी, ढीठ, कठोर लड़की पर, जिसे वह सबसे ज्यादा चाहती थी, और जो अब एक अजानी अजनबी की तरह उसके सामने बैठी थी। ''अगर ऐसा था तो साथ रहने का भी क्या मतलब था? माँ या बाबू ने तो हमारी तरह तुम पर कोई बंधन नहीं डाला था, तुमने जो किया, अपने मन से किया, किसी दूसरे का मन रखने नहीं···'' बड़ी ने अपने को सँभालते हुए कहा, लेकिन आवाज फिर भी थरथरा सी गई, जैसे बरसों पहले की दबी फाँस अचानक टिसटिसाने लगी हो।

''तुम भी अपने मन से मना कर सकती थीं। तुम्हें क्या मालूम नहीं था कि जीजाजी की एक शादी हो चुकी थी, पत्नी मर चुकी थी···तुम्हें क्या सब मालूम नहीं था?''

''मालूम होता तो क्या बाबू, माँ मुझे बचा सकते थे? मालूम था, लेकिन मैं तेरी तरह घर से भाग नहीं सकती थी।''

''और जो नहीं भागा···मुन्नू? उसका हश्र नहीं देखा?''

''छोटी!''

दोनों जैसे किसी अतीत के बवंडर में फँस गई थीं, बाहर आने के लिए छटपटा रही थीं। एक-दूसरे की आत्माओं को छील रही थीं, लेकिन बाहर कुछ नहीं था···बाहर सिर्फ हल्का सा अँधेरा था, हवा थम गई थी और पेड़, झाड़ियाँ सुन्न खड़े थे। दोनों की आँखें वहाँ निहारती रहीं, जहाँ लॉन की फेंस उनके घर को उस दुनिया से अलग करती थी, जहाँ से वे आए थे, एक-दो रातों के लिए, यही छोटी सी मुहलत उन्हें मिली थी, जिसमें उन्हें वे सब दूरियाँ, अंतराल, गढ़हे पार करने थे, जिन्हें माँ-बाप पीछे छोड़ गए, एक-दूसरे के निकट आने की हड़बड़ाहट में वे ऐसी जगहों को छू लेते थे, जहाँ पता नहीं, कैसे रिसते हुए घाव दबे थे। जो हाथ एक-दूसरे को सहलाने उन पर उठते थे, वे खून से सने वापस लौट आते थे।

''छोटी, जब कभी तेरे बारे में सोचती हूँ, तो अपने पर बड़ी ग्लानि सी होती है। माँ जाने से पहले तुझे हम पर छोड़ गई थी, क्योंकि तू सबसे छोटी थी, और हमने क्या किया तेरे लिए···''

''जीजी, तुम पागल हो! देखती नहीं, मैं तुमसे, सबसे ज्यादा सुखी हूँ।''

''हममें से अकेली तू है, जिसका कोई घर नहीं···एक यह घर बच गया था और अब···''

इस अब के आगे कुछ नहीं था। सिर्फ दोनों की साँसें थीं···अँधेरे में एक-दूसरे के होने, न होने की गवाही देती हुई। धीरे-धीरे बँगले की पीली दीवारों पर ढेर से तारे छिटकने लगे। एक छोटी सी आभा चारों तरफ फैली थीं···और तब अचानक बरामदे की बत्ती भक से जल उठी···अतीत की सारी छायाएँ, जो इस दौरान अँधेरे का फायदा उठाकर दोनों बहनों के पास सरक आई थीं, सहसा छिटककर भाग गईं···कोई उन्हें बुला रहा था और तब एक साथ दोनों के मन में एक ही विचार कौंध गया—

क्या यह माँ की आवाज है, जो इसी तरह शाम की घड़ी में बरामदे से उन्हें बुलाया करती थी? और यह विचार आते ही जैसे कोई अंतिम छाया एक क्षण के लिए अँधेरे में लोप होने से पहले फेंस के सामने ठिठक गई हो···क्या सचमुच इन्होंने मेरी आवाज को पहचान लिया?

नहीं, यह मैं हूँ, गुन्नो ने कहा, हालाँकि बचपन में मेरी आवाज सुनकर तुम उसे माँ की आवाज समझ लेते थे और भागते हुए चले आते थे, पूछते थे, माँ, क्या तुमने बुलाया है? कितना अजीब है, वे चली गईं, लेकिन अपनी आवाज मेरे पास छोड़ गईं। मैं अपने से बोलती हूँ, तो लगता है मैं उन्हें सुन रही हूँ। वे मुझे बताती जाती हैं और मैं उन्हें सुनती जाती हूँ। इसीलिए मैं जब भाभी की अंतिम बीमारी के दिनों में उनका हाथ सहलाते हुए पूछ रही थी, क्या बहुत कष्ट होता है भाभी? तो उन्होंने आँखें फाड़ते हुए मुझसे कहा था, 'गुन्नो, मैं सोचती हूँ, मेरे जाने के बाद तेरे भैया का क्या होगा···वह इस खाली घर के कमरों में कैसे इतनी लंबी जिंदगी गुजारेंगे' और तब मैं उनके पास चली आई, बिल्कुल सट गई, वहाँ जहाँ तकिए के एक सिरे पर उनका सिर था, दूसरे सिरे पर मृत्यु का सिरहाना। उन दोनों के बीच मैंने उनसे फुसफुसाकर कहा, 'सुनो, अगर यह कष्ट है तो कुछ भी नहीं···क्योंकि मैं यहाँ हूँ, माँ ने मेरे हाथ जरूर पीले कर दिए, लेकिन मेरे पैर? वे यहाँ हैं, मैं ससुराल भी जाती हूँ, तो भी वे इस चौखट के भीतर रहते हैं···घर छूट जाए तो वह क्या हमसे बाहर हो जाता है? भैया जब इस मकान को बेच देंगे तो क्या हम यहाँ से चले जाएँगे?' गुन्नो हँसने लगती है···वह भूल गई कि कभी उसने यह बात आखिरी साँसें गिनती हुई औरत से कही थी···वह भाभी के बिस्तर से उठकर बरामदे में चली आई थी, देख रही थी। कैसे जीजी किसी सपने में कुरसी से उठी हैं, छोटी का हाथ पकड़कर चल रही हैं, हल्के से लँगड़ाते हुए, इसलिए नहीं कि घुटनों में कोई तकलीफ है, बल्कि उम्र का बोझ कुछ इतना बोझिल है कि एक टाँग उसे दूसरी पर डालते ही काँपने लगती है, बरामदे से

आती रोशनी के फ्रेम में जड़ित हो जाती है, जबकि उनका हाथ पकड़े छोटी सिर्फ एक छाया है गड्ढों, ढेलों, घास की पत्तियों पर सरकती हुई, बीबी के कदमों को सुझाती, सँभालती हुई···और तब गुन्नो को लगा, यह छोटी जो एक साल बाद अपने पति-प्रेमी को छोड़कर चली गई, ऊपर से चाहे कितनी अकेली दिखती हो, अपने में अकेली नहीं है। इसीलिए वह इतनी पतली-दुबली, जीर्ण-शीर्ण काया में भी इतनी भरी-पूरी जान पड़ती है, जैसे अकेले में भोगी हुई सारी विपत्तियाँ, दुःख और प्रेम में खाए हुए सारे घाव तथा आँसू एक साथ उसकी हँसी में खिलने लगते हैं, वह कहीं से भी पिक्चर पोस्टकार्ड भेजती है, लंदन, न्यूयॉर्क, पेरिस कहीं से—वहीं से हम अपने-अपने परिवारों से छूटकर उसके होटल के अकेले कमरे में जमा हो जाते हैं।

अब वे बिल्कुल पास आ गए हैं, हालाँकि बरामदे के जिस कोने में मैं खड़ी हूँ, वहाँ से वे मुझे नहीं देख सकते। जीजी की किताब को छोटी ने अपने हाथ में ले लिया है, थोड़ा सा झुककर उसके कानों में कुछ कह रही है और जब जीजी सिर उठाकर ध्यान से उसकी बात सुनती हैं तो उनकी नाक पर बिंधी हीरे की लौंग कुछ इस तरह चमकती है, जैसे नीले अँधेरे लॉन के ऊपर बिखरे तारों में से कोई तारा नीचे उतर आया है, कोई भाग्य-नक्षत्र, परिवार की नियति को सबसे बड़ी और सबसे छोटी बहिन के बीच उठाकर चलता हुआ।

तभी जीजी के पैर रुक गए, उनकी आँखें ऊपर उठीं। यहाँ कुछ देर पहले डूबे सूरज के रंग अब भी आकाश के एक कोने में बिखरे थे, जैसे धूप उन्हें उठा ले जाना भूल गई हो और अँधेरे ने उन्हें अलग छोड़ दिया हो। उन्होंने कसकर छोटी का हाथ पकड़ लिया—'देखा तुमने, आग जल रही है।'

छोटी ने सिर उठाया तो आँखें घर की छत पर घिरे आकाश पर स्थिर हो गईं···बँगले की चिमनी से काले धुएँ की लकीर ऊपर उठ रही थी, जैसे कभी दूसरे समय की सर्दियों में देखा करते थे, जब बाबू अपने कमरे की फायर प्लेस में लकड़ियाँ जलाते थे···पेड़ों की सूखी टहनियाँ, जिन्हें बूढ़ा माली बाग से बटोरकर लाया करता था और एक सोंधी सी गंध हवा में तिरती हुई सारे घर में, घर के बाहर, बरामदे को पार करती हुई लॉन के उस कोने तक चली आती थी, जहाँ वे खेल रहे होते थे और वे अचानक अपना खेल छोड़कर छत को देखने लगते थे, जैसे कोई काला साँप सिरसिराता हुआ चिमनी के बाहर आ रहा है और वे सबकुछ भूलकर घर की तरफ भागने लगते थे इस हड़बड़ी में, कौन बाबू के पास अँगीठी के सामने सबसे पहले पहुँचता है और तब देखते थे, भैया वहाँ पहले से

ही बैठे हैं, माँ ने उन्हें गूँधे हुए आटे की गोलियाँ दी हैं, जिन्हें वे हथेली पर फैलाकर अँगीठी की खिड़की पर चिपका देते हैं, जो कुछ ही देर में छोटी-छोटी गोल रोटियों में सिंककर उतर आती हैं।

और तब न जाने कैसे जीजी अपनी पीड़ा, तकलीफ, उम्र का बाँध सूखी हड्डियाँ, यहाँ तक कि छोटी का हाथ सब छोड़कर अँधेरे लॉन पर भागने लगीं, वहाँ जहाँ से आग की लपट उठ रही थी, हवा में धुआँ सिरसिराता था, झाड़ियों से चिड़ियाँ उड़ती थीं···वहाँ जहाँ कमरे की गरमाई थी, रोटी की सोंधी गंध, जहाँ सब कमरे खुले थे।

जहाँ से गुजरी हुई जिंदगी को आना था।

□□□